素衣凝香 —— 著

超感官知觉

中国言实出版社

图书在版编目(CIP)数据

超感官知觉 / 素衣凝香著 . -- 北京 : 中国言实出
版社, 2022.1

ISBN 978-7-5171-4020-7

Ⅰ . ①超… Ⅱ . ①素… Ⅲ . ①长篇小说 – 中国 – 当代
Ⅳ . ① I247.5

中国版本图书馆 CIP 数据核字（2022）第 012529 号

超感官知觉

总 监 制：朱艳华
责任编辑：郭江妮
责任校对：宫媛媛

出版发行：中国言实出版社

地　　址：北京市朝阳区北苑路 180 号加利大厦 5 号楼 105 室

邮　　编：100101

编辑部：北京市海淀区花园路 6 号院 B 座 6 层

邮　　编：100088

电　　话：64924853（总编室）　64924716（发行部）

网　　址：www.zgyscbs.cn　E-mail：zgyscbs@263.net

经　　销：新华书店

印　　刷：三河市春园印刷有限公司

版　　次：2022 年 3 月第 1 版　　2022 年 3 月第 1 次印刷

规　　格：710 毫米 ×1000 毫米　1/16　19.5 印张

字　　数：260 千字

定　　价：55.00 元

书　　号：ISBN 978-7-5171-4020-7

作为在你生命里路过的痕迹，
让我为你奏响最后的奏鸣曲吧

他在大喊，
声音却好像不是他自己的。
不仅是他，
还有很多人在尖叫、呐喊、哭泣。
燃烧的火影里，不知何时出现了很多人。

他们都是小孩子，
圆圆的脸上挂着眼泪，
还有被火熏黑的印记。

火烧过来了，
点燃了他的袖子，
烧灼着他的皮肤。
痛！
好痛！

· 第一卷　相见　　　　001

· 第二卷　狄俄尼索斯　089

· 第三卷　欲盖弥彰　　177

· 第四卷　无罪之国　　233

· 番外　　　　　　　　291

目录 contents

第一卷

相见

小弟上线

"小弟弟?"

古洴怔在原地,连外卖都忘记接过来。

"对,我就是你的小弟弟。"

站在门口的少年,笑眯眯地看着他,又用英文重复了一遍刚才的话,"I am your little brother."

"Little brother......"古洴也跟着他重复,他揉了揉惺忪的睡眼,这才看清了站在眼前的人。

一个十七八岁的少年,他有着这个年龄特有的瘦长身姿、苍白的皮肤、棕色的头发,还有一双蓝色的眼眸,如同被冰冻的海水一样清透。

外国的小弟弟?

"还有你的外卖。"少年将手里提着的袋子举了举。

外卖到了!

古洴终于从梦游的状态恢复正常。

古洴为了应付今天的工作,昨天直到凌晨还在看资料,来不及做早餐,便在闹钟第一次响起的时候点了一份早餐外卖。外卖送到的时候就相当于第二次闹钟,只要自己算好时间,他就绝不会在第一天报到的时候迟到。

只是,古洴订餐的时候好像并没听说随餐附赠一个弟弟啊,他也不记得自己在这世上还有个弟弟。于是他接过外卖，转身关门进屋，动作一气呵成，奔向温暖的被窝。

他打算再窝个几分钟，可门外那位"小弟弟"却不允许古洴这么做。敲门声震得他耳朵疼，古洴才走出几步，就决定转身回去开门。

"寻亲请出门左转，前行一点五公里处有公安局。"古洴对少年说道。

少年摇了摇头，只说了两个字："于桐。"

这下，古洴彻底清醒了。

于桐是古洴的母亲，那个十八年前，抛弃他和他父亲独自前往美国的母亲。

古洴手里的外卖掉到了地上。

"掉在地上，还能吃吗？"

少年看着正在吃饭的古洴，忍不住问了一句。

前两分钟，他还在好奇地打量古洴的小屋，一个劲地就书架上的新闻类图书和厨房里一应俱全的厨具发出惊叹，后两分钟他便坐在了古洴对面，看着他吃饭。

"又不是真的掉在地上，隔着层袋子呢。况且食物不是为了浪费而存在的。"古洴扫了少年一眼，继续吃他的早餐。

少年的肚子"咕噜"叫了一声，他的脸随即也红了起来。

"现在几点了？"古洴问。

"8 点 50 分。"少年答。

距离报到时间还有四十分钟，五分钟解决早餐，二十分钟在路上，还可以早到一会儿，给对方留下一个好印象。

古洴拿起餐盖，拨了一点他没动过的地方给少年，道："盖子没脏，一起吃吧。"

"谢谢哥。"少年笑得好像摇着尾巴的小狗一般。

古洴身子一震，他抬起头，郑重其事地对少年道："别这么叫我，我不是你哥。"

少年怔住了。

"吃过饭就走吧。"

说罢，古洴没再理会他，更没有去看他如小狗般受伤的神情。

吃完了饭，古洴把整理好的物品一样样塞进背包，然后打开了大门。

"你可以走了。"他转身对少年道。

少年坐在桌边，低着头，面前的饭菜一口没动。

"喂，你……"古洴还没说完，少年便猛地抬起头来。

"安东尼。"他直视着古洴，"我是你的弟弟，安东尼。"

安东尼的双手紧紧抓住椅子的边缘，他冰蓝色的眼睛里透露着受伤与疑惑，那样一双纯净的眼睛，既没有看过世态炎凉，也没有经历过古洴长年寄人篱下的小心翼翼。

这样的纯净，让古洴的心莫名刺痛。

"抱歉，我的屋子太小，容不下你。"

安东尼起身走了过来，却没有离开。

他伸出双臂，抱住了古洴。

"哥，别赶我走，求你。"

古洴不知道是因为自己快要迟到所以不想和安东尼纠缠，还是自己又犯了心软的毛病。他只知道自己走出家门的时候，钥匙串上少了一枚备用钥匙。自己长年独居的小屋里多了一个自称是自己弟弟的家伙。

古洴站在楼下向上望去，竟然看到安东尼从窗户里探出头，拼命向自己挥手。

"古洴啊古洴，你为什么总是这么心软？"

古洴质问自己，但事实上他很清楚，自己从父亲那里遗传的基因，是永远无法改变的。就像父亲明明知道母亲是为了跟美国富商双宿双飞才抛弃了他和古洴，却从来没有说过母亲一句坏话，反而让古洴去理解母亲一样。

"我们都过着各自觉得幸福的生活，就很好。"父亲说这句话的时候，脸上也带着淡淡的微笑。

真的可以原谅吗?

这个困扰古洴很久的问题,在父亲去世之后便成了无解之谜。

这个缺席了十八年的母亲竟然在这个时候把她与美国富商的儿子塞到古洴身边,她到底想要做什么?

手机响了起来,古洴低下头,看到了那个被他标注成"于桐"的电话号码。

古洴按下了拒接键。

古洴的母亲在古洴大一的时候第一次联系了他,但是在第一次通话之后,古洴便再也没有接过她的电话。三年的时间,他换了两部手机,但这个号码,却因为储存在手机卡上意外地保存了下来。

"请好好照顾安东尼。"那个号码发来了一条短信。

古洴正欲按下删除键,忽然瞄到了手机上方的时间。

9点25分。

糟糕,要迟到了!

他立刻跨上单车,一路向着市公安局的方向飞驰而去。

身为实习记者的古洴最近被分配了一项新的任务,就是对刑侦警察的工作生活进行一系列的跟踪报道。这是一次新闻网和公安宣传部门的合作,不同于之前使用蹲守的方式进行采访,这次的合作简直有种"被扶正"般的尊荣。

同行记者很多,依照古洴与世无争的性格,就被"理所当然"地分到了最难合作的刑侦一队。刑侦一队之所以"恶名远扬",其原因就在于他们队的队长是个著名的"刺头"。这个外号也是因为他在一次官方发布会上公开拒绝回答记者提问,从此"臭名昭著",所有的记者都唯恐避之而不及。于是这次合作,古洴毫无悬念地成为被派给"刺头"的首选。

"刺头"还有个特别拉风的名字——李白。

不过,古洴并不在乎他是李白还是李黑,只要能完成任务,让他顺利转正,都是好同志、好警察。况且李白也并不像传说中的那么难合作,对方在电话里的声音沉稳，态度也很温和。双方约在今天上午9点30分，在刑侦一队面谈。结果被那个突然冒出来的"小弟弟"一搅和，古洴就迟到了。

他急匆匆地赶到刑侦一队，却发现一队的办公室里连半个人影都没有。

幸好古洴的高中同学陈宾是临鞍市公安局的民警，古洴一向认为有熟人好办事，虽然陈宾只是负责管理档案的半吊子。

"喂，大宾，怎么回事？一队的人呢？"古洴站在大宾的办公桌前问道。

眼下，正是熟人派上用场的时候。

"古洴，你要是信我，就赶紧退出吧，李队会把你整得连骨头渣子都不剩的。"大宾一副忧心忡忡的样子，"你还没看出来吗？他是故意把你排除在行动之外的。你想啊，刑警最多只有早上报到的时候能坐那么几分钟，屁股还没坐热乎就立马出警了。让你这个时间点来，能看到半个人影才是见鬼了。"

"原来我被套路了！"古洴恍然大悟。

昨天和这位李队沟通的时候，他还惊奇这个人根本不像传闻中那样恶劣。现在看来，这都是麻痹自己的伎俩。

"你还是太年轻了。"大宾叹了口气，用一副过来人的口吻说道，"'珍惜生命，远离李白'，这是我们局里每个人都知道的箴言。"

"给我老实说，他出警的地方在哪？"古洴直接将大宾推至墙边，逼问道。

"我说大记者，我好歹也是人民警察，你这样影响多不好。"大宾笑嘻嘻地道。

"少打岔，说！"

见古洴坚持，大宾只好叹了口气，说出了一个地址。

"谢了。"古洴松开大宾，转身就走。

"千万别说是我告诉你的！不然我就惨了！"大宾在他身后大喊。

古洴没回头，伸手比了个"没问题"的手势，便冲出了公安局。

地点：聚府名苑。

时间：下午2点05分。

案件：凶杀。

被害人是一名男士，经营着一家烟酒行，算是中等富商。

被害人呈俯卧姿势倒地，初步推断是因胸部受利器刺伤，失血过多而亡。现场凌乱，有物品被翻动过的痕迹，但没有找到凶器。

报警人是受害人的邻居，他听到打斗的声音，隔着猫眼，就看到对面的房屋门敞开着，房主倒在地上，鲜血流了一地。邻居回过神，立马报了警。李白与队员们赶到的时候，看到的也是这一幕场景。

已经有队员在进行现场勘查，李白的眉头紧皱，他看着被害人的姿态和身边的陈设做了一个手势，示意大家暂停行动。

副队长刘子涛立刻凑过来，这是他与李白一直以来合作培养出的默契。

"犯罪嫌疑人就在房间里。"李白压低声音，对副队长刘子涛道。

刘子涛不禁一怔，他抬眼看向了眼前这位年轻的刑侦队队长。

李白，不过二十六岁的年纪，不仅有着令人忌妒的一副好皮囊，还是公安大学历史上最为优异的学生。他毕业就直接被分配到了市刑警大队，不到两年的时间便因为破获了几起大案的斐然成绩调到了市局，成为号称"精英团队"的刑侦一队队长。

这小子刚上任的时候，包括刘子涛在内的许多资深刑警根本不服他，经常"考验"这个年轻的队长，更是三百六十度无死角地刁难他。

但事实证明，李白不容小觑。这小子人狠话不多，不仅脑子快，出手也快，出警从来都是冲在最前头。几次行动下来，大家全都服气了，就连刘子涛也不得不承认，有些人天生就该吃刑警这碗饭，李白就是这种人。

李白深陷在剑眉下的眼睛，锐利地瞄向屋里的一个房间，那正是被害人俯卧时脚部所对的方向。

房间门是紧闭的，邻居的口述中确实没有犯罪嫌疑人从房间走出来的时间。起初刘子涛推断犯罪嫌疑人趁邻居打电话报警的工夫逃离，但是现在看起来……犯罪嫌疑人根本就没有走。

刘子涛向李白点了下头，无声地示意其他人提高警惕，正欲上前，却被李白拦住了。

李白拿出手枪，像往常一样，走在最前面。

他小心翼翼地走到了房间门口，将手搭在门把手上。所有的刑侦队员都拿出了枪，沉寂无声的气氛里酝酿着危险的味道。

门被轻轻推开，呈现在眼前的是一个光线幽暗的储藏室。储藏室的空间比李白想象中的更大，狭长的空间里全是两米高的柜子，足够装下一个人。李白悄声走进去，猛地打开了一扇柜门，里面堆满了箱子，并没有人。

刘子涛也紧跟着走进来，与李白呈对角，打开了另一扇柜门。

还是箱子。

李白的眉头愈发皱紧，他慢慢地走到另一个柜子旁边，将整面墙的柜子一扇接一扇地打开。

全是箱子。

难道自己的判断出了问题？

突然，面前的箱子全部飞起，砸向李白，紧接着便有一个人影蹿出来，冲向门口。

这是一个穿着工服的男人，中等身材，沾满鲜血的手里攥着一把砍刀——正是李白要找的凶器。

这个男人就是藏匿在房间里的犯罪嫌疑人。

"站住！"李白迅速举枪，向犯罪嫌疑人的腿部开了一枪。

子弹正中犯罪嫌疑人的大腿，受子弹的冲击，犯罪嫌疑人踉跄了一下，一名队员迅速冲上去，哪知犯罪嫌疑人突然扬手洒出一袋不知名的粉末，趁几名队员躲闪之际飞速逃窜出门，奔向电梯。

"追！"

李白紧随犯罪嫌疑人跑出，只听"叮"的一声响，电梯门打开了，里面背着书包的小男孩错愕地看着眼前满身是血、目光凶狠的犯罪嫌疑人。就在这电光石火的刹那间，犯罪嫌疑人一把抓过小男孩，将那把带血的砍刀抵在了小男孩的脖子上。

李白的脚步顿住了。

"退后！"

犯罪嫌疑人紧抓着小男孩，按下了电梯按钮。

"迅速请求支援！"

李白转头命令，刘子涛立刻举起对讲机，而李白急忙按下另一部电梯，带领几名队员迅速下楼。

古洴赶到聚府名苑小区门口的时候，正看到一个满身是血的男人劫持着一名小男孩飞奔，身后还有几名刑警铆足了劲儿在追捕。即便他们手里有枪，但犯罪嫌疑人手里却有足以对抗手枪的武器——人质。

街上的人们全都惊恐地后退，还有不少人举起手机拍下这惊险的一幕。古洴眼看着犯罪嫌疑人劫持着哇哇大哭的小男孩从自己身边掠过，他来不及思考，踩住单车便追了上去。

犯罪嫌疑人跑得飞快，眼看就要穿过马路，古洴顾不得其他，摘下背包便抡向犯罪嫌疑人。

犯罪嫌疑人被这飞来之物弄得一怔，紧接着他挥舞刀，劈向背包。万众瞩目的背包被犯罪嫌疑人刺破，里面的零食纷纷扬扬、漫天挥洒地直扑了下来。

古洴趁此机会跳下车，猛地抢过犯罪嫌疑人怀里的小男孩，抱到一边。

失去了人质，犯罪嫌疑人发出野兽般愤怒的咆哮，猛地扬起砍刀砍向古洴。

古洴想要躲闪却已经来不及了，他下意识地将小男孩牢牢护在怀中。

就在这千钧一发之际，一道人影似利箭般疾速而至，只听一声裂帛之声，紧接着，便是重物砰然倒地的声响。

古洴睁开了眼睛，有一个人站在自己身前，他背对着自己，挺拔的身姿如利刃将骄阳击碎，溅成流光，洒在他的肩头。

"把他铐起来，带回局里。"他的声音也似利刃一般，锐利、清朗。

几名刑警冲过来，迅速扣住被踢翻在地的犯罪嫌疑人，铐上手铐。

李白捂着手臂，缓缓地转回头，看向古洴。

他至少比古洪高出一个头，肩膀宽阔、身姿挺拔，帽子下面的五官格外立体，他的眉毛似利剑，眼眸明烈，只可惜线条分明的嘴唇紧紧地抿在一处，明显地表达出他的不悦。

"小同学，难道老师没有告诉过你不要去做危险的事情吗？"

小同学？

古洪看了看怀里吓得哇哇大哭的小男孩，终于确定这个"小同学"指的是自己。古洪确实长着一张娃娃脸，他本身不喜欢买衣服，打扮起来也就是白衬衫加牛仔裤。因此，他经常被误认为是大学生，这种误会总是令他反感。

"首先，我已经工作了。其次，我认为每个市民都有见义勇为的义务。"古洪板着脸反驳道。

"工作了还吃这么多零食？"这位警察指着洒落满地的零食调侃道。

古洪的脸红了红，他确实有往包里装零食的习惯，但那也是因为他从实习开始就经常在外面跑，赶不上吃饭就只能吃零食充饥。毕竟老话说得好，人是铁，饭是钢，一顿不吃饿得慌。

"见义勇为不代表着帮倒忙，这种穷凶极恶的亡命之徒，还是交给警察来抓吧，小同学。"

"小"字，明显被这位警察加重了语气。

古洪一脸黑线，你才小！

"李队，局里电话。"一个警察跑过来，把手机交给了那人。

李队？

不会这么巧吧？

古洪趁着对方接电话的时间，迅速拿出手机搜索"临鞍市公安局李白"几个字，因为这个队长得罪了不少记者，唯一的"好处"就是他迅速在网上成为名人。几分钟，古洪就找到了李白的照片，看看照片上那个一脸嚣张的家伙，再看看眼前的这个人，古洪终于明白了什么叫作"道貌岸然"。

见对方已经挂断手机，古洪清了清嗓子，"您就是临鞍市公安局刑侦一队的队长李白吧？"

李白诧异地回头，古洴则向他伸出了手。

"您好李队，我是'风云网'的新闻记者，古洴。"

"古井？"李白错愕地看着古洴，疑惑道，"贡酒？"

我长得像行走的大酒瓶子？你还真没白叫"李白"这个名字。

古洴深吸了一口气，冷静地道："古代的古，三点水加井的那个洴。"

"哦。"李白立刻露出恍然大悟的表情，紧接着转身对其他队员道，"收队。"

话音落下的同时，他人已经走了出去。

古洴怔住了，他没想到李白竟然直接忽略他的存在。

"李队！"古洴喊道。

"还有事？"李白停下脚步，转身看过来。

"当然有。"古洴跑过去，指着李白的手臂，"你流血了。"

李白一直捂着的右手手臂，正顺着警服的袖子一滴一滴地往下滴血。

"李队，抱歉连累你受伤。"

"李队，我来帮你拿警服。"

"李队，你渴吗？喝点水。"

"李队……"

"够了！"

李白终于在古洴的滔滔不绝中爆发，他剑眉竖起，不爽地瞪向古洴。

"你已经围着我转了整整一上午了，不晕吗？"李白一手拎着制服，另一只手臂缠着绷带，被吊在脖子上。他白色的衬衫裹着结实的上身，笔直的警裤让他的大长腿更显修长。

"你晕了？"古洴马上立正站好，"那我不动。"

李白眉头皱紧，焦躁地闭上眼睛，做了个深呼吸。

这小东西自从收警就一路跟在自己身边，李白去医院包扎，他就在旁边一个劲地问医生伤得重不重，几天能痊愈，会不会落下后遗症……聒噪得李白想发飙。包扎完伤口，他还一路跟着，大有想跟着李白一起回警局的势头。

"小东西，你们领导派你来专门给我添乱的是不是？"

"是合作。"被李白称之为"小东西"的古洴纠正道，"局里的领导应该已经下达了这次合作的指示，您负责办案，我负责跟踪采访。李队是警界精英，不会连上头的命令都搞不清楚吧？"

李白的眉，高高地挑了起来。

他还真是小瞧了这个小东西，本以为是个顶着娃娃脸的软柿子，想不到这绵里还藏着针。

李白冷哼道："那就去采你的访，别跟在我屁股后面转悠。"

"我现在就是在采访您。"古洴一本正经地说道，"您不喜欢后面，我可以在旁边，这样您行动最自如。当然，若是李队有特殊要求，一定要我在前面也成……"

他的话还没说完，便有一名刑警飞快地跑进来，对李白道："李队，查出犯罪嫌疑人还有一名同伙！"

"什么？"李白的脸色骤然间冷了下来，他举步便走，古洴也立刻跟了上去。

"你有完没完？"李白突然转身，伸手揪住了古洴的衣襟。

古洴被这突如其来的袭击吓了一跳，李白身上散发出的强大气场从四面八方袭来，几乎令古洴透不过气。他的目光，像是一匹狼一样，带着令人惊恐的肃杀之气。

"你以为警察办案是过家家？别再跟着我！"说罢，他猛地松手，不顾跟跄后退的古洴，大步走出医院，直接上了警车。

古洴站在医院门口，怔怔地望着警车绝尘而去。

第一天的采访，完败。

"我为什么要退出？绝不可能！"

古洴趴在桌子上回复着大宾的微信消息。

"我们全警局的人都在为你的人身安全担心，李队，是比犯罪嫌疑人更可怕的存在！"隔着屏幕，他都能感觉到大宾的苦口婆心。

"一物降一物。"古洴坚定地说，"我就不相信凭我的努力感化不了他！"

记者是古洴梦寐以求的职业，这次的任务更是涉及自己能否转正，古洴怎么可能说放弃就放弃？更何况他还要交房租，还要储存粮食过年，要是丢了饭碗，到大街上喝西北风去吗？

"好吧，那你自求多福吧。"大宾又发了一个无奈的表情。

古洴关闭了对话框。

他伸直了双臂，懒洋洋地静止着，努力不去想在医院门口，警车绝尘而去的画面。

从一开始，他就做好了各种被这个"刺头"李白拒绝的准备，但是没有想到会被拒绝得这么惨。

"做我们这一行，一定要记住三个箴言，坚持、不要脸、坚持不要脸。这样才能采访到好的新闻，成为一名好的记者！"

古洴记得自己刚入行的时候，负责带他的老记者就说过这句话。那时他还一脸尴尬，如今才知道，没有足够厚的脸皮和足够强大的心理素质，自己就成不了一名合格的记者。

"看来，我需要为自己的心脏和脸皮再增加一点厚度才行。"古洴喃喃自语道。

"哥，别丧了，来吃面。"安东尼端着一桶方便面走进了房间，嘴上还叼着塑料叉子，"我从你厨房里找到一桶方便面，我们分着吃。"

食物的香气瞬间让古洴恢复了精神，他坐起身，露出原本被他霸占的桌面。

"我再去拿只碗。"安东尼极有默契地把面放在桌上，转身要进厨房。

"你多大？"古洴忽然问道。

"十八。"安东尼顿住脚步，转身看向古洴，"怎么了？"

古洴站起身，指了指椅子，道："坐下等着。"

安东尼不明就里，但还是乖乖地坐下了。

古洪走进厨房，大约过了十五分钟，他走了出来，手里端着一碗西红柿鸡蛋面。

"来不及做复杂的，简单吃点吧。"古洪把面放到了安东尼面前。

细细的面条柔软地卷成一团，上面铺着红黄相间的番茄炒蛋，浓香的汤汁浸润到面丝之中，袅袅升起的热气携着香味在整个房间里弥漫。安东尼怔怔地看着这碗面，张口问道："给我的？为什么？方便面不健康？"

"嗯。"古洪点头，"你还在长身体，少吃垃圾食品。"

说着，他拿起了塑料叉子。

安东尼静默了一秒，然后站起身。

"你的面已经泡糟了。我去拿碗，我们分着吃你做的这碗。"

"不用。"说话间，古洪已经按住了安东尼的肩膀，"吃得多，才能长得高。"

这似乎是父亲生前对自己说的话，现在，古洪竟然张口即来，就连他自己也觉得意外。

"不是吧？我不是小孩子了！"安东尼怪叫了起来。

"你不小，吃吧。"古洪懒得跟他废话，打开方便面的盖子，低头吃了起来。

不过这方便面确实泡得有点久，口感很糟糕，也许是因为古洪微微皱起眉，坐在他对面的安东尼霍然起身，伸手就要夺走面桶。

"面都泡成这样，扔掉算了！"安东尼说。

然而古洪的动作更快，他双手环在面桶上，护紧了他的食物，"食物不是用来浪费的。"

安东尼跟古洪对视了一会儿，还是败下阵来。他拿起筷子，吃了一口古洪做的番茄鸡蛋面。

仅一口，便让他愣住了。

入口的酸甜加上鸡蛋的鲜嫩，搭配着面的筋道，满满一口都是心动。

"好吃！"

安东尼大口大口地吃了起来，吃到尽兴处，端起碗，连汤一起送入口中。西红柿的微酸加重了汤的浓厚感，格外暖心。安东尼情不自禁地眯了眯眼睛，露出了满足的笑容。

看到他这个样子，古洴笑了笑，继续吃那桶泡糟了的方便面。

"原来是个温柔的人。"安东尼忽然说道。

"嗯？"古洴看了过去。

安东尼已经放下了碗，却没有抬头。

"我以为你会真的把我赶出去，没想到你不仅收留了我，还给我煮面……"

古洴用叉子，戳了戳已经被泡得很软的胡萝卜，"你误会了，我没有收留你。"

说着，他看向自己的房间，整洁如初，一如古洴早上离开时的样子，安东尼的行李放在墙边，并没有打开。

"这只是一所蜗居，并不值得你留下。"

"怎么会……"安东尼说着，抬起了头，"我好不容易见到了我的哥哥，怎么可能不留下来？"

他脸上的笑容灿若朝阳，毫无城府，仿佛任何拒绝对他来说都是一种伤害。

"见到你真好，哥。"

他这样说。

第二章

羞涩不羞涩

古洴原本打算把床让给安东尼，但安东尼却坚决要睡沙发，还趁古洴取枕头之际躺在了沙发上。

"我是借宿的人，不该抢你的床，不然会被你赶走的。"安东尼躺在沙发上，笑眯眯地对古洴说。

"就算我不赶你，你也会走。"古洴没有再和安东尼争辩，他平躺在床上，将双手枕在了耳后，"我这里既没有大酒店的奢华，也没有丰富的大餐，等你好奇心散尽，自然会走的。"

除了好奇，古洴也猜不出安东尼有其他动机。安东尼没有回应，安静的房间里响起了他均匀的呼吸声。

古洴伸出手，关掉了灯。

他从来没有想过会发生这样的事情，在此之前，古洴以为自己会因为对母亲的怨恨而迁怒于安东尼。但现在看来，父亲的教育起了很大的作用，让他很难对安东尼冷下脸来。

如果是您，也会这样做吗？

古洴望着透着清浅月光的窗子，无声地询问。

火。

好大的火。

周围的一切全都被点燃了，焦煳的气息和火焰燃烧产生的窒息感，仿佛一双扼住古洴喉咙的手，愈收愈紧。

古洴剧烈地喘息，却只是让更多刺鼻的味道钻进肺里。他用力地挣扎，身体却好像被什么东西压住了。

"救我！救命！"

他在大喊，声音却好像不是他自己的。

不仅是他，还有很多人在尖叫、呐喊、哭泣。燃烧的火影里，不知何时出现了很多人。他们都是小孩子，圆圆的脸上挂着眼泪，还有被火熏黑的印记。

火烧过来了，点燃了他的袖子，烧灼着他的皮肤。

痛！

好痛！

"救我！"

古洴大喊着，猛地坐起了身。

随着"啪"的一声，电灯被打开，突然涌入眼帘的光亮刺得古洴睁不开眼。

"哥，你怎么了？"

安东尼的声音让古洴慢慢地回过了神，他睁开眼睛，打量着熟悉的一切，终是长长地吁了口气。

是梦。

他重新躺了下来。

"你哭了？"安东尼问。

古洴才发觉自己竟流了眼泪，他忙用手臂挡在眼前，"做噩梦了而已。"

似乎是为了成全古洴想要掩盖失态的行为，安东尼重新把灯关上了。

"我也经常会做噩梦。"站在黑暗中的安东尼说，"每次都会做同样的噩梦，每次都会在同样的时候惊醒。"

一株生长在温室里的花，一个美国富商的孩子，古洴想象不出，这样的人会做怎样的噩梦。而事实上，每次重复的梦境，每次在同样的时刻惊醒，这应该是古洴的经历才对。

那个关于火的梦，那些在火焰之中挣扎的孩子，还有自己在火焰里那种真实的感受，都让古洴有一种熟悉的恐怖感。

这到底……是怎样的一场梦？

古洴疲惫地闭上了眼睛。

古洴出门的时候，安东尼还在睡觉。

原本已经拉开门的古洴想了想，又走回来，碰了碰安东尼。

"去床上睡吧。"古洴说。

安东尼迷迷糊糊地点了点头，然后抱着被子走到床边，一头扑倒在床上。

古洴无奈地摇了摇头，走出了门。今天，将是他和李白过招的第二天。

当古洴一路踏着单车来到市公安局的时候，时间刚好是 8 点 15 分，距离上班时间还有十五分钟，李白却已经坐在了办公桌边。

"李队。"古洴气喘吁吁地奔进办公室，立马冲到李白的面前，"早！"

正在看资料的李白，脸色陡然黑了下去。

"怎么又是你？"

"从昨天开始，我的上班地点就是这里了，直到我们的采访合作结束。"古洴说着，拿出了平板电脑，"昨天发生的凶杀案，我做了一个大致的记录，有几个信息需要跟您确认一下……"

古洴话还没说完，李白便站起了身。

"李队，您要去哪？"

李白不耐烦地举了举手里的杯子，"倒水。"

古洴立刻上前接过杯子，"您的手受伤了，我帮您。"

饮水机就在不远处的文件柜旁边，古洴奔过去又转头问李白："您喝冷水，还是热水？"

李白连看都没看古洴一眼，重新埋头看资料。古洴见状，便在李白的杯子里接了八分满的冷水，又拿起放在饮水机旁的纸杯打了一杯热水，勤快地送到李白的桌边。

“李队，这里一杯是热水，一杯是冷水，您要是想喝温水，就自己兑一下。”

李白像没有听到似的，将身子转向了另一边。

他的侧脸线条坚毅，低垂的眼帘遮掩了锐利的眸光，唇角微微向下，摆明了是“生人勿近”的警告。

看起来这个家伙比想象中还要难相处啊。

古汧暗暗地想。

要怎么样才能过这一关呢？这或许可以说是本世纪以来最大的难题了吧，但就算再难，他也得把这个山头攻下来，为了转正，为了粮食！

就在古汧暗自神游的工夫，忽然有人从外面奔了进来。

“李队，昨天聚府名苑的犯罪嫌疑人供认了犯罪行为，笔录给您。”

李白闻声立刻起身，谁料一下碰翻了那个装满热水的纸杯，滚烫的热水就直接洒在了他的裤子上。

李白的剑眉顿时扬了起来。

古汧也一惊，随即拿出纸巾去替李白擦水。跑过来送资料的刑警也吓了一跳，硬生生地站在隔断外面，不敢走过来。

李白的脸，已然黑如锅底。

光顾着给李白擦拭水渍的古汧还没反应过来，忽然感觉手臂一紧，整个人就被李白“砰”的一下按在了桌面上。

疼！

古汧整个手臂都酸了。

“适可而止。”

这四个字，能明显感受到李白压抑着的火气。

“不好意思，李队，我只是想帮忙……”古汧忍住疼痛，耐着性子道歉。

李白的表情依旧拽得令人窝火，他松开古汧，示意队员把资料放在自己桌上，转身走向洗手间。

"你……没事吧？"送资料的是位年轻的刑警，瘦高的个子，皮肤黝黑。他扶起古洴，神色之中颇有同情之意。

古洴摇了摇头。

这不是他第一次做实习记者，也不是他第一次被采访对象抵制。记得有一次跟师傅暗访制造假药的黑窝点的时候，他甚至还被关进了小黑屋。跟这相比，这个坏脾气的刑侦警察根本不算什么，而且坏脾气并不意味着伤害。

"我们李队向来脾气火暴，但人不坏，你多担待。"说着，年轻刑警向古洴伸出手，"姚军，你叫我小姚就行。"

古洴伸手与姚军握了握手，"古洴。"

小姚笑道："哟，好酒。"

古洴也笑了，"可惜我不会喝酒。"

"酒也不见得是好东西，不喝也罢。"小姚道，"我们一队的队员，都在李队的要求下从不喝酒。"

"李白不喝酒？"

"哈哈，此李白非彼李白。"小姚似乎很是健谈，"我们李队，就是为了办案活着呢。他说过，市民的安全都背负在刑警的肩上了，任何麻醉神经、阻碍我们头脑清醒的东西都不能碰。"

说到这，他清了清嗓子，悠然指着古洴的衣服道："你衣服湿了。"

经他这么一提醒，古洴才发现自己的衣服从肩膀到袖子全都湿了。

"不好意思，我去下洗手间。"古洴尴尬道。

"没事，出办公室左转就是。"

古洴点了点头，举步走向洗手间。

幸好自己在衬衫里面还穿了T恤，古洴脱下衬衫，塞进了包里。就在他想要离开的时候，忽然听到一阵异响，紧接着，隔间的门被猛地踢开，传说中脾气火暴又拽出天际的刑侦一队队长李白，这会儿正一只手被绷带吊在脖子上，另一只手用力提着裤子拉链。

他的拉链拉不上了。

静默。

就在两个人盯着对方静默地看了三秒之后，古洭颇有眼力见儿地走过去，低头帮李白拉上了拉链。

"可以了。"古洭露出了体贴的笑容。

两秒钟之后，洗手间里响起了一声惊雷般的怒吼，一个"滚"字把整个临鞍市公安局震得地动山摇。

谁都知道，自从刑侦一队来了个随同办案的记者之后，队长李白就得了病——头疼。

这个看起来小其实年龄并不小的记者，几乎成了李白的影子，李白去哪他去哪，两人的距离从来没有超过半步。直到李白忍无可忍，把他拎起来扔出了公安局，他这才答应跟李队保持安全距离。于是半步的距离变成了半米，依旧是如影随形，像是一只随时都会绊到脚的宠物一样。

看着脸色狰狞到扭曲的李队，不仅刑侦一队，整个临鞍市的公安局都陷入幸灾乐祸、欢天喜地的节奏里。

原来"卤水点豆腐，一物降一物"是真的！

这个向来两角朝天的"刺头"李白，竟然被一个小记者吃得死死的。这真是一个全民欢喜的大好事！

从此，古洭也狐假虎威，成为临鞍市公安局备受关注的人物。

就在古洭在临鞍市公安局工作的第四天，一个上了年纪的女人来到医院，请求见犯罪嫌疑人一面。这女人穿着朴素、面色憔悴，连眼睛都是浮肿的。

她说，她是犯罪嫌疑人的妻子。

因犯罪嫌疑人一度拒绝交代犯罪经过，李白给出的答复是暂不予批准。没想到女子不仅不离开，反而撒泼吵闹，不仅把桌面上的文件扔得四处都是，还抓伤了两名民警。

市民闹事，对于警察而言是非常难处理的。一则，民警都是受过专业训练的，对市民出手，唯恐会伤到对方。二则，对方是女性，因而更不方便出手。对方很显然拿捏到了警方的这一原则，蓄意闹事，吵得整个市局都不得安生。

古洴还从来没见识过这样的场面，办公室里的纸张漫天飞舞，女人的叫骂声震耳欲聋，一群令凶手忌惮害怕的警察，竟拿一个撒泼打滚的女人束手无策，这场面简直比贺岁片还要热闹。

数名警察，连同被派来的女警都被女人推到了一边，但这个女人还是连哭带闹，大有不达目的誓不罢休之意。

女人双手叉腰，运足底气，河东狮吼道："你们准是心里有鬼，不让我见人。我要告你们暴力执法，殴打无辜市民！"

"够了！"李白向来不是好脾气的主，因为对方是市民，方才一忍再忍。但姚军和大刘的脸都被女人挠成了萝卜丝，再大的忍耐也到了极限。

他神色冷峻地厉声呵斥道："再不出去，直接以扰乱治安罪和袭警拘留！"

李白的话还没说完，女人就一声尖叫，低头朝着他撞了过去。虽然一只手被吊在脖子上，但李白只用一只手，便抵住了女人的肩膀，任凭她如何使用蛮力也动弹不得。

这家伙，还真是好身手。

纵然对李白的印象恶劣，古洴也少不了赞叹。

"打人啦！警察打人啦！"见硬的不行，女人直接来横的，她扯着嗓门，一屁股坐在地上，捶胸顿足、号啕大哭。继而将头抵在李白的腹部，愤怒地哭号，"你就打死我吧，打啊！"

全体民警当场呆住，李白的脸由红转白，再由白转青，太阳穴上已然是青筋暴起。

秀才遇到兵，有理说不清。这兵遇到大妈，恐怕连理是啥都不知道了。

古洴没办法继续旁观下去了，他走过去，挽住女人的手臂，道："阿姨，您别哭了，我知道您也不想闹，只不过是太担心您的爱人了，对吧？"

女人的身形震了震，面朝下地转动眼珠，看向古洴。

陡然安静下来的气氛颇令人不惯，大家全都朝着古洴瞧了过来。

"我知道那种滋味，等着一个人却一直见不到，也不知道何处是尽头的感觉。"古洴的声音温和，面上亦带着无邪的笑。女人看着他的目光虽充满狐疑，倒也安静下来了。

"阿姨，您先站起来，这个姿势有点累。"古洴扶起了女人。

女人站直了身子，却因为刚才闹得太过，竟是一阵眩晕，脚步踉跄，差点跌坐在地上。

"您快坐，休息一下，喝点水。"古洴见状，立刻扶着女人走到一旁，又示意姚军去倒一杯水。

姚军全程看傻了，半响才回过神来，忍着被挠疼的脸，跑去打了杯热水。

一旁的李白却立在原地，像打量外星人般看着古洴，见惯了大风浪的黑眸里，是掩饰不住的震惊。

"李队，局长找。"刘子涛悄然走过来，碰了碰李白，李白这才如梦初醒，一面疑虑万分地看了古洴一眼，一面走出了办公室。

"愚蠢！无能！办事不力！"不出李白所料，他一进局长办公室，吴局长就拍着桌子，"让犯罪嫌疑人家属把局里闹成这样，却一点办法都没有，你还不如一个实习记者！"

"吴局，我是办案的，不是安慰人的。那实习记者不错，以后有这样的事就都交给他。"李白扔下这一句，便转身走了，完全不顾吴局在身后咆哮着让他"滚回来"的话。

出了这么个烂摊子，李白也很恼火。但是他更好奇古洴会怎么去安慰那个女人。为什么他一出马，办公室就变得安安静静，完全没有方才闹腾的动静了？

从李白去局长办公室到回来，不过十分钟，女人却跟着古洴一起走出了办公室。刚才还凶神恶煞的女人，褪去了不可理喻的泼辣，她红着眼圈，恭恭敬敬地给李白鞠了一躬。

"我家老许就拜托您了，李警官。请您告诉他，钱不要紧，我和儿子都盼着能见他一面……"说着，女人掩面而泣，哭着离开了。

李白错愕地看着女人离开的方向，直到古洴将一张纸条递到了他的面前。

"这是什么？"李白警惕地看着纸条，皱眉问。

"她写给犯罪嫌疑人的纸条，我想，应该会对犯罪嫌疑人认罪有帮助。"古洴说。

李白将信将疑地接过纸条，拆开来，只看了几行，皱紧的眉头便微微舒展了几分。

古洴没有打扰李白，他转身走向了办公室。

"喂。"李白在他的身后喊了一声，"你是怎么做到的？"

"体会。"古洴转头，看了李白一眼，"体会她的痛苦，成全她的体面。我想，若非绝境，谁也不愿那样粗鄙和疯癫吧……"

他淡淡的语气，如同晨曦的微光一般，连同他身上的暖意，都是淡淡的。

"咦？哥，这些零食是哪来的？"

古洴正忙活着把纸袋里的零食逐一往外掏的时候，安东尼从外面回来了。

"嗯……别人送的。"古洴随口应道。

事实上，这些零食都是别人送给李白的。虽然他的脾气顶臭，但颜值和身材还是替自己赢得了"市局一枝花"的美名。公安局里下至前来送外卖的小妹，上至辖区内的女企业家，但凡是单身的，都对他青睐有加。尽管李白身体恢复的速度好像受了皮外伤的狼一样，很快就拆掉了绷带，但那些自称"白米"的迷妹们闻听"小花"受伤，前来慰问的人就没断过，那些好吃的、好用的全都堆满了李白的桌子。

李白把贵重的东西退了回去，像营养品和零食这些委实退不回去的，见古洴围着他转来转去的碍眼，索性打发他做苦力，把这些全都扔掉。向来勤俭节约的古洴哪里看得惯这种浪费行为，他利落地打了个包，把所有的零食一股脑地带走，收拾得那叫一个干净。

令他心痛的是，自己舍己为人的行为，竟被冠了个"囤粮仓鼠"的恶名。

算了，人间正道是沧桑，古洴从不奢求别人能理解他的苦心。

古洴拿回家的零食太多，几乎堆成了小山。这几天他早出晚归，没有时间整理房间，好不容易今天休息，这才着手把零食一样一样地摆进零食柜里。

"你去哪了？"古洴问安东尼。

安东尼笑着摘下棒球帽，把脱下来的外套往洗衣机里一扔，便走过来拿起一袋零食吃了起来。

"我昨天跑步的时候认识了一个球友，一起踢足球去了。"

古洴昨天赶新闻稿睡得晚，第二天醒来便不见安东尼的人影。这家伙已经完全把这当自己家，东西随取随用，每天出入自由，一点都看不出他有离开的意思。

"你不用去美国上学吗？"古洴开始对安东尼回国的原因感到奇怪，虽然已经十八岁，但安东尼毕竟是个孩子，为什么要独自回国呢？

"你其实是想问我为什么回国吧？"安东尼笑眯眯的，像是一只深藏不露的小狐狸，"如果我说我是为了见你才回的国，你信吗？"

"不信。"古洴的回答斩钉截铁，安东尼听完笑了出来，道，"零食不管饱，哥，我饿了。"

混吃混喝也来得这么理所当然？古洴一脸无奈。

安东尼嘿嘿地笑着，把手里的瑞士卷塞进了古洴的嘴巴，"哥，求你了。"

入口即化的甜奶油混合着草莓果酱，微酸中透着甜糯。好吃的东西能化解古洴所有的不爽，他陶醉地眯了眯眼睛。安东尼颇有眼力见儿地又呈上一块瑞士卷，古洴满意地接过来，说了声"等着"，便站起身走向厨房。

古洴原本就喜欢做饭，似乎在安东尼来了之后，更热衷了一些。

也许是因为他之前都是一个人，就算做好了饭也要冻一多半在冰箱里，而现在因为有人可以分享，所以不必再吃冷冻的食物了。

"哥，那个刑警没有再为难你吧？"安东尼站在厨房门口，看着正在切菜的古洴问。

上次古洴在跟大宾通电话的时候，被安东尼听见了，从此他就对李白颇有微词。

"哦，他……"古洴迟疑一下，然后利落地把胡萝卜切成细丝，"没有。"

"总是扮演好好先生，不累吗？"

"嗯？"

古洴怔了怔，他转头，见安东尼斜倚在门边，脸上带着似笑非笑的表情说："不开心就应该说出来，不想做的事情也可以不用做。为什么每次都要假充好人，勉强自己，这样活着，不累吗？"

是他的错觉吗？为什么感觉安东尼的眼睛里有一抹讥讽？古洴颇为意外地看着安东尼，一时间竟不知如何作答。

放在灶台上的手机忽然震动起来，古洴瞄了眼来电，便迅速地抓起手机。

"古洴，有情况！快去新源大街19号，李队已经率队过去了！"

来电话的是大宾，作为一个穷人，他经常为了蹭免费的空调而主动以"新人就该多吃苦"的名义申请值班。也正因为如此，他也可以替古洴留意局里的动静，第一时间给他报信。

"收到！"

古洴放下电话，扔下一句"你自己将就吃点"，便拿起背包冲出了家门。

他在楼下解锁了共享单车，抬头，望见安东尼抱着双臂站在阳台上看向自己。

"注意安全，记得吃饭！"安东尼用力地向古洴挥了挥手。

古洴点点头，踩上单车便飞速地离开了。

安东尼脸上的笑容慢慢地收敛，望着古洴离去的方向，海水般蔚蓝的眼睛里，渐渐蒙上一层薄冰。

新源大街19号是一个露天停车场，这里距离居民区不远，因为转弯就是一个综合菜市场的后门，因而并不算偏僻。

报案的是菜市场卖菜的小贩梁某，菜市场正门每天5点30分开门，后门5点开。小商小贩赚的都是辛苦钱，每天不到5点就得把进货来的蔬菜和水果从后门拉进去，然后摆好货，等待5点30分开门。

梁某在运菜的时候发现了被害人的尸体，吓得他魂飞魄散，当即报了警。

眼下，正是上班的高峰期，大爷大妈也都拎着菜篮子出来买菜，围观的群众渐渐增多。古洴赶到的时候，现场已经拉起了黄色警戒线，几名警察站在警戒线外，阻拦着那些想要凑近拍照的好奇市民。

古洴看到警察们围聚在一辆私家车周围，国产品牌，很常见的家用车型。车门敞开着，有刑警正在为现场拍照。在人影闪动之间，古洴看到了一只垂下来、沾染鲜血的手。

凶杀案！

古洴心头一凛，立刻大步上前。他正欲钻进警戒线，却被一名警察拦住了。

"我是古洴，跟咱们市局有合作的记者。我们见过！"古洴急忙拿出自己的记者证。

"我知道你是古洴，也知道我们见过。"拦住古洴的警察无奈道，"但是上头有命令，坚决不允许你入内。"

什么？

古洴怔了怔，随即明白，这个"上头"指的不是别人，正是李白。

他举目寻找，终于看到了从车子另一侧走出来的李白。

李白的手上戴着白色的手套，俊朗的脸上带着严肃而凝重的表情，正在跟副队长刘子涛说着什么。

古洴的眼睛一亮，立刻向李白招手。

"李队！李队！"

李白显然已经看到了古洴，因为他很快便挥挥手，差遣姚军走了过来。

"小姚，现在情况怎么样？"

姚军迟疑着，似是不便开口的样子。

古洴顿悟，作为刑侦警察，对方肯定不能在真相未察明之前轻易下断言。他一边点头说着"我懂，我懂"，一边伸手掀起警戒线，往犯罪现场进。

"你不能进去。"姚军拦住古洴，一脸歉意地道，"李队说了，命案现场，不允许无关人员入内。"

"我是相关人员，不是无关人员！"古洴据理力争，"我们的合作，是经你们临鞍市公安局领导特批的！"

"没办法，李队有令，你就别为难我了。"姚军一副顶着"军令"的表情。古洴知道就算他说破了嘴也是无用，索性绕到可以将受害人看得较为清楚的一侧，拿出相机拍照。

看着正在拿着相机拍照的古洴，先前拦着他的警察疑惑地问姚军："小姚，就让他这么拍吗？"

姚军挠了挠脑袋，"李队说不让他进，但没说不让他拍……咱们跟媒体的合作确实是上头的命令，太拦着也不好，先这么着吧。"

说完，姚军便急匆匆地转身去勘查现场了。

托姚军的福，古洴即便没有走进现场，但仍可以在最佳角度拍摄。为方便取证，车门和后备厢都已经打开。古洴看到一名警察从后备厢里拎出了一个行李袋。行李袋很鼓，应该塞满了东西。

难道这是一个要出远门的人？

古洴绕到前方，继续拍照。

死者是一个六十岁左右的男子，他穿着浅蓝色的长袖衬衫，身子紧贴后座，脖子上有一道细细的铁丝，血染红了他的衬衫。

他的外套搭在副驾驶的椅背上，血红的字迹刺目无比地写在副驾驶的座垫上。

只有一行字：他来了！

落款是狄俄尼索斯。

狄俄尼索斯？

古洴怔住了。

"喂！"

古洴脑袋上方传来一个明朗却惹人厌的声音，还不待他抬头，手里的相机便被人夺走了。

"李队？"

警帽投下的阴影里闪耀着锐利目光的眼睛居高临下地看着他，紧抿在一处的嘴唇透露着他的严厉与不爽。李白拿着古洴的相机看了看，嘴唇抿得更紧了。

古洴伸手便去夺相机，哪知李白却伸长手臂，将相机举了起来。

古洴跳了一跳，悲催地发现自己引以为傲的一米八身高在一米八八的李白面前根本不够用。

卑鄙！

古洴又气又急，索性站在原地，向李白伸手，"还给我。"

李白却连看都没看他一眼，将相机随手一扔，便丢给了站在身旁的刘子涛，"带回局里。"

刘子涛点头，转身走向警车。

那可是自己配的相机，价格比他三个月的工资加起来还要多，拿走他的相机，还不如要了他的命！

古洴顿时急了，他扑过去，李白却长臂一伸，将他拦了下来。

"那是我的相机！你没权力拿走！"饶是古洴再温和的脾气，也禁不住火大。

第三章

孺子可骗

"犯罪现场不允许拍照，这是最起码的常识。"李白虽是在对古洴说，目光却瞄着刘子涛，待对方上了车，才收回他的手臂。

"可我们是合作单位！"

"合作单位也不行。"

古洴气极，双拳都禁不住攥在一起，"允许我在案发现场拍照是合作前就达成的协议，而且网站发文之前会通过市公安局里领导的审核。所以，你这么做是违反规定，还给我！"

"哟，说得挺溜，还'违反规定'？"李白眯起骏马似的黑眸，笑了，"行了，明天去局里取吧。"

说罢，他转身走向警车。

明天？

古洴怔了怔，旋即意识到李白这是在拖延和敷衍自己。这会儿明明是上午，他们现在要做的必定是进行案件分析，把自己支到明天上午去市局，摆明了是在防着他。

"我跟你们一起走！等等！"

古洴奋力飞奔，然而没等他追到近前，警车便已然绝尘而去。

古洴气愤不已，立刻奔至路边，骑上一辆共享单车便追。

警车里，正在摆弄古洴相机的刘子涛停下动作，从后视镜里看着古洴奋力骑车追赶的样子，不禁惊叹。

"这小子，有点意思。"

李白往车后瞄了一眼，薄唇微微地抿了抿，道："看出什么门道来了吗？"

"看出来了，别说，这小子还有点用。"

说着，刘子涛拨动了相机的放大按键，看到在受害人的车子底下，有几个不规则分布的白色印记，好像是涂料滴下的印记。

古洴赶到临鞍市公安局的时候，李白早已不见踪影。刑侦一队的人上上下下都忙得不可开交，古洴急得在局里转了几圈，最后只好守株待兔，坐在李白的办公桌边等。

干着急的滋味，古洴这次可是尝得彻底。

"哎？你回来得够快的啊。"

姚军忽然响起的声音像是救命的稻草，古洴瞬间来了精神。

"大家都回来了吗？李队也回来了吗？"古洴一跃而起，目光烁烁地问姚军。

"大家伙都忙着呢，李队临时去案发现场周边调查去了，不一定什么时候回呢。我来是把聚府名苑的审讯报告送过来。"说着，姚军便要将手里的文件夹放到李白的办公桌上。

聚府名苑的审讯结果！

古洴的眼睛亮了。

自从自己接下任务以来，别的组都已经上交了新闻稿，但自己到现在还没有上交。这当然跟古洴的合作对象是个不好合作的"刺头"有关，但领导看的都是结果，人微言轻的他，只能用稿子说话。

也许是古洴那张犹如饿极见到饱饭的脸让姚军心软，他把审讯报告举到了古洴的面前。

"要不……先给你看看？"

"可以给我看？"古洙几乎怀疑自己出现了幻听，"真的？"

"都是合作单位嘛，给你。"

姚军的大方让古洙感动得快要哭出来了。相机迟早都是自己的，谅李白也没有那个胆子不给自己，但案件资料不一样，这可是妥妥的新闻稿素材啊！还是新鲜的、真实的、权威的第一手素材！

古洙捧着审讯报告，心里念着果然警民一家亲，一面泪眼婆娑地看起了报告。

走到走廊转角处的姚军，正伸着脖子往回看，见古洙一副如获至宝的样子，心中不知怎么就有了一种骗了傻孩子的愧疚之情。

"你看他的样子，像不像捧着瓜子啃的耗子？"李白端着一杯黑咖啡站在姚军身边，指着古洙道，"就是你之前放办公室养的那只。"

"老大，我养的是仓鼠，不是耗子。"姚军被戳中了伤心事，禁不住生出几许愤懑，"要不是老大你一时心血来潮喂它吃了巧克力，小布也不会死。"

姚军养的那只仓鼠是他女朋友送的，因为刑侦警察天天不着家的工作性质，姚军索性把仓鼠放到了办公室来养。

仓鼠的肠胃虚弱，绝不能喂食人类所吃的奶油等食物，巧克力更是大忌。为了防止那些糙汉子们乱喂，姚军曾贴了一张硕大无比的"禁止投喂"告示在笼子旁边。可饶是这样，也没保得住他家仓鼠一命，李白心血来潮地喂了一块巧克力直接把它送回了"重生点"。

"那是它阳寿已尽，转世为人去了。"李白淡定地喝了一口咖啡，"本队长也算做了件好事。"

姚军的嘴角微微一抽，都说他们队长是公安大学百年难得一见的刑侦奇才，可跟他讲道理分明就是"秀才遇到兵，有没有理都说不清"，除了认栽，别无他法。

"不过，我们这么算计小古真的好吗？他还是个孩子……"姚军的良心发出了阵阵警报。

周围的空气陡然升温，阵阵烈焰似从脚下升起，姚军甚至能够"闻"到自己头发被烧焦的味道。

姚军转动眼珠，缓缓看向李白，在看到那双锋利如刀的眼神之后，立马跳起来一溜烟地逃了。

不错，眼力见儿渐长。

李白从鼻子里哼出一声，转头看向了古洴。

"不错。"他点了点头，"孺子可骗。"

案件发生地：聚府名苑。

时间：某年某月某日某时。

案件始末：犯罪嫌疑人许某伙同另一犯罪嫌疑人张某，潜入被害人华某家中，以利器致使被害人重伤，将其残忍杀害。

案件调查：由于多年前三人一同就职的百治通勤公司倒闭，华某将下发的补偿金私吞，并拒不归还。许某及张某多年来多次索要不成，便合伙将其杀害。现许某归案，张某在逃，许某对犯罪事实供认不讳……

依照这样的资料，古洴连夜赶出了新闻稿。

本以为领导会因为自己最后一个交稿而责怪自己，但古洴却万万没想到自己反而受到了领导的表扬。

"你们多跟小古学学，学学人家是怎么跟警方沟通的。都说刑侦一队难合作，那小古怎么写出来的新闻稿这么详尽？还不都是双方合作得好？警民一家不是说说而已，是我们要说到做到，拿到详尽的第一手资料！"

组长痛心疾首地训完了众人，一秒切换到和蔼可亲模式，他和颜悦色地拍了拍古洴的肩膀，道："就这样吧，把稿子发给局里领导，看看他们的意见。"

古洴点了点头，直到走出了会议室，他还如坠梦中，怎么也不敢相信刚才发生的是真的。

他的稿子，竟然得到了领导的表扬，并且一次通过？

"行啊，小古。"说话的是被分到刑侦二队的陶玉。陶玉是古洴的学姐，入行时间比古洀早，人长得漂亮又精明能干，当时在挑选合作团队的时候，她优先选了二队，把最难搞定的一队扔给了古洀。但没想到，这些刑侦警察个个比泥鳅还滑，资料护得严实，还总想方设法避开记者行动，像是怕被抢了祖传药方的老中医似的。二队尚且如此，以"刺猬"著称的一队岂不是更甚？为了新闻稿发愁的陶玉在想到有古洀垫底的时候，方觉内心稍安。谁料，拔了个新闻头筹的竟然是古洀。

"平时不声不响的，警民工作做得挺好啊。"陶玉笑道。

古洀谦虚地笑笑，说了声"向陶玉姐学习"。

"大家都是同事，你就别跟我玩三好学生那一套了。"陶玉说着，搭着古洀的肩膀，凑近了他，道，"老实交代，你是怎么搞定李白，拿到那么详尽的资料的？"

陶玉身上的香水味刺得古洀鼻子发痒，他后退了几步，别过脸重重地打了个喷嚏。

看到陶玉尴尬到涨红的脸，古洀急忙解释道："不好意思，陶玉姐，我鼻炎，对味道有点……"

"行了。"陶玉不耐烦地打断了古洀，"我知道，是我不仗义，把一队扔给了你。但越难搞定的就越能显出你的本事，你看，你现在不是挺好的吗，领导都格外高看你一眼。"

"这……"古洀不知道应该说些什么，只好又来了一句标准的三好学生回答，"谢谢陶玉姐磨炼。"

陶玉的脸由红转白。

"我一直以为你这孩子单纯，想不到心机也挺重的。行吧，路遥知马力，祝你好运。"陶玉冷笑着向古洀摆了摆手。

古洀看着陶玉的背影，莫名其妙。

"她就这样，你别理她。"被分到社区警察那一组的实习记者陈伟走过来，拿出了一瓶红牛递给古洀。

"一队不好跟吧？你眼睛都熬红了。"

古洴有些感动地接过红牛，喝了一口。

这世上的大多数人都只关心你飞得有多远，真正关心你飞得累不累的，凤毛麟角。

"我虽然跟的不是刑侦组，但我想，能把这么详细的资料给你看的，应该不会像传闻中说得那么难相处。"陈伟说。

他的话，让古洴不禁怔了一怔。

"谢谢你的红牛，我还有点事，先走了。"古洴说着，转身就走。

"行，那局里见！"

现在，所有被派到临鞍市公安局的记者们，都把"局里见"设置成了日常用语。

古洴回了一声"局里见"，便奔出了大门。

"是你吧？"

一进公安局，古洴便直奔李白的办公桌。

"什么？"

正在埋头研究案件线索的李白被打断了思路，皱紧眉头，不爽地瞪向古洴。

"是你让姚军把资料给我的吧？"古洴紧紧地盯着李白，生怕错过他的每一个动作，每一个细节。

李白牵动唇角，露出一个戏弄愚人一般的笑容，"你才知道？"

古洴只觉一口气闷在了胸口。

果然！

他早就应该意识到的，警局的资料，尤其是凶杀案的资料，应该监控得非常严格。但姚军那样轻易地就给自己看了，这必定是有上头的许可。而天真如古洴，竟然没想到这一层。

"所以，故意安排姚军给我看资料，让我发新闻稿借以'敲山震虎'，达到刺激在逃的犯罪嫌疑人的目的。我说得没错吧？"

李白的眉毛高高挑起，他颇为欣赏地看了看古洴，点头，"想不到你还会举一反三。"

古洴怒不可遏，"你利用我！"

话音刚落，古洴的衣襟便被李白揪住，整个人也被拎到了李白的近前。

"这叫相互合作、互惠互利。说话要懂分寸，小东西。"

说罢，他手一松，正在挣扎的古洴身形一晃，险些坐在地上。

"喏，你的相机，物归原主。"

李白从抽屉里拿出古洴的相机放在桌边，起身走了。

相机！

古洴急忙拿过相机，打开查看里面的照片。

空的。

所有的文件夹都是空的，关于凶杀案现场的照片全都被删掉了。

"土匪！"

古洴看着李白的背影，愤然怒斥。

被利用，还被删掉了凶杀案现场照片的古洴心情极度恶劣，以至于在面对午餐的时候都没了胃口。

"干吗板着一张脸啊？平时一到饭点不是挺高兴的吗？"

市局里的食堂饭菜很合古洴的口味，因而每次到吃饭的时间，都会让他心情大好。但这会儿他却一副心事重重的样子，走到他身边的姚军见了不禁调侃。

"没什么。"古洴说着，筷子用力戳起一块山药。

姚军笑着坐到了古洴的对面，"不会是到现在还恨我呢吧？"

古洴没说话，板着脸把山药送进嘴里，使劲地嚼。

"行啦，小家伙，别生气了。我们李队可是把第一手资料给你看了，这可是保密材料。你只要看看你们那几个派来的记者就知道了，他们能看到这么机密的材料，那才见鬼。"

"那是因为你们要利用媒体，给犯罪嫌疑人制造恐慌。"古洴恼火地放下筷子。

姚军摸了摸鼻子，终是自认理亏地道："好啦好啦，这次算我错。以后只要是我能帮上你的，你尽管张口，好吧？"

古洴的耳朵一动，说："真的？"

姚军一拍胸脯，"君子一言，驷马难追！"

古洴的脸色这才舒缓开来。

虽然看似自己被李白利用了一回，但他既发了稿子，又有了除大宾之外的又一个帮手，以后的采访，就算李白想把自己支开，都没那么容易。

刑侦一队的案件讨论会议，于下午 3 点在第一会议室召开。

——这是队长李白说的。

所有的队员都必须参加，当然，古洴不算队员，不需要参加。

——这也是队长李白说的。

古洴表示，他不参加没关系，只旁听。

李白说，旁听也不可以。

于是他在进入会议室之后，把门锁上了。

在跟李白合作的第十天，古洴已经学会了把自己的节操和下线全都一股脑地打包，扔进垃圾堆。

他在会议室门外席地而坐，然后用纸杯扣在门上，耳朵紧紧贴上去偷听。

这招是带他入行的师父教他的，如果在正当的合作中被不正当地对待，理应用不正当的方式正当地维护自己的正当权益。这是每一个记者都应该记住的箴言。

古洴把这一箴言活学活用，已然达到举一反三、炉火纯青的程度。

会议室里传出来的阵阵说话声，让古洴知晓了新源大街 19 号凶杀案的信息。被害人名叫赵圃林，六十岁，是已退休的市教育局副局长。

"赵圃林为人低调，待人和善，没有一点架子，因而也没有与人发生过冲突。他有每天早起锻炼的习惯，5点起床，然后出门锻炼是他坚持了多年的习惯，至于被害当天他为何带着行李，目前还在调查之中。

"赵圃林是被人从后方用铁丝勒住脖颈，窒息而死的。从铁丝嵌入脖颈的深度，以及导致流血的情况来看，犯罪嫌疑人的杀人态度坚决，因而用了很大的力气。现场不仅没有指纹，也不见任何脚印，被害人的手机也被人拿走，由此我们可以看出犯罪嫌疑人具备强大的心理素质和反侦查能力。

"不过，从新闻记者古洴相机中所提取的照片来看，在车门及车体附近，有油漆涂料滴落的痕迹。我们派人提取了这些涂料，经技术组初步分析，涂料凝固时间不超过三十分钟，很有可能跟犯罪嫌疑人有关。"

从新闻记者？相机？

一边听，一边记录的古洴突然怔住，猛然反应过来自己刚才都听到了什么。

"根据我拍的照片？"

古洴终于意识到李白夺走自己的相机，并且将照片全部删除的原因。

这个家伙，他在现场夺过自己相机的时候，就已经发现了那些涂料的痕迹！

好啊，拿了照片，还把自己拒之门外，真是……无耻！

就在古洴在心里问候了李白几十遍之际，门里又传出一阵说话声，古洴立刻把耳朵重新贴回纸杯。

"我们已经提取了当日的监控录像，从监控录像上来看，在早上4点30分的时候，被害人走出小区，一直走到停车场。

"4点45分，被害人走进停车场，但由于停车场监控设备老旧，被害人车辆附近的监控摄像头已经损坏。但从入口处的摄像头来看，被害人逗留期间，没有人进入或者离开，直到报案者发现被害人遗体。由于案发时间较早，也没有目击证人。"

没有监控的停车地点，没有人进出的停车场，这岂不成了一宗无证之罪？

天底下，怎么可能会有这么天衣无缝的犯罪呢？

古洲一边记录，一边感到不可思议。

"监控虽然是查证最有力的证据，但也并非万能。大刘，你带四个人，两人一组，围绕停车场展开调查。小姚，你跟我去被害人家里看看。"

刘子涛积极回应，姚军也立即站起身来。

会议室里传来了一阵迅疾的脚步声，古洲立马起身，收起家伙转身就跑。

还没跑到办公室，会议室的门就被"砰"地推开，遍身肃杀之气的李白大步而出。

古洲吓了一跳，不自觉地攥紧纸杯，连同怀里的记事本都藏到了身后。好在李白目不斜视地从他身边走了过去，古洲这才松了口气。

他正欲回到座位上，忽然想起李白要去被害人家里，抓起背包就跟了上去。

"仓鼠，你跟过来干什么？"

李白已经嚣张到公然喊古洲"仓鼠"的地步了，为了新闻，古洲决定——忍。

"您不是要去办案吗？我跟您一起。"

"谁告诉你我要去办案？"

李白目光如炬，看得古洲心虚，忙用笑容掩盖，"警察出警当然是办案，您说对吧？"

李白黑眸上下扫了古洲一眼，转身上了警车。

古洲惯有眼力见儿，以最快的速度打开车门，钻进了车子。

"哟，小仓鼠，真有你的，敢蹭警车？"上梁不正下梁歪，姚军眨眼间就学会了叫古洲"仓鼠"。

"我这是工作需要。"古洲故意把"工作需要"这四个字咬得很重，姚军哈哈一笑，发动了车子。

咦？今天刺头没赶我下车？

古洲从后视镜里悄悄瞄了一眼李白，见这人唇角微扬，似有一抹不易察觉的笑意。

难道这家伙……变了？

不，应该是我的照片给他提供了重要线索，因而他良心发现，想要还我一个人情。嗯，一定是这样！

满心欢喜且自觉颇为受用的古洴浑然不知，他又主动地跳下了李白给他挖的另一个坑，心甘情愿地再次成为他的一颗棋子。

"棋子"古洴专心地整理着他的记事本，用圆珠笔在上面涂涂写写。李白通过后视镜看着古洴认真的样子，扬声问："你在做什么？"

"功课啊。"古洴头也不抬地答道，"刚才出来得急，没来得及做准备。现在我要列几个准备问的问题，以便和被害人家属交流。"

虽然不知道李白会不会给他机会与被害人家属交流，必要的准备总是要有的。

这会儿正赶上红灯，警车旁边停了一辆幼儿园的校车，车子里的小孩子看到警车，兴奋得拍着窗户向警察叔叔打招呼。

李白的唇扬了起来，他举起手，向孩子们敬了一个礼。孩子们开心得鼓起了掌，继而更加拼命地向李白招手。

古洴被这无声的互动吸引，举目看向窗外。这辆黄色的像面包一样的校车里塞满了像豆包一样的小东西，他们开心地笑着，高举着小手蹦蹦跳跳，可爱至极。

古洴微笑起来，他看着他们，看着看着，忽然一片大火呼啸而来，瞬间将这辆黄色的校车吞噬。

冒着黑色浓烟的大火，如野兽般疯狂撕咬着明黄的校车，孩子们的笑脸蓦然化为惊恐，他们尖叫着，哭泣着，惊恐地挤在一起，大声地求助。

玻璃碎了，孩子的小脸被刺破，火焰似嗜血的妖魔，发狂般扑向他们。受了伤的脸庞，哭喊着的脸庞，在火焰里扭曲，刺激着古洴的眼，撕扯着他的耳膜。

第四章

想要隐藏的秘密

"不！"

古洴惊叫出声，手里的圆珠笔"啪"的一声被他折断了。

一声急刹车在耳畔响起，原来是姚军听闻异响，立即将车停在了路边。李白回头，看到古洴一脸错愕地盯着满是鲜血的手看，不禁骂了一句，下车拉开车门便将古洴拎了出来。

"你疯了？警车上玩自虐？"

"对不起，是我想问题走神了，不小心弄断了笔。"古洴如梦方醒，半是懊悔，半是歉意地对李白道歉。

最近不知道为什么，那个许久不曾出现的噩梦，竟然开始频繁地出现，今天竟然让他在恍然间分不清梦境和现实。

也许，是最近压力太大了吧……

古洴有些无奈地想，所幸刺得不算深，只是流了点血。

"早就说你们这些记者麻烦！"

李白不爽地说着，把手伸向车里，"小姚，拿来！"

姚军应了一声，从车窗里递出了一盒碘酒棉签和一卷绷带。

李白拿过来，动作迅速地用碘酒给古洴的手消了毒，继而利落地包扎好了。

"好……厉害！"古洴瞠目结舌地看着自己缠着绷带的手，连声赞叹，"你这简直专业级别！"

"你要是也像我们这样天天与负伤为伍，你也专业。"说着，李白跳上警车，不耐烦地催促，"快上车！"

"哦。"古洴急忙上了车。

古洴坐在警车里，看着手上缠得严谨利落的绷带，心里涌上了一股莫名的感觉。

车里常备着的外伤用药，和动作堪称专业的包扎水平……

这是受了多少伤才能淬炼出来的？

"你们……都是最可敬的人。"古洴由衷地说。

车子里陡然安静了下去，大约过了两三秒钟，姚军和李白纷纷爆笑出声。

"你是小学生吗？在背课文？"姚军哈哈大笑。

李白也难得地露出了笑意。

"我是认真的。"古洴板着脸，郑重其事地说。

赵圃林的家很简朴，简朴到超出古洴的想象。

一个退休的干部，而且还是教育局的副局长，最起码也应该住在宽敞明亮的三室一厅，装修华美，吃穿奢华吧？但眼前的这个一居室是怎么回事？老式的地板，踩起来咯吱作响，墙面微黄，家具简陋，放眼望去，最能够与主人身份相当的，就是一整面墙的书架，以及堆满书架的书。

赵圃林的妻子魏芳衣着也很朴素，唯一的首饰是一枚戒指。她给三个人端来了茶水，八分满的茶杯冒着袅袅的热气。魏芳就坐在他们对面，隔着热气哭泣。

"赵先生最近有没有与人发生冲突，或是有什么异常的举动？"李白开门见山道。

魏芳摇了摇头。

"那……有没有什么人来找过他，或者，他从前工作的时候有树敌吗？"

姚军问。

魏芳身形顿了顿，她像是在仔细地回忆，但很快，又再次摇头。

"我家老赵心善，又热心肠，从来不计得失，他怎么会得罪人呢？怎么会有人想要害他呢？警官，你们一定要帮我查到凶手啊！"魏芳越说，情绪越激动，忍不住号啕大哭。

"我们在赵先生车子的后备厢里看到了一个旅行袋，袋里装着一些换洗衣物。他是准备出远门吗？"姚军怕魏芳情绪崩溃，急忙问道。

魏芳的动作一顿，显然没有想要回答的心情，她呜咽着，哭得更厉害了。

姚军看向了李白，这种情况下，显然已经没有办法进行理智沟通了，可时间紧迫，他们越快找到线索，就离追查到凶手更进一步，这可怎么办？

李白似乎并不焦急，他转头看向古洴，问："你有什么想要知道的吗？"

突然被翻牌子，古洴受宠若惊，他急忙翻了翻他的记事本，然后正襟危坐，向魏芳点了点头，道："魏女士，请您节哀。赵先生这么善良热心的好人，警方一定会把凶手绳之以法，还赵先生一个公道的。"

作为一颗棋子，古洴具备相当高的觉悟，此刻的他已恍然忘记了自己只是一个"合作方"，一个"局外人"，他攥紧双拳，语气像发誓一般坚定。

古洴的话，让魏芳心里一暖，她点了点头，眼泪流得更凶了。古洴没想到自己一番安慰的话反而起了反效果，不禁懊悔，手忙脚乱地抓起桌上的纸巾，递给魏芳。

"谢谢你啊，小同志。"魏芳擦了擦眼泪，情绪似乎稳定了一些。

"你们先聊，我用一下洗手间。"李白站起身来，在魏芳的指点下走向了卫生间。

古洴的心思全在这次难得的与被害人家属交流的机会上，没有在意李白的动向。他尽量用温和的声音问魏芳："您能详细说说当天的情形吗？"

跟刚才犀利直接的警察相比，眼前的古洴温和亲切，魏芳更愿意配合。她细细想了一下，回忆道："我家老赵有早起的习惯，通常是 5 点出门。不过昨天他好像比平时出去得更早一些……"

“大约几点？”姚军见魏芳的情绪已经稳定，立刻追问。

“应该是4点30分，我那个时候正好想起床喝水，还问他为什么出去那么早，他说，要去问点事。”

“问点事？”虽然古汫不是警察，但凭直觉，也感觉到其中的异样气息。

“对，你也看到了，我们家这个样子，女儿眼看要结婚，家里总得收拾收拾。所以我和老赵合计着把墙重新刷一刷。那天老赵回来，说一起锻炼的朋友家里刚粉刷过，要介绍刷墙的油漆工给我们。昨天，他应该是约了那个人要油漆工的联系方式。”

古汫点点头，把这些都记在了本子上。

“你有那个人的联系方式吗？”李白不知道什么时候已经回来了，魏芳想了想，然后摇头，“没有。”

李白点了点头，三个人又各自问了几个问题，便起身告辞了。

三人上车后，李白望着赵圃林家的窗户，问：“你们觉得怎么样？”

“看着倒像是一个勤俭朴素的人家，一个教育局的副局长，比我们家都寒酸。”姚军一边说，一边发动了车子。

李白没说话。

古汫一边整理着今天的记录，一边随口说道：“不过，他们家的茶很好喝，正岩大红袍，我只在我叔叔家喝过……”说到这里，古汫突然停止了动作，“一个住在这种环境下的人家，怎么会喝得起这么贵的茶？”

“哦？”李白的眼中闪过了一抹精芒，“仓鼠还懂茶？”

古汫的心思全在茶上，对李白语气里的戏谑完全没在意。

“我叔叔很喜欢收集茶叶，正岩大红袍一级以上的价格至少两千元。魏女士泡的茶，香气清远，汤色清澈，色泽呈深橙黄色。这种茶叶已经可以算得上是特级，价格应该至少是我两个月的工资。”

“嚯，看出来了，你是真懂，不是假懂。”姚军哈哈大笑，转动方向盘，将车子倒着开出停车位。

“不过，作为副局长，喜欢喝茶也很正常。这天底下，也不仅仅是你叔叔一个人爱茶吧。"

"话虽如此，可真正爱茶的人，怎么会用纸杯泡茶呢？"古洴想到叔叔古峰每次泡这种上等大红袍的时候，都要用最好的紫砂茶具，弄得好像举行仪式似的，便更觉奇怪。

"那样随意地泡那么贵重的茶叶，要么是他们根本不懂茶，要么就是他们家对这么贵重的东西习以为常，并不觉得贵重或稀罕。"

李白不动声色地听着古洴和姚军的对话，当车子退行至可清楚地看到赵圃林家窗户的地方，他看到魏芳正居高临下地看着他们。

李白的唇角扬了起来。

"仓鼠说得对，魏芳手上的戒指是去年某国际珠宝大牌的秋季新品，至少几千美金，按照汇率折合成人民币，你们算算能有多少？"

他的黑眸眯了眯，像是嗅到了猎物气息的狼，"而且，我在他们家的洗手间里发现，他们的洗漱用品几乎全部都是进口品牌，就连魏芳用的化妆品，价格也在四位数。甚至有几个就那么随意地丢在柜子里，连包装都没拆。我看了一下日期，有一部分已经过期三年多了。"

"你翻人家的卫生间？"古洴几乎不敢相信高端人士李白竟然会做这样的事情，惊得下巴几乎掉在了地上。

李白伸出一根手指晃了晃，"这不是重点，重点是，赵圃林今年才刚刚退休。"

"赵圃林位居副局长，有人送礼，也属正常吧？"许久，姚军说了一句。

李白淡然而笑，"有求于他的人，必定会选择送礼。但收与不收，则是一种态度，为了掩盖实质的奢侈而不惜大费周章，这种欲盖弥彰的行为未免刻意。"

"你的意思是说，赵圃林受贿？"古洴惊道。

李白的笑里，藏着几分深意。

"总之，他们有想要隐藏起来的秘密。"

秘密吗？

古洴下意识地咬住圆珠笔。

魏芳的悲恸是显而易见的，但是在赵圃林受害这件事情上，确实有些含糊其词，而且她对后备厢里的旅行袋避而不谈，似乎也没有表现出协助警察缉凶的迫切。而且，这个案件还有更多疑点，赵圃林如果想要带着行李跑路，为什么又要去问粉刷房子的事情？这不是自相矛盾吗？

可如果没问，那么车子附近的涂料又是哪里来的呢？

魏芳到底隐瞒了什么，又想隐藏什么？

还是说……她和赵圃林早就预料到会有这一天的发生？

这个念头生出来，着实把古洴吓了一跳。

太傻了，这又不是拍电视剧。

古洴苦笑着摇了摇头。

不过今天的新闻稿要怎么写？"清正廉洁的教育局副局长被害"，还是"明里节俭暗中奢靡的教育局副局长死因成谜"？

古洴觉得自己一个头两个大。

"你在干吗呢，哥？圆珠笔都要被你啃烂了。"

就在古洴为了新闻稿冥思苦想的时候，安东尼回来了。

他今天依旧是一头大汗，满身脏兮兮的，衣服上还带着草屑。看样子，他又去踢足球了。

"你说，会是怎样的秘密，才会让人想要不顾一切地隐藏起来呢？"古洴若有所思，像是在问安东尼，又像是喃喃自语。

安东尼刚走到冰箱前，听到古洴的话，不禁顿住了动作。

他背对着古洴，看不清表情，但长达近一分钟的沉默说明了他在沉思。

"软肋。"安东尼忽然说。

"嗯？"古洴怔怔地，没有反应过来。

"一定是足以致命的软肋，才会拼命想要隐藏起来吧。"安东尼说着，从冰箱里拿出一罐可乐，"我瞎猜的，嘿嘿。"

说罢，他打开瓶盖，一口灌下去大半，满足地赞了一声"爽"。

古洴看他喝得爽，喉咙也跟着痒了起来，"给我一罐。"

"最后一罐了。"安东尼笑嘻嘻地晃了晃可乐，"我出一个脑筋急转弯，你答对了这半罐就归你。"

"脑筋急转弯？"古洴差点以为自己出现了幻听，"你几岁了，还玩这个？"

"今天我球友给我出的，我觉得好玩，跟我之前玩过的猜谜游戏都不同。"安东尼一副欢天喜地的样子，像极了地主家的傻儿子，不过……

"你刚才说猜谜？"古洴忽然想起什么似的问。

"是啊，脑筋急转弯，不就等于猜谜？"安东尼在国外长大，对初次接触到的脑筋急转弯充满狂热。古洴却像被一道闪电划过脑海，原先犹如一团糨糊的思路顿时一片澄明。

古洴一跃而起，三下两下把记事本和相机塞进背包，便跑出了门。

"哎，哥，你不要可乐了？"安东尼跑到阳台上，朝着踏上单车的古洴喊道。

"你喝吧，等我回来再给你买！"

古洴的声音，从楼下传了上来。

"好！"他说着，仰头，再次灌了一大口。

安东尼的脸上露出了满足的笑容。

古洴一路疾行，想要快一点到临鞍市公安局。他在通往市局的某个街角转弯时，突然从小巷阴影处跳出来一个人。古洴吓了一跳，正要停下，头部便传来一阵剧痛，眩晕感袭来，古洴晕了过去。

唤醒古洴的，是一阵发霉的味道。

混合着腐臭与潮湿气息的空气，呛得古洴咳嗽起来。他睁开眼睛，透进来的光线让他得以很快看清周围的一切。

这看上去像是一个废弃的仓库，已经生了锈的铁架林立，杂乱堆砌的木箱因为潮湿发出腐朽的气味。这里没有灯，露出地面不足十厘米的窗户透出微薄的光线，这想来也是仓库光线昏暗的直接原因。

古洴的手被反绑在身后，双脚也被绑上了，绑住他的人就蹲在不远处的一堆木箱旁边，默默地吸着烟。

那是一个四十多岁的男人，穿着已经发灰了的蓝色夹克衫和一条磨得泛了白的水洗布牛仔裤，帆布鞋脏得看不出颜色。他头发蓬乱，被生活折磨得几近绝望的脸上，有着化解不开的愁苦。

"请问……"古洴小心翼翼地问道，"您把我劫到这，有何贵干？"

古洴一没钱，二没权，更没得罪过什么人，对方把自己绑上，那只能有一个原因——绑错人了。

那人听到古洴的声音，缓缓地抬起头来。

他凶狠的目光让古洴不禁打了个寒噤。

"要不是你，老许也不会被抓。"

老许？

古洴想了想，终于意识到他说的"老许"正是聚府名苑的犯罪嫌疑人之一，那么这个劫持了自己的人，一定是在逃的张某。

"您是张先生吧？"古洴问。

对方没否认，古洴的猜测便没错了。

"张先生，您自首吧。只要您自首，法律一定会从轻……"

"你懂个屁！"古洴的话还没说完，就被张某粗暴地打断，"你以为我们乐意当杀人犯吗？要不是那个姓华的太过分，把我和老许逼成这样，谁能杀他！"

张某霍然起身，古洴注意到，他手里还拿着一把刀。

"姓华的把我们俩的赔偿金全吞了，说什么拿去做投资，赚了钱十倍还我们。这么多年了，老许的儿子要上大学，我老婆又得了癌，就指望他还钱，可这不要脸的浑蛋，说什么也不肯给，还拿刀逼我们走。好哇，拿我们的钱，还跟我们横！就算不要钱，也得争口气，不能让这浑蛋把我们欺负了！"

张某越说越激动，手里的刀在空中比画，看得古洴一阵心惊。

"要不是你，我和老许就能跑了。都是你这个死小鬼碍事，害了老许！"

张某说着，比画着刀便向古洴扑了过来。

虽然光线昏暗，但刀子依旧泛着寒光，在古洴眼前晃动着，古洴想要跑，怎奈双脚被束缚着，只能眼睁睁地看着他步步逼近。

古洴的心，提到了嗓子眼。

"他跟这事没关系，抓他也于事无补。"

忽然，一个熟悉的声音响起来，随后，一个高大挺拔的身影缓缓走进了仓库。

"李白！"古洴惊呼出声。

穿着警服的李白缓步走来，他的神情严峻，烈火双眸中燃烧着浩然的正气，仿佛把整个昏暗的仓库都点亮了。

"是你？"看到李白，张某布满血丝的眼睛顿时愤恨地瞪了起来。

"老许呢？"他问。

"想见他，就跟我去局里。"说着，李白亮出了手铐，"自首的话，可以从宽处理。"

"我不相信！"张某愤怒地咆哮，他一把扯过古洴，把刀横在了古洴的脖子上。

"不放了老许，我就杀了他！"

李白的唇角扬起，露出了一个明烈的笑容，"张明天，你儿子今年十二岁了吧？"

"什么？"张某不知道李白葫芦里卖的什么药，不禁怔住了。

"你想让他的同学和朋友，都叫他'杀人犯的儿子'吗？"

李白的话，正戳软肋，张某犹如石化一般呆立在那里，竟不会动了。

"你和许学礼只是为了要回属于你们的钱，却成了杀人犯，值得吗？"李白一边说，一边走了过来，他的脚步声坚定有力，每走一步，都在空旷的仓库里引起回响。

"我要是你，就放下刀，不要一错再错。"

话音落下时，李白已经走到张某身边，他突然伸手扼住张某的手腕，用力一扭，另一只手一推，然后快速旋身至张某的身后，然后大喝一声："跑！"

跑，是专门对古洴喊的。古洴如梦方醒，拔腿便跑。

张某恼羞成怒，他从喉咙里发出一声低吼，用力撞向李白，竟硬生生地将李白撞到了铁架上。

李白没有想到张某有这么大的力气，铁架的撞击令他发出一声闷哼，但来自刑警的专业反应令他快速地弹身而起，使用擒拿术袭向张某。然而张某却早已经抢起地上的一个木箱，李白躲闪不及，被砸倒在地。

李白就地滚向一边，想要再次翻身而起，张某却扑了上来，抢起木箱，疯狂地连砸李白数下。

李白忍住剧痛，挣扎着想要起身，逃亡了多日的张某已经濒临崩溃，他一把抓起掉落在地的刀子，朝着李白刺了下去。

"我杀了你！"

眼看张某的刀便要刺中李白，就在这电光石火之间，古洴突然像一枚炮弹一样冲了过来，猛地撞开了张某。

如此剧烈的动作令被绑住双腿的他"砰"地倒了下去，他的脸被地上破碎的木屑擦伤，渗出了血，火辣辣的疼。而古洴来不及喊疼，就地一滚，直接挡在了李白的身前。

"走开！别碰他！"古洴大喊。

他用尽全身的力气支撑着自己去护住李白，鲜血顺着白皙的脸颊流下来，看上去很是瘆人。

然而已经红了眼睛的张某哪里顾及得了这么多？他高举着刀，再次扑了上来。

第五章

原来你是这样的仓鼠

完了!

古洴暗叫一声不好,他紧闭双眼,弯成弓形,严严实实地挡住了李白。

就在张某已经奔至近前的刹那,"砰"的一声枪响,张某应声倒在了地上。

"头儿,小古,你们没事吧?"

姚军率领几个刑警跑了进来,李白在接到张某要求用许某换古洴的电话后,便率领大家抵达了见面地点。他要求姚军等人守在外面,不到迫不得已不要进入。方才,姚军听到里面的异样便立刻率人冲了进来。

见到古洴满脸是血地把李白护在身后,姚军吓了一跳,急忙跑过来。

"还好你来得及时。"看到姚军,古洴这才松了一口气。

"喂,你,快起来!"

李白不耐烦的声音,从古洴的身下响起,他双臂用力,直接将被绑成粽子一般的古洴推了下去。

"我好心救你,你还不识好人心?"

古洴仰面倒在地上,挣扎半天,也没能坐起来。气得他脸都红了。

李白的手在怀中一探,旋即举起了手枪,"要是没你碍事,我早就把他拿下了。"

古洴顿时怔住了。

是哦，刑警是配枪的……

弄了半天，是自己仓鼠帮狼，多管闲事了。

"我说……"姚军悄悄地对古洪道，"我们李队，可是全国刑警大赛中擒拿比赛的第一名。"

古洪的脸，顿时垮了下去。

李白冷哼，大步走出了仓库。

"哎？李队，你心情不错啊？"刚坐上警车，刘子涛开口道。

"嗯。"

李白淡淡地应了一声，隔着车窗，他也清晰地看到了自己脸上的笑容。

有困难，找警察。从披上这身警服开始，保护别人就成了他的本能。今天，是生平第一次，有人保护他。

这感觉似乎……还不错。

"今天中午，我们去红菜馆吃吧。"李白说。

"哟嗬！"刘子涛的眼睛顿时一亮，"有福利啊。"

红菜馆，是开在市局旁边的一个小饭店。开饭店的是一位警嫂，她的爱人曾是市局数一数二的干警，却不幸在一起案件中牺牲。为了照顾她，大家经常光顾红菜馆，几乎把这里当成了据点。通宵工作或是工作压力大的时候，众人也会偶尔在这里吃些东西，再继续回局里战斗。

彼时已是初夏，天气正好，适合在露天坐坐，警嫂红姐热火朝天地给大家炒着菜，大家坐在外面，借机稍加休憩和放空。

古洪已经在市局的卫生室处理了脸上的伤，被姚军以"脸上带点伤，才有男人样"为由取笑了一番。

确实，跟这些糙汉子相比，古洪书生气了些，也纤细了点。他摸着尚且有些疼的脸，懒得跟姚军一般见识。

"都饿了吧？来来来，吃饭！"心宽体胖的红姐端上来热气腾腾的饭菜，大家都被这香气吸引，纷纷举起了筷子。

古洪夹了一块排骨放进嘴里，眼睛顿时亮了起来。

"红姐，你手艺真不错！我还是第一次吃到这么好吃又特别的菜呢！"古洪没想到，开在市局旁边的这么一家不起眼的店，竟然藏着如此惊为天人的美味，禁不住惊叹。

"红姐是湖南人，为了照顾老胡当地人的口味，所以把两地的特色融合在一起，才形成了别具一格的风味。"姚军见古洪两眼放光的样子，笑着解释道。

老胡，一定是红姐的爱人，那位市局牺牲的民警。

"哇，原来这菜里有爱的味道啊！红姐，你应该开个私房菜馆，这味道，上综艺节目都绰绰有余！"古洪一边说，一边大快朵颐。

"你这个小同志真会说话！"红姐乐不可支，她看着古洪眼生，不禁悄声问坐在一旁的李白道，"他是新来的？身子这么弱，能出警吗？"

李白笑了，"红姐，他不是警察，是记者。"

"怪不得。"红姐恍然大悟，"我就说嘛，公安大学可教不出这单薄的孩子来。不过，模样倒是挺俊的。"说罢，她上上下下地打量着古洪，露出姨母般的笑容，问，"小同志多大了？有女朋友了吗？"

突然被问到私人问题，古洪不禁有些脸红。

"长得这么好看，没女朋友？"红姐的眼里顿时燃起了好奇。

古洪一怔，还不待他回过神，旁边坐着的姚军便乐开了，"我们小古天姿国色，说不定早就有女朋友了！"

说罢，大手一拍，直接拍在了古洪的后背上。

这一下震得古洪刚吃进嘴里的饭一口喷了出来，竟直接喷在了坐在他对面的李白身上。

"对不起，李队。"古洪急忙抓起餐巾纸替李白擦拭，李白却一脸嫌弃地把古洪推开，自己用纸清理了起来。

"先管好你的嘴角。"李白不爽地道。古洪一怔，伸手一摸，确实摸到自己嘴边沾着的饭粒，不禁满面通红，急忙擦了擦。

红姐说笑几句，便又去后厨给大家做菜去了，热菜一样一样地端上来，大家伙再次投身到吃饭中。就在大家大快朵颐之际，一辆车子驶了过来，停在路边。

古洴朝着车子瞧过去，黑色的奥迪，车牌号有些眼熟。

车窗摇下来，露出了一张熟悉的脸。

"小洴，你怎么在这？"

在这里看到叔叔古峰，古洴颇有些意外。

"叔叔？"

古峰笑着点头，走下车。

虽然年过五十，但古峰的头发依旧没有苍白的迹象，身材也不似寻常中老年人那般肥胖。古峰作为《临鞍日报》的主编，也许是因为工作性质的原因，他几乎都是西装革履，皮鞋光亮，脸上也总是带着笑容。

《临鞍日报》作为市里综合生活类的龙头报纸，自三十年前创刊以来一直稳居"国内都市生活类报纸竞争力二十强"，去年还被评为全国十大创新日报。而身为主编的古峰，朋友圈非富则贵，尽是临鞍市的上层人物。

古洴刚刚毕业的时候，古峰便提出安排他到《临鞍日报》工作，被不想走后门的古洴拒绝了。尽管如此，也不得不承认，他们古家人确实有做媒体的基因，不论是堂姐古铃，还是父亲古桥，连同古洴和古峰，都是从事媒体工作。

"我去见个客户，正好经过。你这是……有任务？"古峰问。

"嗯，有个采访。"古洴点了点头，随即起身，为古峰介绍在座的刑警。待到介绍李白的时候，古峰忽然"咦"了一声，惊讶道："你不是……健强兄家的公子吗？"

古洴怔住道："你们认识？"

"当然，我跟健强兄可是……"

古峰话还没说完，李白霍然起身，打断他道："古叔叔，正好我父亲这几天要拜访您，如果方便，我们借一步说话？"

说罢，他率先走向了古峰的车子。

古峰怔了怔，旋即像是意识到什么似的，点头笑道："好。"

两个人一前一后地离开，古洴坐在一旁则是满脸的疑惑。

叔叔竟然跟李白的父亲认识？他好奇地望着他们，却因为距离太远，只能看到他们的嘴在动，听不见说话。

古洴的小动作显然被李白看在眼里。

古峰显然也看到了自家侄子的一脸好奇，笑着对李白道："我还以为李公子会继承家业，成为健强兄的左右手，没想到弃商从戎了。"

李白没有这个心情跟古峰客套，只是淡然道："我只是想做自己想做的事。"

古峰连连点头，"有志向。你放心，我不会把你的身份说出去的。"

说着，他又瞟了一眼古洴，道："小洴是我的侄子，这孩子身世特殊，性格敦厚善良，不爱与人争执，受了委屈也是自己忍着。我最担心他这样的性子会在社会上吃亏，现在看到你，倒是放心了不少。就烦李公子劳心，替我多照顾他，这份情谊，我会记在心里。有需要我的，就尽管开口。"

跟刚才的虚与蛇委相比，古峰的这番话说得由衷，脸上的表情更是真诚柔软。李白点点头，说了声"放心"。

聪明人之间的对话不需要太多，古峰道了谢，向不远处的古洴挥了挥手，便坐上了车。

"古叔叔。"车子刚刚发动，李白忽然喊住了古峰。

"你说古洴身世特殊？"李白迟疑了一下，终是问出了口，"是怎么个特殊法？"

古峰稍加犹豫，坦然道："他母亲从小就遗弃他去了国外，父亲也去世得早，自小在我家长大。明明是亲戚，他却总怕麻烦我们，不管遇到什么事，或是受了什么委屈都不吭声。十八岁以后，他就自己要求搬出了我家，一个人半工半读长到这么大。肯定吃了很多苦，虽然这孩子从来都不说。"

古峰的话，让李白的脸上掠过一抹动容。

他望向古洴，跟刑警们有说有笑的那个家伙，看上去没心没肺，又弱又软，竟然……心里藏着那么悲伤的过往。

十八岁就开始过独立的生活……怪不得他那么瘦，体重也轻得好像一张纸一样。

明明有亲人，却不论什么事都自己扛，好像他真扛得动似的。

真是傻瓜。

"啊，对了，李队，我有发现！"

回到警局，李白刚刚开始着手整理案件资料，古洴便冲过来，对李白嚷嚷道。

"什么？"李白不爽地皱起了眉头。由于被害地点处于老式街道，监控设备并不完善，为办案增加了相当大的难度。而魏芳提供的所谓家里装修的朋友，也根本查无此人。

涂料的来源成了迷，而对于那个旅行袋，在警方的询问下，魏芳称是赵圃林前两天开车去外地探亲时带的衣服，还没来得及拿回家。由于魏芳不记得赵圃林是哪天离开的，也没有亲戚的联系方式，赵圃林的车子也没有安装行车记录仪，李白只得率人马不停蹄地去调查赵圃林车辆的出城记录。没想到刚着手调查，便被犯罪嫌疑人张某的出现扰乱了工作进程。虽然聚府名苑的案件告一段落，但赵圃林的命案却不见进展，以至于狼性大发的李白，一脸戾气。

"猜谜。"古洴这只胆大包天的仓鼠，竟没有被李白的戾气吓到。

"猜谜？"李白的剑眉扬得老高，"没事就赶紧回家，没工夫跟你猜谜。"

"不，是狄俄尼索斯的谜！"古洴急切地解释，他从家里奔出来，本来是想去找李白的，没想到被张某劫持，又被红菜馆的美食诱惑，以至于险些忘了正事。

"赵圃林被害时，车座上所写的留言就是一个谜。如果犯罪嫌疑人只是单纯地为了杀人，那么，他绝不会写下那样的文字。它的含义，对于我们来说是谜题，但联系到赵圃林带着旅行袋想要离开的意图，和家属那种意料之中的反应，我怀疑那根本就是一个通知。"

"通知？"

"对，通知。"古洴用力点头，"不仅是给赵圃林和他家属的通知！我想，'他来了'的这个'他'，也许是狄俄尼索斯，也许是别的什么人。但这个通知，必定是一个预言，或是履行了某种约定的提醒。李白，被害人或许不是只有一个。"

李白的眼睛里，顿时迸射出烈火般的精芒。

"嗡——"

李白的手机忽然振动起来，他按下接听键，便听得刘子涛在电话里大声道："头儿，家康小区又出现一起凶杀案！"

李白的浓眉紧紧地皱起，冷声问道："你说又？"

"没错。"刘子涛道，"这次又有狄俄尼索斯的留言。"

这是古洴第一次感受到什么是风驰电掣。

警车一路呼啸着赶往现场，尖啸着的警笛和飞快的车速，竟使古洴有种披荆斩棘，利剑出鞘的锐意。

不到十五分钟，警车抵达现场，李白犹如敏捷的猎豹，直接跳下车子，奔进了犯罪现场。相比较之下，古洴的动作慢了不止十拍，等他拿出相机下了车，李白早就不见人影了。

家康小区，由于地处边远，售房困难，打出了买房送车库的招牌，因而吸引了一部分出租车司机业主，因此，这里也被称为"出租车家园"。被害人的遇害地点，正是自家的车库。

被害人范游，年龄四十五岁，是一名出租车司机。

报警的，是被害人范游的妻子。范游的心脏不好，每天只出白班，晚上9点就收工回家。当天，范游在微信上告诉妻子自己已经到了楼下，马上开车进库。妻子闻言便开始炒菜——这是他们夫妻两个生活多年的默契，为了让辛苦赚钱的丈夫吃上热乎的饭菜，妻子总是把食材准备好，收到短信后才开始下锅炒菜。

然而菜炒好了将近二十分钟，范游还没有进屋。妻子在微信上喊他，也没有回应，电话打过去，却听到对方已经关机的提示。妻子担心范游犯心脏病，急忙下楼前往车库寻找，哪知看到的，却是丈夫的尸体。惊恐交加的妻子当即晕倒，醒来后，立即报警。

据范游妻子所说，当时车库的卷帘式铁门是关着的，没有看到可疑人员。由于她当时看到丈夫的尸体就晕倒了，也不能肯定当时车库里是不是只有丈夫一个人。

现场的气氛凝重，警戒线里，警察来回穿梭，脚步匆匆，神色严肃。古洴拉开警戒线，刚钻进去，便看到了姚军。

"让我进去。"不等姚军开口驱赶自己，古洴便先行张口道，"我保证主动上交相机，绝不外传照片。"

姚军迟疑了一下，最终点了下头。古洴神色一振，立刻冲进了现场。

车库里没有窗户，虽然是白天，可光线依旧昏暗。古洴刚刚踏进车库，便被一股刺鼻的气味呛得几乎窒息。不仅是血腥味，还有另外一种更加刺鼻的味道，好像是……酒？

古洴掩住鼻子，打量着现场的一切。

雪白的墙面上用鲜血写着极为醒目的几个字"审判已经开始"，落款依旧是狄俄尼索斯。

又是狄俄尼索斯！

古洴转头，望向被害人的方向，此时李白已经戴上了手套，在检查被害人的情况。被害人的衣衫尽湿，头朝向右侧，露出大面积的受创面，鲜血淋淋。

被害人的手，正伸向古洴的方向，血泊之中的手，像极了他梦境中那一双双伸向他的手。

"救命！"

"救救我！"

"救命，呜呜呜……"

小孩子们的哭声震耳欲聋，刺破古洴的耳膜，铺天盖地的火燃烧着，他们的眼睛看着古洴，看着他，充满痛苦与绝望。

不……

不要死！

不要！

古洴悲怆地大喊，只觉眼前一黑，继而完全失去了知觉。

好像在黑暗里沉睡了一个世纪，古洴才慢慢地睁开眼睛。

明亮的光线让他重新闭上双眼，过了一会儿才再次睁开。映入眼帘的是一张很熟悉的脸。

不，应该说是很眼熟、很嚣张的一张脸。

"李白？"

穿着制服的李白正抱着双臂，一脸不爽地瞪着古洴，他的警帽就放在病床边。

等等，病床？

古洴这才看清自己所处的地方，竟然是间病房，而他正躺在病床上输液。

"我怎么会在这？"古洴有些莫名其妙。

"这话我也想问你。"李白极其不爽地挑眉，训斥道，"早就告诉你别进现场，结果如何？你晕血，还得本队长亲自送你来医院。"

我……晕血了？

古洴的脸顿时涨得通红，他一向自诩会成为合格的记者，没想到初次进入命案现场就晕倒在地。一天进两次医院，还都是李白救的自己，这回丢人可丢大了。

李白冷哼一声，忽然伸出手，"手机拿来。"

"啊？"古洴怔住了。

李白不说话，可他皱起的眉头却让古洴立刻递上了自己的手机，见李白不接，又极具眼力见儿地把手机解了锁，再次递了上去。

李白满意地点头，接过手机操作一番，便还了回去。

"休息吧。"

说着，他站起身走向门口。

"等下。"古洴说着，扯掉针头，便要跟上来。

"你干什么？"李白转身，厉喝道。

"我要跟你回现场。"古洴说着，拿起背包就要走，还没等走到李白身边，就被他拎起来，一个过肩摔按倒在床上。

疼！

古洴疼得叫出了声，李白道："给我老实待在这，现场不是你这种小家伙去的。"

“不可能！”古汫忍着屁股被摔疼的痛楚，奋力挣扎着坐起来，“我是记者，完成报道是我的任务，也是我的职责！”

他的眼睛，因为愤怒而熠熠生辉。

“你愿意跟，就跟着。不过，下次再晕倒，可就没人送你上医院了。”

说罢，他起身大步走了。

古汫猛地一跃而起。

“是可忍，孰不可忍，李白，我一定会完成这个报道的，你等着瞧！”古汫对着空无一人的屋子独自发狠，不过他的话被门外的李白听得清清楚楚。

看来仓鼠也有仓鼠的尊严。

李白微微勾起嘴角。

李白脸上的笑意正浓，浑然不知自己已经把站在门口的小护士迷得晕头转向了。

他唇边噙着笑意，迈开长腿走了，身后的小护士却踉跄着软在门边，过了好一会儿，方才想起来要去给输液的病人拔针。

“哎，你怎么起来了？”

就在古汫坐在病床上生闷气的时候，小护士走了进来。见针头被拔了下来，小护士的脸色顿时就不好看了。

“你怎么把针拔下来了？这很危险，知道吗？”说着，她指着病床下达命令，“躺下！”

“我从小就低血糖，天生的，不用打针了吧？”古汫的手慢慢摸向背包，想要借机跑路。

小护士的脸一板，手疾眼快地把古汫的包拿到一边，喝道：“是你专业还是我专业？躺下！”

古汫哀叹一声，只好重新躺下来。

小护士拿出锦签，正要重新为古汫输液，门口便响起一阵敲门声。

第六章 狼的温暖

难道是刚才那个帅气的警察回来了？

小护士眼睛一亮，扔了棉签，跑过去开门。

"你们……"

"送外卖。"

一句话，三个字，却出自好几个人的嘴巴。

古泩好奇地瞧过去，就见门外走进来五六个外卖小哥，一排的专业着装，捧着保温箱，整齐得令人惊叹。几个外卖小哥打开保温箱，把箱子里的东西一样样拿出来，瞬间就把一张小桌放得满满的，有几个盒子，因为放不下，只好放在了窗台上。

"请您慢用。"

外卖小哥说着，陆续走向门口。

"哎，等等！"古泩如梦方醒，忙叫住了他们，"我没点外卖。"

"您不是205病房的古泩古先生吗？"其中的一个外卖小哥问。

"啊……是。"

古泩点了点头，虽然不知道自己的病房号，但叫了二十多年的名字绝对不会错。

"那就没错了，如果满意请好评，再见。"小哥们带着专业的笑容走了，古洈却怔了半晌，久久回不过神来。

小护士也被这阵势吓了一跳，站在那里。

是谁订的呢？

古洈有些莫名其妙，随手扯过一张单子看了看，然后又拿过下一张，再下一张，每一张单子上的署名都是李白。

古洈几乎不敢相信自己的眼睛。

手机忽然响起，古洈滑亮屏幕，微信上"李白已通过你的验证，可以聊天了"几个字映入了他的眼帘。

这是啥？

自己什么时候给李白发送过好友验证请求？

啊，等一下，刚才那家伙拿着自己的手机，该不会就是在做这事吧？

来不及求证，古洈急忙输入了一行字："外卖都是你订的？"

"嗯。"

回复的消息是一条语音，却只有一个字，还像是从鼻子里哼出来的。

"为啥？"

"吃。"

"给我？"

"啊。"

"你在开车吗？"

"没。"

"那为什么不打字？"

说话不也是一个字一个字地说。

"懒。"

"你是不是操作失误了啊？病房现在已经被外卖堆满了。"

"不。"

"不是？那为啥订这么多？"

"你太瘦了。"

我瘦？我哪瘦？

我骨头里藏的都是肉好吗？古洴愤愤不已，这货该不会是为了撑死我，好不让我烦他？

心思这么阴险！

古洴扔掉手机，静默了几秒，然后开始拆外卖的盒子，越拆，他的动作就越快。

寿司？他的最爱，他的最爱！

还有烤鱼、芝士猪排饭、麻辣香锅。

臭豆腐？我先尝为敬。

这么想着，古洴便一口咬了下去。

浓郁的酱汁伴着外酥里嫩的口感一并滑入口中，古洴幸福得眼睛都眯了起来。

古洴又伸手打开了另一个盒子，里面躺着的是一份八宝酱鸭。

幸福，这简直太幸福了！

输液这种事，转眼就被古洴抛到了九霄云外，外卖的盒子一个个被打开，扑鼻的香气一阵阵袭来，整个病房都淹没其中。

小护士看看古洴，又看看这些外卖，终于耐不住好奇拿起外卖单看了一眼。

"我说，这个李白是你朋友？"她问。

"啊……嗯……朋友。"古洴嘴里叼着一块排骨，歪着脑袋想了想，李白虽然脾气不好，但既然他送了这么多好吃的，那姑且认他作朋友也不亏。

小护士恍然大悟，看向古洴的眼神充满了羡慕。

可惜已经醉心于食物的古洴全然不知，他抓起一块寿司塞进嘴里，吃得两个腮帮子都鼓成了球。

当日，古洴的朋友圈发出一张被外卖堆满桌子的照片，并配了四个字"好吃好吃"。

下面的评论区一片热闹。

大宾：妈呀，你彩票中奖了吧？快请客！

安东尼：哥，你在哪？等我一起吃啊，呜呜……

组长：别光顾着吃，想想自己的职责，工作第一。

姚军：苦逼的我还在排察监控，眼睛都快瞎了！

李白回复姚军：叫什么苦，赶紧干活儿！

姚军回复李白：老大你什么时候加了小古微信啊？

李白回复姚军：闭嘴，干活儿！

本来应该第二天出院的古洴，当晚便跑回了家。

"哥，你这是……打劫了外卖小哥吗？"安东尼见古洴大包小包地拎着一大堆外卖进屋，不禁吓了一跳。

"没，别人送的。"古洴吃力地把东西都放在桌上，一屁股瘫坐在沙发上，累得连动都不想动。

"谁啊，送这么多？"安东尼好奇地翻着袋子。

"嗯……"古洴想了半天，也不知道应该如何形容李白，只好说出了脑子里浮出的第一印象，"一个像狼一样的人。"

"狼人？"安东尼扑哧一声笑了出来，他数了数袋子，"一共二十份，这狼人家里有矿啊。"

安东尼近来交的朋友越来越多，俏皮话也说得越来越溜。不过，他的话倒是提醒了古洴。

古洴连忙跳起来，重新去查看那些外卖单子。

先前他只留意了美食，却忘了看价格，如今再看，竟被这些价格吓得说不出话来。

这些外卖，每样都价格不菲，加在一起更令他为之咋舌。

这个李白，不会把这个月，不对，这两个月的工资都用来订外卖了吧？

当清晨的第一缕阳光照进临鞍市公安局的时候，李白还在睡觉。

确切地说，李白才开始睡觉。

经法医初步鉴定，范游是被重物击伤头部，然后被灌下大量酒精导致昏迷，随后才被犯罪嫌疑人痛下杀手的。手段如此残忍，却没有丢失财物，这证明犯罪嫌疑人的目的多半是寻仇。

从范游家小区的监控录像来看，范游家的车库并没有可疑人员进入，但在范游遇害后，也就是范游妻子进入车库的五分钟以后，监控却忽然失灵。由此，李白怀疑犯罪嫌疑人有可能就在范游的车里。

可是，犯罪嫌疑人到底是什么时候上的车，范游又为什么会将他带回自家车库呢？

昨天李白与队员们一同排查了多处监控摄像头，整整一夜都没有合眼，周围的队员们陆陆续续地趴在桌上睡着了，而李白则熬到凌晨5点多，才合上眼睛打了个盹。

忽然李白感觉自己的鼻子里钻进了一股香气。

烤肉的味道，似乎是……五花肉？

一定是做梦，局里哪来的五花肉！

明明是在睡梦里，李白的警察属性也能教育自己一个来回。他告诉自己再眯一会儿，偏偏五花肉的气味不减反浓，好像就摆在自己的面前。

嗯？

李白的眼皮掀了掀，最终睁开了。

映入眼帘的确实是五花肉，长片的五花肉片层次分明，因为裹着酱汁使得香气更加浓郁，这些大片的五花肉裹着又白又糯的米饭，形成可口的饭团，上面还插了带着图案的水果叉，既能够固定饭团，还能方便食用。

十二个饭团整整齐齐地摆在一个便当盒里，就像是排排坐，吃果果的小胖墩，可爱得紧。

哪来的饭团？

李白黑眸一转，抬头看向饭盒旁边的一张笑脸。

"什么味道这么香？"

睡觉的众人都被这阵香味给勾醒了，大家纷纷坐直了身子，寻着香味看向李白。

"饭团！"

姚军惊喜地叫着，伸长了手就要去抓。

但某人眼里的烈焰好似点燃了空气，烫得姚军的手都似乎发出了"嗞嗞"的声响。

姚军在李白那足以灼伤人的注视下悻悻地收回了手。

"这是小古带的？"刘子涛向来不拘小节，跟李白可谓是过命的交情，也是整个市局唯一有胆跟李白勾肩搭背开玩笑的人。他可没姚军那么怯，手眼就要碰到饭团，李白却不动声色地起身，把整个饭盒都端走了。

"哎，你倒是给我们也尝尝呀！"刘子涛抓了个空，又气又急，朝着李白的背影嚷嚷道。

"大家伙一宿没睡，半夜连宵夜都没得吃，饿得前胸贴后背，这么多饭团，你好意思吃独食？"

任凭刘子涛如何跳脚，李白就像没听见似的，头也不回地走出了办公室。

"我这还有呢，虽然不是五花肉的。"

古洴见状，忙从纸袋里拿出了另外几个便当盒。昨天的外卖太多了，古洴怕吃不完浪费，便加工成了各式饭团带给大家。烤五花肉是昨天外卖里的韩式料理，虽然被贪吃的安东尼吃了大半，但余下的十二片，有幸成为李白的口粮。

醒来的刑警们都已经饥肠辘辘，哪里还顾得上比较，欢天喜地地聚了过来。

姚军欢呼着，扑上来拿起一盒就开吃。

"我还买了豆浆。"古洴把买来的豆浆也给大家分了一下。

"行啊，小子，有心了啊。"刘子涛喝了一口豆浆，对古洴道。

刑警们都是些糙汉子，平时没有说暖心话的神经，但古洴的早餐，无异于为猛虎投食，令众人感动。可饶是再感动，却也说不出什么来。

古洴笑了笑，他也不是一个擅长言辞的人，在一起合作了不到半月，众人的辛苦他看在眼里，对于刑警的职业亦多了几分了解和感触。

“哎，小古，还有豆浆吗？再给我一个。”姚军伸过来一只油腻腻的爪子，问道。

“有。”古洴递过去一杯，趁姚军大口喝豆浆时，忙凑过去问，“那天在现场我好像闻到了酒精的味道，被害人不会是酒驾了吧？”

“哟，小仓鼠鼻子怪好使的啊。”姚军赞许地看了古洴一眼，“被害人确实喝了酒，不过不是酒驾，而是回到车库之后被强行灌下去的。”

“被灌下去的？”古洴这才想起，当时在现场，他确实有注意到被害人的衣服湿了大片，但没有鲜血的痕迹，原来是酒精。

“具体的报告要上午才能出来呢，估计开会的时候法医的报告就能送过来了。”姚军一边大快朵颐，一边道。

“开会？今天要开会吗？”古洴的眼睛一亮，“几点？”

“10 点 30 分。”

“在哪开？”

姚军的嘴巴已经被塞满，顾不上说话，只好伸手比画了一个“一”。

“哎？古洴，你怎么在这？”

市局的人员有限，作为新人，大宾管理档案之余，还兼任半个后勤。当他把热水放进第一会议室，正要离开的时候，忽然瞧见有人藏在桌子底下。

他走过去一瞧，就见古洴席地而坐，脚边放着他万年不离身的背包，手里抱着一个记事本，正在奋笔疾书，不知道在写些什么。

听到大宾的声音，古洴抬起头，伸手向他做出了一个“嘘”的动作。

“不是吧，你敢听警察的墙根？”大宾蹲下来，替古洴鸣不平，“采访这种事，人家给你什么资料，你随便写写就好了。弄成这样，至于吗？”

“小点声。”古洴伸出脑袋，瞧了瞧门口。还好，现在还没有人来。

“光靠他们给我的那些材料是不够的，我要知道真相，知道事实。”古洴说，"况且，这也不算听墙根。我本来就应该光明正大地坐在椅子上，但是李白不合作，我只能出此下策。'在正当的合作中被不正当地对待，理应用不正当的方式正当地维护自己的正当权益，是每一个记者都应该记住的箴言。'这话，是我师傅说的。"

"什么正当不正当的，你赶紧起来！"大宾没那个耐心听古洴那些绕来绕去的大道理，他伸手就要把古洴往外拉，"要是被李队发现，你就惨了！"

两个人还在拉扯，突然有脚步声传来——有人来了。

大宾的动作立刻顿在了那里。

"那个谁，你干吗呢？没事出去！"

这嚣张的气焰，好话不会好说的态度，不是李白又是何人？

古洴无声地挣开大宾，示意他快走。大宾无奈，只得在李白虎视眈眈的注视下离开了。

"开会！"

李白一声令下，一队的队员们立刻鱼贯而入，动作迅速得堪比士兵。

不得不承认，警察身上散发出来的浩然正气确实足够震慑人心，会议室陡然凝重严肃的气氛，与先前的静谧完全不同，就连古洴也觉得"做贼心虚"，紧张起来。

他屏息静气，等待着会议的开始。

李白没有让他久等。

"大刘。"

在李白的点名下，刘子涛拿出了法医的鉴定报告。

"被害人头部受到钝物重创，在失血过多导致昏迷的情况下，被灌下大量酒精身亡。"

什么？古洴心里一紧，受害人不是因为受伤流血过多而死，而是因为酒精中毒？

那么说，犯罪嫌疑人是在被害人昏迷的情况下给他灌下的酒精，然后眼睁睁地看着对方死去的？

这是有多么强大的心理素质，才能做出如此残忍的事情？

"经过鉴定，被害人头部创伤面长度达到十点五厘米，从边缘提取出的细微颗粒来看，凶器很有可能是石块一类的东西。"刘子涛说着，打开了投影仪，一张照片出现在会议室前方的幕布上，"这是我们从小区侧门花坛处发现的石块，经过 DNA 检测，上面的鲜血，和被害人范游的 DNA 一致。我们可以认定，这就是凶器。按照监控画面来看，犯罪嫌疑人很有可能是在被害人妻子进入车库晕倒后，才逃离的车库，而这块石头，也极有可能是他在逃跑过程中扔掉的。"

那么说……范游的妻子在进入车库的时候，犯罪嫌疑人还在里面。

古洴倒吸一口冷气，他想想都替对方后怕。如果犯罪嫌疑人不是急着逃跑的话，后果一定不堪设想。

也许是因为感同身受，古洴的肚子竟然咕噜噜地叫了起来。

古洴急忙按住肚子。为了不被李白发现，他趁着午饭的时间溜进了会议室，他本以为自己能撑到结束，没想到这会儿就开始饿了。

他揉了揉肚子，悄悄地从背包里拿出一袋饼干，尽管已经非常小心，却还是在撕开包装的时候发出了声音。

会议室突然安静了下来，古洴吓得急忙静止，连大气也不敢喘。

好在这诡异的静默很快就被李白的声音打破。

"就范游的妻子所说，范游心脏不好，因而滴酒不沾。他们生活条件一般，平时妻子做小时工，范游开出租车，因为性格豪爽，也没有得罪过什么人。犯罪嫌疑人为何选他作为目标？从被害人被灌下大量酒精的行为来看，这个狄俄尼索斯的作案风格……"

听着李白的陈述，古洴这才放心地拿出一块饼干，悄悄地、轻轻地咬了下去。

"咔哧"的一声，明明那么轻，会议室却还是像被按下静音键一般，再次安静了。

敌不动，我不动。古洴叼着饼干，睁大了眼睛留心倾听。

好在，李白的陈述又继续响起。古洦赶紧快速而轻盈地嚼了起来，才嚼几下，眼前突然出现了一张李白放大的脸。

"行啊，仓鼠，学会潜伏了。"

李白说着，一把拎起古洦，把他从桌子底下揪了出来。

"哟，活捉仓鼠一枚啊！"姚军乐不可支。

古洦可乐不出来了，他用力挣扎，却终究敌不过李白的力道，被他拎出了会议室。

"放开我！"古洦拼命挣扎，双手紧紧地扳住门，抵死不肯出去。

"要案机密，你一个外人在这凑什么热闹！"任凭古洦如何死黏，李白大手一拎，便将他从门上扯下来。

"我不是外人，我们有合作，你不能把我排除在外！"是可忍，孰不可忍，古洦这次决不妥协，"我告诉你，李白，仓鼠急了也会咬人！"

"哟嗬，厉害了。"李白的唇扬了起来，烈焰一般的眼睛微眯，俊朗中带着戏谑。说着，他把手臂举到古洦嘴边，"你咬一个给我看看。"

古洦二话不说，张口就咬。

一双黑白分明的眼睛，带着恼火与倔强，气愤地瞪着李白。雪白的牙齿重重地咬住李白结实的手臂，用力，再用力。

李白脸上的戏谑陡然一滞，紧接着，他咬紧牙关，发出"嘶"的一声。

这小子，真敢下嘴。

他条件反射地攥紧了拳头，虬盘怒张的肌肉顿时变得坚强，古洦的牙齿好像被肌肉夹住了一般，硌得他生疼。饶是这样，他也不松口，较劲般地瞪着李白，继续用力。

"够了！"

忽然，李白一声暴喝，修长而有力的手指扼住古洦的脖颈，抵在了墙上。突如其来的袭击令古洦的五脏六腑都跟着震了一震，不自觉地松开了嘴。

来自刑警的力道绝非常人能够忍受，古洦被李白抵得呼吸困难，满脸通红，不禁咳嗽起来。

李白用他强壮的手臂紧紧地抵着古洴，低声咆哮："小东西，我警告你，再敢进来一次，我就把你铐上！"

说罢，他猛地松开古洴，转身走进会议室。

古洴的胸膛几乎要炸了，从嘴里传来淡淡的腥味，古洴疑惑地伸手摸了摸唇角。

指尖一片猩红，他竟然把李白的手腕咬破了？

可是刚才李白不声不响，连眉头都没皱一下。

李白看着手臂上被古洴留下的一圈牙印，眉头紧紧地皱在一起。

牙印不大，清晰规整，因为咬得极其用力因而渗出了血。

力气倒是不小。

果然仓鼠急了也咬人。

他伸出手抹去上面的鲜血，在古洴充满怨念的注视下，举步走进了会议室。

"浑蛋！"古洴气呼呼地瞪着被关上的门，后悔自己刚才怎么不咬得再重些。

"我还以为你跟这个李队处得多好呢，原来你是在用生命换新闻啊。"一声讥笑声响起，古洴这才看到旁边的茶水间门口，站着看好戏的陶玉。

古洴有些尴尬地整理了一下衣服，没有理会陶玉。

"我要是你，就找他们领导去。这可是咱们跟公安部的合作，下属不配合，可是要受处分的。"陶玉端着水杯，冷冷地瞄了古洴一眼，"嚣张点，别忘了你是记者。"

说罢，陶玉婷婷袅袅地走了。

望着陶玉的背影，古洴怔了半晌，方才回过神来。

陶玉说得对，这次合作是上头批准的，李白根本没资格刁难自己。

没错，我是记者，今天我就要一路嚣张到底！

古洴这么一想，立刻来了底气，他昂首挺胸，大步走进了局长办公室。下一秒，古洴便在吴局长的带领下，雄赳赳气昂昂地杀回了会议室。吴局长当着所有一队成员的面，让李白端正态度，好好跟媒体合作，更告诉古洴，以后不管遇到什么问题都要第一时间告诉自己，看谁还敢为难他。说完，便背着手走了。

李白没想到古洴会给他来这么一手，气得剑眉倒竖，一双眼睛有如烈焰，仿佛随时都能把古洴点燃似的。

"行啊，仓鼠，拿着鸡毛当令箭，进步挺快。"

"我只是表现出对工作的决心而已。"古洴微笑着举了举手里的记事本，"时间紧迫，李队您继续。"

说罢，他便泰然自若地走到一个空座前，坐下了。

李白向来在市局横着走，这次还是头一回吃瘪，还是在一个看上去软得好似一朵棉花的仓鼠面前。

大伙全都憋着笑，脑袋低得快要塞到桌子下面去了。

"笑什么？"察觉到队员们的小动作，李白勃然大怒，猛地一拍桌子，"都给我严肃点！继续！"

提到案子，刚才轻松的气氛瞬间一扫而光，取而代之的是凝重与严肃。

刘子涛操作笔记本电脑，把一张路线图投影在幕布上，"我们调查了范游的GPS定位，发现当晚他分别去过千山、汉水、鹿原几个街道，在燕川路附近徘徊了两个多小时，最后他把车停到了天庆小区附近，一个小时之后，他开车回家。"

"我们调查了一下天庆小区的监控录像，发现范游停车的地点是一处监控死角。这意味着，我们不知道他把车子停在那的目的，同时，也不知道在那段时间里到底发生了什么。"姚军继续说道，"不过，我们调取到了范游车子在孔桥十字路口时的录像。"

幕布上显示出一张出租车路过时的录像，虽然并不清晰，但仍可看得出在范游车子的后座上，坐着一个人。

"范游的'空车'灯没有按下去，这证明上车的不是客人。但他所坐的位置和他的穿戴，好像在故意隐藏容貌。并且，据GPS显示，从天庆小区离开之后，范游直接把车开回了家。"

难道这个人就是犯罪嫌疑人吗？

幕布上关于这个人的画面被放得很大，由于像素的关系，人物逐渐模糊，但仍可看得出这是一个身材消瘦的男人。

"调查家康小区的监控，查一查范游遇害后有没有这个人出小区的监控录像。"李白下达了命令，一个刑警立刻应声走出了会议室。

"狄俄尼索斯为什么要把赵圃林和范游当成作案目标？这两个人，根本就没有关联性，也根本没有相似性。"姚军若有所思，"这个狄俄尼索斯的犯罪动机到底是什么？"

"狄俄尼索斯是希腊神话里的酒神。"古洴道，"他是宙斯与塞墨勒之子，不仅握有葡萄酒醉人的力量，还以布施欢乐与慈爱在当时成为极有感召力的神，他推动了古代社会的文明并确立了法则，维护着世界的和平。"

早在第一起命案案发的时候，古洴便查了关于狄俄尼索斯的资料，难道这就是犯罪嫌疑人给范游灌下大量酒精的原因吗？

"如果他以酒神自居，以灌下酒精的方式来杀人，为什么他只给范游灌下大量酒精，对赵圃林却没有这么做？"古洴说出了他的疑惑。

"在赵圃林的被害现场，他留下'他来了'三个字，在范游的被害现场，又留下了'审判已经开始'六个字。这个狄俄尼索斯他到底要审判什么？"对着乱成一团的线索，姚军也参不透其中的奥秘。

"调查被害人过去三十年的所有案底和记录，不要错过任何一个疑点。"李白命令道。

队员们立刻齐声应和，纷纷站起身准备离去。

"一个维护着世界的酒神？"李白的脸上，漾出了狷狂的笑意，"我倒要把他揪出来看看，他到底有什么资格，把自己当成救世主。"

一个是自诩维护世界和平的"酒神"。

一个是滴酒不沾的缉凶警察"诗仙"。

这场正义的角逐，才刚刚开始。

会议结束的时候，已经临近晚上9点，大家全都饥肠辘辘，古洴收拾好背包刚走出会议室，就见姚军向他招手。

“我们点外卖了，有你一份，吃完再走。”

“真的吗？”居然可以蹭到警局的盒饭？古汫还以为自己出现了幻听。

姚军点点头，“真的，比真金还真。你快点吃，吃完咱们还有任务。”

还有任务？古汫立刻将目光投向了李白。

正在整理资料的李白头也不抬，古汫索性直接奔过去，目光烁烁地看着李白，“李队，一会儿真的带我一起去执行任务吗？”

李白像没听见似的，把头转向一边。古汫又凑了过去，笑眯眯地看着李白。

李白终于抬起眼，不耐烦地看向古汫。

目光相对，古汫脸上的笑意愈发灿烂，“看来是真的了！太好了！我们要去哪？执行什么任务？”

李白的眉尾高高地扬起，“再聒噪一句，就给我滚。”

古汫一秒噤声，他比画了一个没问题的手势，兴高采烈地放下包，跑向洗手间。

会开得太久，古汫都快要憋出犄角了。

看着古汫开心不已的背影，姚军心中再次升起了愧疚之情。

“这小子可真够天真的，随便什么任务都能乐上半天。不过老大，咱们用得着回回都带着他吗？”

李白望了一眼古汫离开的方向，淡然道："我们办案久了，常会用公事公办的态度来进行沟通，因而忽略了被害人家属的情绪。但这小子不同，他能对被害人家属的痛苦感同身受，有他在，对方的情绪很容易被安抚。”

想起那天古汫犹如神兵天降般地安抚了谁都束手无策的犯罪嫌疑人许某的妻子，以及上次访问赵圃林妻子时的情形，姚军不得不承认，李白说得有道理。

“哎？”姚军像想起什么似的，“我怎么觉得老大你是在夸他啊，我没听错吧？”

姚军话还没说完，脑袋便被一摞资料重重地砸了一下。

"小古，想不到你还挺能吃苦的，这么晚了还跟着我们一起加班。"吃饭的时候，姚军看着捧着盒饭甘之如饴的古汫，禁不住赞叹。

"这算什么苦啊，我跟我师傅在制假窝点暗访的时候，当了一个多月的劳工，还被锁在小黑屋里呢。"古汫闷头吃着饭，距离出发还有十五分钟，大部分刑警只用几分钟的时间就吃完了饭，古汫不禁有些着急。

"真的假的？你这么弱，还去暗访？"刘子涛叼着一块菜叶笑道，"是被抬出来的吧？"

正在往口中夹菜的李白，不禁眯起黑眸，戏谑地看了一眼古汫。以这小仓鼠那副身板，队里最弱的队员也能把他拎起来，还学别人暗访？

"嗯。"古汫只顾着吃饭，没听出来刘子涛话里的调侃，"社里找到我们的时候，我们整整五十二个小时没吃没喝，住进了医院。"

他的话，让整个一队都安静了。

李白的筷子拨弄着仅剩的一口饭菜，迟迟没有送入口中。

"我吃完了！"古汫终于解决了他的盒饭，顺手把周围几个人吃完的饭盒也收走，勤快地奔向了垃圾间。

"开什么玩笑，仓鼠被关了五十二个小时？真的假的？"李白的脸上再一次出现特有的嚣张不屑的表情。

"当然是真的！古汫是我大学同学，他从来不在这种事上吹牛。"

大宾从档案室里走出来，把一摞资料放在李白的桌子上。每逢大案，李白都恨不能挖出被害人祖宗十八代的资料，把档案科的人也折磨得不成人形。作为总在局里加班蹭空调的大宾，经常会被李白抓来干活儿。作为新人，大宾对这个既牛且横的李队很是忌惮，但事关朋友声誉，大宾还是站出来为自己的朋友说上一句公道话。

"曝光人间黑暗，是古汫的座右铭，他可是我们新闻系最厉害的学霸！"说这话的时候，大宾的胸膛挺得笔直，好像在宣读英雄事迹似的。

李白垂着眼角狂傲地扫了他一眼。

大宾二话不说，立马逃离。

古洴对所发生的一切浑然不知，回到座位上的时候，他发现自己的桌子上多了一个盒子。

绿色的盒子上面用柠檬黄色的花体英文印着"Champagne Truffle"。很低调，却难掩精致。

古洴好奇地把它打开，浓郁的香气立刻扑鼻而来，只见盒子里整整齐齐地窝着十二颗胖胖的松露巧克力，令人着迷的香气，像梦一样地萦绕在古洴的周围，闻着香味他都感觉自己要醉了。

但这是谁给他的呢？

他左顾右盼，最后看到了坐在自己旁边的李白。

"李队，这是你给我的吗？"

李白黑眸一挑，瞧向了他。那副生人勿近，闲事勿扰的表情，令古洴立刻闭上了嘴巴。

"给你你就吃，哪来那么多废话。"

李白扔下这一句，便起身离开了。

真是他送的。古洴心里有些莫名其妙，这家伙好好的，干吗突然送自己巧克力？

算了，管这么多干吗，先吃为敬。

古洴想着，拿起一块巧克力放进了嘴里。

刚一入口，古洴便怔住了。

入口即溶的细滑，绝不似普通巧克力的植物油脂，而是谷物油香浓的口感，巧妙融合着牛奶与可可的美妙味道在唇齿间流淌，暧昧地与味蕾缠绵，舌尖轻抵，会感受到被巧克力包裹着的软心。轻轻咀嚼，软心的香槟酒慢慢渗出，不但没有喧宾夺主地减少巧克力的味道，反而还提升了它的醇厚，简直是一场味觉盛宴。

古洴的灵魂，好像都随着口中的巧克力一并融化了。

好甜，好幸福。

古洴瘫在桌子上，整个人飘飘欲仙。

啊，对了！

他像想起什么似的，一跃而起，奔向门外。

"李队！"

古洴一路小跑，追上了走廊上的李白，他站在他面前，由衷地说了一声："谢谢。"

"李队，小古，咱们走吧！"

姚军的声音由远及近，李白微微点了下头，举步率先走了，古洴转身一溜烟地跑了，"你们先去，我去拿包，马上到！"

这次的任务，是再一次前往赵圃林家。再次前往的原因是警方在赵圃林的通话记录中发现，在其被害的前三天，赵圃林有一个长达三分钟的通话，而打给他的人，正是范游。

一个是退休的教育局副局长，而另一个则是平凡的出租车司机，不管怎么看，两者也不像是有交集的样子。更离奇的是，这个时间恰恰发生在两人被害的前后，这其中的关联，恐怕只有当事人最清楚。

虽然这一次有古洴从旁辅助，但赵圃林的妻子魏芳坚称她根本不认识范游，而且对于赵圃林与范游通话一事，也是毫不知情。如果没有发现魏芳隐藏起来的那些奢侈品，也许李白会相信她的话，但现在，他无法轻易相信她的话。

"我们查了赵圃林车辆的出城记录，发现他并没有出去过，不论是开车，还是乘坐火车或是飞机。"李白直视着魏芳的眼睛，采取直截了当的问询方式。

"这我就不太清楚了。"魏芳迟疑着，沉默了下去。

"并且，那位粉刷房子的朋友，据我们调查，也并无此人。"李白继续逼近一步，他语气里的犀利和置疑毫不加掩饰。

魏芳霍然起身，怒气冲冲地喊了起来。

"李警官，你到底什么意思？我总不能二十四小时盯着他吧？他有什么朋友，见了什么人，我怎么知道？他回来怎么说，我自然就怎么听，我怎么知道是不是真的！"

说着，魏芳竟一屁股坐下，掩面大哭起来。

李白的眉，微微地皱起来。

直觉告诉他，魏芳的痛哭，一定另有隐情。

他抬眼望向了古洴。

古洴似乎也意识到魏芳的崩溃来得有些异常，他伸出手轻轻地拍了拍魏芳的肩膀，道："魏女士，请节哀。我相信李警官并没有怀疑您的意思，只是越多的细节就越是有利于找到凶手。事到如今，赵先生已经走了，还有什么是不能说的呢？"

魏芳的身形一震。

她像是被古洴的话提醒到了什么，她沉默了很久，才慢慢地放下掩面的双手，坐直了身子，望向古洴。

"你说得对。"魏芳的脸上，忽然浮现出一抹凄苦的笑意，她缓声道，"他都已经死了，我何必还要为他隐瞒呢？人人都说他是个心善的好人、好丈夫，谁知道他还在外面养着一个情人呢？这么多年了，家里都是我在操持，他从来不管不问，只知道在外面跟那个女人鬼混，连女儿会亲家的时候，都不回家！"

"那他那个旅行袋是……"姚军试探地问。

"还能是什么！是我跟他大吵一架之后，让他滚去那个女人那里！"说着，魏芳再一次泪如雨下。

李白和古洴面面相觑，最终要了赵圃林情人的联系方式后，离开了赵家。

"还以为是侦破案件的关键线索，没想到费了诸多周章之后，查出来的竟是一场情感官司。"上了警车之后，姚军有些泄气。

"赵圃林的死会是情杀吗？"古洴问。

李白沉默着，然后摇了摇头，"看魏芳的反应，赵圃林跟他的情人明显已经交往了很多年，既然一把年纪了都没有离婚，证明他们的婚姻根本不会因此引起太大的波澜。况且，单纯的情杀也绝不会有人刻意署名。那个狄俄尼索斯显然是一个连环杀人凶手，我们要挖掘的真相，绝不会那么简单。"

李白所说的，也是古洴所想的。在大多数父辈的婚姻里，对外遇和出轨的容忍程度远比年轻一代来得宽容。现在的疑点，一则是那个情人的身份，二则是赵圃林跟范游到底是如何认识的。最重要的是，他们在遇害前联络对方，难道是因为预见了会有危险发生？

在回警局的途中，李白接到了刘子涛的电话，两批人马分别前往约见魏芳还有范游的妻子，忙到半夜也没有更多的收获，彼此都有些恼火。

古洴也有点泄气，他之前也做过刑事案件的报道，但跟踪报道是头一回，不想破案的过程竟然如此艰难曲折。明明感觉像是柳暗花明，却偏偏是个死胡同。他看着记得满满的记事本，沮丧地发现那些曾让他心存希望的疑点，全都毫无用处。

不知道是不是消极心理作祟，古洴的肚子不争气地叫了起来。

"大家一起吃个宵夜再回局里吧。"李白对电话里的刘子涛说道。

他一提议，古洴和姚军立刻举手表示赞同。

夜宵的地点，理所当然地选在了红菜馆。这里让古洴觉得很温暖，只要大家去，红姐的小菜馆不论几点都会敞开大门欢迎他们。

"哟，小古今天也来啦？"

红姐对古洴的印象特别好，每次看到他，都会热情地跟他打招呼，接下来便开始对古洴的人生大事指点一番。眼下，趁大家点菜的工夫，红姐又开始了姨母式的关心。

"小古，你说说看，有没有意中人？不管是啥样的，有中意的，就跟姐说，姐给你保个媒。"红姐的孜孜不倦已经到了专业红娘的级别，古洴也是头疼不已。

"红姐，你就别为我担心了，我还小呢。"古洴说着，急忙把菜单塞进红姐的怀里，"先给我做个糖醋排骨吧。"

"瞧你，还害羞了。"红姐笑开了，"这么大人了，脸皮还这么薄。行，我先给你做去，让他们点着。"

说罢，红姐又端来了一盘芝麻糖。方形的芝麻糖，上面沾满了黑白双色的芝麻，散发着诱人的香气，任谁闻了都垂涎欲滴。

"为什么每次小古来就有糖吃啊？我们可要吃醋了啊，红姐。"姚军调侃着，伸手便抓起一块丢进了嘴里。

"红姐是我亲姐，你们都是后的。"古洴笑着，拿了一块最大块的，咬了一口。

"德行！"姚军拍了古洴一下，夺过芝麻糖，大家全都拥过来瓜分，姚军急得直嚷嚷。

古洴也不生气，笑嘻嘻地啃着自己手里那块最大的芝麻糖。

梦魇 第八章

"据范游的妻子所说，他们家的车库刚刚进行过粉刷。"回到局里，大家开了个简单的碰头会，刘子涛将范游之妻的话转述给大家，"不知道这跟魏芳所说的人，是否有所关联。"

"魏芳说，赵圃林是要找自己一起晨练的朋友咨询粉刷房屋。但赵圃林的家在二环，而范游的家在五环，怎么想，也没有在一起晨练的可能。"李白摇了摇头。

李白说得没错，不论赵圃林和范游是否沟通过粉刷的事情，但二人相识这件事情，是板上钉钉的。

此时的时间，已经是凌晨3点。连续熬了几天的干警们都感到很疲惫，李白环顾众人，下达了天亮后前往赵圃林情人处调查取证，以及继续挖掘两名被害人生平线索的任务后，便让大家回去休息了。

"明天周末，你不用来局里。"待大家纷纷起身离开，李白对古沣说道。

"可是……"古沣的心里，还惦念着与赵圃林那个神秘情人的会面，对方说不定就是整个破案线索的关键。

"我把地址发你，明天你直接过去。"像是猜到了古沣的心声，李白忽然说道。

"真的吗？"古沣的眼睛顿时亮了，李白却连看都没看他一眼，举步走了。

"谢谢啦，李队！"

古洴高兴地在李白的身后喊道。

如古洴所料，李白连头也没有回。这家伙真的很适合警服，他挺拔的身姿和稳重的步伐尽是军人风范。

古洴回到家的时候，安东尼还没有回来。

由于这段时间古洴偶尔也会在市局跟干警们伏案而睡，不常回家，因而古洴也不知道安东尼的近况。他就像是一只懂得自己狩猎的小兽一样，偶尔会跑回窝里睡觉。

古洴点开手机，微信上的新闻发布了今晚临鞍市有八级大风的预警。古洴看了几眼，然后点开了安东尼的头像。

"你在哪呢？"

他尽管知道自己不是对方的监护人，也记得自己不要与对方产生牵绊的初衷，但还是给安东尼发了一条微信留言。

安东尼的回复是一张他在网吧的照片，有着异国血统的少年肤色白皙，被周围异彩纷呈的光芒衬着，有种妖冶的俊美。他做了个搞怪的表情，旁边围聚着几个年轻的男女，好像在打游戏。

"不要一回国就变成网瘾少年啊！"

古洴不放心地叮嘱。

"家长放心，联机打游戏而已。"

句子的后面，还跟着一个"晚安"的表情。

古洴无奈地摇头，他实在太累了，来不及换衣服便倒在了床上。紧绷的精神终于放松，困倦便如潮水般席卷而来，古洴的眼皮越来越沉了。

天花板传来一阵阵轻微的声响，古洴的房间是顶层，楼上的小阁楼存放着房东的旧物，由于年头太久，每逢起风都会发出阵阵呜咽般的声响。

似乎应该叮嘱安东尼凌晨会有大风，让他早些回家吧……

古洴虽然这样想，但疲劳过度的他却根本睁不开眼睛，就这样迷迷糊糊地睡着了。

火。

古洴又看到了那场火，铺天盖地的火焰如恶魔般啃噬着那些幼小的生命。

哭声和哀号声不绝于耳，被火焰烧伤的孩童们近在眼前。可黄色的校车不顾他们的呼救，剧烈地燃烧着。

离古洴最近的一个小男孩，向他伸出了手。小男孩穿着蓝色的衣服，隔着炽烈的气流，古洴看不清那孩子的五官，只有鲜红刺目的血。

"救救！"

尚且只能说出简单话语的小男孩，哽咽着哭泣。他被卡在座位的夹缝里，蓝色的衣服已经被火焰点燃。

不要死！

是谁给了他勇气，让他终于不再惊恐地呼喊救命，而是奔上前，捉住了小男孩的手，"快逃！"

古洴喊着，拼命把小男孩从座位的夹缝里拉出来。

如果从窗户爬出去的话，也许还有一线生机！

已经破碎的玻璃，刺伤了古洴的手臂，锥心的疼痛难忍。然而他必须忍耐，只要爬出窗户，他和小男孩都会得救！

古洴艰难地爬出窗子，他向小男孩伸出了手。

小男孩的上半身已经探出了校车，他的小手，却怎么也碰不到古洴的手。像是发现了逃走的猎物一般，火焰"呼"地蹿出，扑向小男孩，瞬间将他吞噬。

眼看，一片火海肆虐。

"不要！"

古洴发出悲怆的呼喊，他绝望地扑上前，隔着火焰，古洴意外地看到了一个人的脸。

是个男人。

一个三十多岁的男人。

他蓄着络腮胡，左眼下方有一道长长的疤痕，他斜倚在座位上，双眼紧闭，好像晕倒了。鲜血从他的头上汩汩流下，顺着他的络腮胡滴下，浸湿了他的衣襟。

你是……谁？

古洴想要问，却发现自己发不出声音，身体也像是被束缚住一般。他剧烈地挣扎，痛苦地呐喊，无望地大喊，却被一股强大的力量掷入无尽的黑暗。

"哥，哥！"

安东尼的呼唤声把古洴从梦魇之中唤醒，他坐起身，感觉浑身酸疼无比。

"又做噩梦了？"安东尼问。

古洴"嗯"了一声，揉了揉肩膀，"可能是最近太累了。"

话是这么说，可这个从小纠缠古洴到大的噩梦，为什么会在今天出现了不同的画面？

那个男人……他到底是什么人？

"都叫你别那么拼命了。"安东尼的话打断了古洴的沉思，在外面玩了一夜的安东尼脱下外套，甩进了洗衣机。

这小子今天穿着黑色的T恤，衬得他的脸白得透明，水蓝色的眼睛眨着玩世不恭的笑意，浅橘色的唇漂亮得如同希腊的美男子雕像一般。

"哥，我饿了。"

刚把衣服和鞋子都甩了满地，安东尼便像摇着尾巴的小狗似的，一脸讨好地蹲坐在了古洴的面前。

"你没有别的台词了吗？"

这小子好像动不动就饿，到底是怎样的人？

"你好几天没回来，光靠吃快餐和外卖我哪能吃得饱！"安东尼一脸委屈，索性仰面倒在地上，摊成个"大"字哀叫起来。

"饿，好饿啊——"

古洴脸一黑，忽然，他想起今天要拜访赵圃林的情人，立刻抓过手机。

手机上果然有一条来自李白的未读消息："与对方约定明天上午面谈，你可以休息一天。”

古洴这才松了口气。

地上的某人还在哀号，古洴无奈。

“好了，别演了，快起来吧。”

见安东尼不肯起来，古洴只得使出了撒手锏，“走吧，我们去超市。”

安东尼跃然而起，振臂欢呼。

古洴也确实很久没有做饭了，今天稍微做顿像样的饭吧。

超市离古洴家并不算远，他和安东尼一起走出家门，以散步的方式走向超市。令古洴意外的是，一路上遇到的邻居，哪怕是古洴不认识的人，都热情地向安东尼打着招呼，好像借宿的人是古洴似的。

“你还真是自来熟，才不过一个月，就认识了这么多人。”古洴揶揄。

“我颜值高嘛。”安东尼得意扬扬地道。

“是因为你闲吧？”古洴脸一黑，“话又说回来，你真的不用上学吗？”

古洴一直很好奇这件事情，哪知安东尼却一脸无所谓地伸长手臂枕在了自己的脑后。

“反正不用工作都饿不死，还那么用功干什么？”

古洴刚想纠正安东尼这不求上进的思想，便忽然想起了安东尼的身份。

是啊，他本来就是富商之子，含着金汤匙出生。自己是何等愚蠢，只因为人家一时心血来潮在自己的蜗居暂住几天，便以兄长的身份教人上进。

莲藕双生，花出于水，而根扎于泥。

古洴的脸上，露出了自嘲的笑意。

“哎，哥！这新开了家牛排店！”

在顺境中生长的小少爷没有察觉到古洴忽而消沉的情愫，他惊叫了一声，指着一家新开的店面大叫道：“意式西餐，我的最爱！”

那果然是一家新开的餐厅，复古绿的窗棂，垂着金绿相间的窗帘，门前摆着一簇簇生机盎然的意大利蜡菊，很是温馨。

真是奇妙，才不过一个月的时间，曾经熟悉的世界竟然有这么大的改变。

　　古洴的手臂忽地一沉，安东尼笑眯眯地凑了过来，"哥，你请我吃牛排吧。"

　　古洴的唇角抽了抽。

　　"请你吃，那你听话吗？"

　　安东尼立刻乖巧地点头。

　　"听话，咱不吃。"

　　古洴拉起安东尼就走。

　　好在安东尼不在国内长大，就算老掉牙的招数也好用得很。

　　古洴暗自庆幸。

第二卷

狄俄尼索斯

第一章

第三起命案

虽然没有请安东尼去奢华的意大利餐厅吃牛排，但是古洴在超市里买了冷冻牛排和意面，在家自制了一顿西式大餐。

外焦里嫩的牛排散发着诱人的香气，橙黄的意面上洒着鲜红的意式肉酱，这一顿虽然简约，却可以称得上是色香味俱全。

"好棒！"安东尼开心万分地举起刀叉便要享用，却被古洴一声"慢着"拦住了。

"我先拍一张。"说着古洴拿起了手机。

"哥，你怎么尽做些中老年人爱做的事啊？吃饭之前，手机消毒？"随着安东尼在国内待的时间越长，就越融入国内的氛围。古洴懒得理他，自己这样一番惊天地泣鬼神的厨艺，当然要在朋友圈里炫耀一下才可以。

他充分发挥了新闻记者拍摄的专业技能，拍好照片，然后坐在桌边开始修图。

安东尼眼看古洴沉迷修图，也不理会，把自己的那份午餐风卷残云般地吃完了，又悄悄地偷吃了古洴的一块牛排。

古洴对安东尼的恶行浑然不觉，他把修好的图片发到朋友圈，又配上了一句"本大厨的手艺，跟意式餐厅比如何"。

不过眨眼的工夫，下面的回复就排成了队。

姚军：秒赞秒赞！

刘子涛：哪天带来警局当福利！

大宾：你做的？我去吃！

陶玉：大厨比记者更适合你。

组长回复陶玉：注意言辞，对学弟要多鼓励，少挖苦。

长长一串的留言里，李白排在最底下，他的回复是一个翻白眼的表情。

古洴笑着放下手机，拿起刀叉，把盘子里的牛排放到了安东尼的盘子里。

"嗯？你不吃？"正在努力用叉子卷意面的安东尼，有些意外地看着古洴。

"我吃意面。"

"那个……"安东尼终于挨不住内心的谴责，他舔了舔嘴边的酱汁，交代了自己的恶行，没想到古洴只是淡淡一笑，说了声"我知道"。

"你不生气？"安东尼问。

"为什么生气？"古洴有些莫名其妙，"你喜欢吃就多吃点，下次我多煎几块就好了。"

说着，古洴夹起一缕意面。用筷子吃意面有些傻，不过古洴还是觉得筷子更好用些。

"为什么对我这么好？"安东尼用他那海水一般的蓝色眼眸直视着古洴。

"一个人表达自我的方式，是从哪里来的呢？"古洴没有直接回答安东尼的问题，他看着眼前的意面，反问道。

"嗯？"安东尼似乎没有反应过来。

"应该是从最亲近的人那里学来的吧。"古洴并不期待安东尼的回答，自顾自地答道，"我并不懂得如何与人相处，所有表达情感的方式，都是从父亲那里学来的。"

古洴的父亲古桥去世得很早，对于父亲的记忆，有一半是他对于母亲离开这件事的宽容与豁达，还有一半是父亲精湛的厨艺。他还记得两个人每次吃饭时，父亲都会满脸笑容地看着大快朵颐的古洴，遇到古洴爱吃的东西，他都会把自己的那一份也夹进古洴的碗里。

其实每个人都在潜移默化中受到自己所爱之人的影响，以此来定义自己吧。

"是个……什么样的人呢？"安东尼沉默了很久，安东尼终于开口问道，"你的父亲。"

古洴想了想，然后笑了，"是个温柔的人。"

说罢，他夹起意面，送进了嘴里。

安东尼静静地望着古洴，也许是窗外洒进室内的阳光太暖，使得他眼里冰冻的海面，泛起了粼粼柔光。

昨晚一直被天气预报提及的强劲大风终于来了，古洴所居住的这幢老式居民楼外种植着许多高大的法式梧桐，大风一来，树枝疯狂摇晃，手掌般大的树叶亦是瑟瑟作响，阁楼里又传来了大风的呜咽声。

古洴抬头望了望天花板，"雨季就要来了，明天要请房东来修理一下窗户才行。"

赵圃林的情人，是一个相貌和打扮都极其平凡的女人，她的名字叫刘华。

刘华看上去并不比魏芳年轻，所住的房子也只是普通的两居室，这倒是出乎古洴的预料。她一头卷发盘成发髻，穿着浅米色的针织衫，素净的脸上有着最普通的五官。

听闻赵圃林的死讯，女人显得十分惊讶，再三确认之后，她悲伤地坐在原地，落下泪来。

看得出，她对赵圃林是有感情的。

"我跟赵圃林年轻的时候是恋人，他一心向往仕途，想要往上爬，娶了上司的女儿。这是个老掉牙的故事，让你们这些年轻人见笑了。"刘华笑了笑继续道，"魏芳知道我的存在，但她性格高傲，从来没有找过我的麻烦。我也想过跟赵圃林分开，但我实在没出息，没有快刀斩乱麻的魄力，拖拖拉拉地交往到现在……"

"别误会，我们不是来进行道德声讨的。"李白向来直接，他把一张照片递了过去，"你认识这个人吗？"

照片上的人，是范游。

刘华仔细看了照片，最终还是摇了摇头。

"我不认识他。"

"看仔细点，真的不认识？"

"不认识。"刘华摇头，"我也没有见过。"

"那你听赵圃林提起过这个人吗？他的名字叫范游，是个出租车司机。"

"出租车司机？"刘华正欲摇头，好像又想起什么似的，接着道，"我想起来了，几天前，圃林让我帮他汇了一笔钱给一个人，那个人的名字，就是范游。"

李白的眉微微一挑，姚军的神色亦为之一振。

"你还有汇款的存根吗？"

"好像有。"刘华起身，从抽屉里翻出了存根，交给姚军。

存根上的日期，显示的是八天前，也就是赵圃林遇害的前三天，范游遇害的前六天。存根上的汇款金额足足有二十万元之多。

"赵圃林让你汇款的时候，有说什么吗？"李白问。

"只说这是他的一个亲戚，找他借点钱，没再说别的。"

"赵圃林在汇款前后，有没有异常表现，或者说了什么异常的话？"姚军问。

刘华闻言，陷入了深思。

"他好像有些焦虑，脾气也比较暴躁，还和他老婆吵了一架。那天，我看到他车里有一个行李袋，还奇怪他带着行李做什么。他说，他要离开临鞍市一阵子。我问他为什么，但是他什么也没有说。"

"你知道狄俄尼索斯吗？"李白忽然问。

"狄俄尼索斯？那是什么？"刘华眼睛里的莫名其妙不像是装出来的。

李白与姚军对视了一眼。

很明显，赵圃林要离开临鞍市，并不是像魏芳所说，搬去情人那里。而且，赵圃林有一个秘密，既瞒着魏芳，也瞒着刘华。如此隐瞒，足以证明这个秘密绝不能轻易被人知晓。但恰恰是这个不能为人知晓的秘密，被范游知道了。

"你的意思是范游对赵圃林进行了敲诈勒索？"

几个人走出刘华家，古洬惊诧地问李白。

"二十万，不是个小数目。"李白沉吟道，"赵圃林进行汇款，却不用自己的名字，他想要藏起来的那个秘密，也许，就跟狄俄尼索斯有关。"

李白的手机忽然响起，那是一通来自局里的电话。

林木街 54 号的明华社区发生一起留有狄俄尼索斯名字的凶杀案。

明华社区左右毗邻四个小区，因其便利的地势，这一带的店面很多。

报案人是在一家水站发现被害人尸体的，被害人是水站的送水员，名叫李全，五十三岁，多年前与妻子离异，因为独身一人，所以老板允许他住在水站，连看门兼送水都让他干了。

李全是在店面后院里被发现的，他被铁丝勒住了脖子，失血过多而死。他的姿势与前几位被害人有所不同，李全的双手被反绑着吊在树上，呈跪姿面对着送货的面包车，这样的姿势，让他的头在胸前低垂，看不到面容。他的上衣被剥下来扔在地上，整个上身都是赤裸的。

他的背上，被人刺上了一行字"没人能逃过神的审判——狄俄尼索斯"。

"仓鼠去车里！"李白黑着脸呵斥道。

古洬好不容易进入犯罪现场，古洬怎么可能轻易出去？他咬着牙，努力忍住想要呕吐的冲动，举起了相机。

还没等他按下快门，便有闪光灯闪了一下。

是谁？

古洪猛地转过头去，看到有人从水站的玻璃窗里探出身子，正对着被害人拍照。

那人发现古洪朝他看过去，转身就跑。

"站住！"

水站外面早就拉起了警戒线，并且有干警驻守，禁止无关人员进入。这个人出现得突然，行迹又如此鬼祟，说不定就是凶手。

不仅是古洪，就连李白和刘子涛都拔腿追了过去。

那人见警察追过来，更是没命地逃窜，顾不上路上川流不息的车辆，疯狂地冲到了马路对面。

包括古洪和李白在内的三个人亦绕开车辆追了上去，路边行人见状，吓得纷纷避让。

古洪一向自诩自己的运动神经不错，但在刑侦警察的面前就被比了下去。几个人才追出三四条街，他便感觉自己的肺要炸了。李白和刘子涛迅速闪身奔进小巷，眼看便要抓到那人，对方却狗急跳墙，掀起一个水果摊上的果篮砸向刘子涛。在刘子涛躲闪之际，他一个转身闪入一条小巷。

李白迅速地追上，两分钟之后，他拖着一个被铐住双手、头戴渔夫帽的男子走出了小巷。

"哇，李队……就是李队，真是……厉害。"

古洪气喘吁吁地走过来时，看到的就是这一幕。让他更加不可思议的是，自己已经喘成了狗，李白却呼吸自如，不见半点慌乱。

人民警察就是人民警察。

"你小子！"

这个时候刘子涛也走了过来，他一把扯下男子的渔夫帽，却在看到这人的面容时吃了一惊。

不仅是刘子涛，就连古洪和李白，都惊讶得说不出话。

渔夫帽底下的那个人，一头染成了紫色的波波头发型，耳朵、鼻孔、嘴唇，但凡能穿孔的地方都被穿了孔，戴着银色的小环。

这是一个女孩子。

"搞什么鬼？"刘子涛恼火不已，李白则伸手夺过了女孩的手机。

"你刚才录了什么？"李白冷冷地问。

"还用问吗？"女孩嗤笑，"当然是你们这些无能的警察。三起案子都没破，你们跟狗熊有什么区别？"

"你说什么？"李白的黑眸里顿时迸发出炽烈的火焰，周围的空气亦随之升温，就连古洴都感觉到一阵阵袭来的热浪。

谁知女孩却一点都不害怕，她仰起脸庞，讥笑道："怎么，恼羞成怒，想打人啊？打呀，不打你是孙子！"

李白在翻看女孩的手机，俊朗的面容上冷若冰霜。

古洴见状，好奇地凑了过去。在女孩的手机里最显眼的位置上有一个社交软件，软件上有一个以狄俄尼索斯为名的讨论区，讨论区里居然有近百条关于"警察办案不利""蠢得像猪"这一类的帖子，更有案发现场的各种照片和小视频。这个小女孩今天拍的视频已经被上传，几分钟的工夫，视频下方居然已经有了数十条留言。

就这样的办案能力，还能指望他们保护人民群众？

笨得要死，到底能不能破案了？

行不行呀？不行我上！

狄俄尼索斯到底是何许人也，怎么连警察都抓不到他？

这个警察挺帅的嘛，可惜智商不在线啊！

哪里帅了？你们看他的小短腿！酒神能甩他好几条街！

说得好像你见过酒神似的。

话说回来，酒神的下一次审判会在哪呢？

诸如此类，除了把警察说得一无是处的留言，便是对狄俄尼索斯下一次实施犯罪地点的猜测，更有甚者，展开了自以为是的推理。

古洴小心翼翼地抬起头，看到了李白灼人的视线。

"本队长的腿……短吗？"这句话，几乎是从他的牙缝里挤出来的。

古洴立刻把头摇得像拨浪鼓似的。

李白攥紧手机，古洴并未看到他如何用力，手机便突然"叭"的一声，摔在了地上。

女孩"嗷"的一声大叫了起来，"身为警察，你居然敢破坏民众的财物？我要投诉你！"

"对无辜之人的死无动于衷，盲目、自私、麻木、毫无良知，你说这样的人是'民众'？"李白用冰冷的眼神看着女孩，冷冷地回道。

在女孩怔怔的目光中，李白举步走向了警车。

这家伙的腿……明明有两米八才对吧？古洴默默在心里想。

那个潜入犯罪现场的女孩，因为与犯罪嫌疑人没有直接关系，所以在被批评教育之后，就离开了市局。

不过，李白因为弄坏了她的手机，被吴局一通臭骂，勒令他自掏腰包赔给对方一部新手机。

大家都在会议室里等着被叫进局长办公室的李白，不过，表现出担心的，貌似只有古洴一个人。

古洴站在会议室门口，竖起耳朵去听隔壁局长办公室里的动静。不知道李白是怎么跟吴局沟通的，但从局长办公室里不断传出来的咆哮声推断，吴局被李白气得不轻。

"李队也真是，就不能跟局长好好说吗？"古洴实在难以想象，平时和颜悦色的吴局长竟然会被李白气出狮子吼，这家伙真是嚣张到了无法无天的地步。

"要是能好好说话，他就不是李队了。"姚军跟了李白多年，早就习以为常，见怪不怪了。

两个人正说着，便见李白提着一个档案袋，闲庭信步地从局长办公室走了出来。他的泰然自若跟大发雷霆的吴局长全然不在一个频道，古洴都不禁开始同情起吴局来了。

"你……没事吧？"古洱见李白走回到座位，关切地问。

"目前最大的事就是破案。"李白把档案袋扔到桌子上，对大家道，"开会！"

这家伙还真是……逆天的存在。

看来自己是白担心一场，古洱摇了摇头，快步走到桌边，拿起记事本。

"鑫晶水站是'源泉矿泉水'的临鞍市总代理，据鑫晶水站的老板所说，水站每天早上5点左右会按照订货情况，把桶装水逐一送到代理水站。李全的被害时间，是早上4点30分左右，应该正是他往车上装水的时间。"姚军开始了案件分析，继续道，"从案发现场来看，被害人李全是被人用钝器击打头部导致眩晕后，被吊在树上，再灌下大量酒精，最后被凶手用铁丝勒住脖子杀害的。

"至于刻字，则是在被害人死亡之后发生的……"凶手的手段太过残忍，以至于姚军说到这里，顿了几秒钟，才继续说下去，"水站除了前门，其他地方都没有监控设备。我们并没有在前门的摄像头里发现异常情况，初步判断，犯罪嫌疑人是从后门进入并实施犯罪的。正如前三次一样，现场没有指纹，也没有脚印。我们针对狄俄尼索斯的留言字迹进行了比较，可以判定出自同一人之手。也就是说，极有可能是同一人所为。"

每三到四天就会发生这样一桩凶杀案，现在已经成了连环杀人案。这个狄俄尼索斯的手段也越来越残忍，他的目的……到底是什么？

在场每一个人的表情都极其凝重，会议室里的气氛更是一度压抑得令人透不过气。

"教育局副局长、出租车司机、送水工……赵圃林与范游有秘密的经济往来，那么这个李全呢，他跟赵圃林和范游有什么关系呢？"一名刑警深思着，说道。

"我们看一下案发现场的照片。"

刘子涛说着，打开投影仪，放出被害人李全的照片。照片分别从背后、侧面、正面等多个角度拍摄，国字脸、络腮胡，面色苍白的李全出现在幕布上，古洪猛地站了起来。

"仓鼠，你干什么？"古洪突如其来的举动让所有人都吓了一跳，李白不悦地皱起眉。

"我……我好像见过他。"古洪怔怔地望着照片，嗫嚅地道。

国字形的脸，沾满了鲜血的络腮胡，苍白的脸……这些特征，恰恰是出现在古洪梦里的那个男人。

"你见过？"李白犹如嗅到异样气息的狼一般，警惕地盯着古洪，"在哪？"

古洪郑重其事地说道："梦里。"

李白的脸顿时黑了下去，他转过脸，望向其他人，"继续开会。"

"我说真的！"古洪急切地解释，"他真的出现在我梦里，你不知道，我经常都会做同一个梦……"

"你每次做梦都会梦到李全？"李白眯起眼，黑色的眸里，已经透出了不耐烦的气息。

"当然不是！这次例外，我……"古洪想要把梦里的画面说出来，但忽然响起的敲门声打断了他。

"进来。"

应声而进的是姚军，他刚才奉李白的命令前去调查李全的资料，看他风风火火的样子，貌似是有什么发现。

"李队，我查了李全的资料，发现他用的是假身份证。"

"假身份证？"大家都很意外。

"对。"姚军说着，把一叠资料放到李白面前，"经核实，李全的真名叫孙为发，年龄五十五岁，初中文化，离异并育有一子。该人嗜酒如命，脾气火暴，经常对妻子家暴。十八年前，不知道因何故离开家乡。十四年后，也就是四年前，他化名李全回到临鞍市，没有固定工作，一直在打零工。后来，他应聘了鑫晶水站的送水员……"

"背井离乡了十四年，回市后还使用假身份证？"李白像发现了什么似的。

"对。"姚军点头,"资料上是这么说的。"

"这个孙为发,说不定是在十四年前犯了事,跑出去避风头的。"

李白的眉,紧紧地皱了起来。

"查。"沉默了片刻后,李白下达指令,"调查孙为发的全部资料,绝不许有半点疏漏。"

"是!"

大家应着,纷纷起身而去。

古洴并没有离开,他坐在椅子上,深思着⋯⋯

超感官知觉

第二章

好吃吗？

隐姓埋名的孙为发……络腮胡子的男人……黄色的校车……为什么自己会梦到这一切呢？到底是巧合，还是某种预兆？

古洴是无神论者，他绝不相信自己身上会发生类似第六感这种事情，但这一切都太过匪夷所思，让他无论如何也做不到淡定。

"小古，李队，我们准备订外卖，你们想吃什么？"会议室门口，探出了姚军的脑袋。

"我不用订了。"李白居然也没有立刻离开，这让古洴有些意外。

听到李白说不用，姚军便转向了古洴，"你呢，小古？要跟我们一起吃吗？"

古洴刚要点头，李白却抢先一步答道："不用给他订。"

为什么？

这三个字明明在嘴边，古洴却始终没有问出来。

合作伙伴这种事情，其实是种很微妙的存在。

如果对方认定你是自己人，那么不论有什么，也都会有你的一份。但如果不是，什么事都会把你排除在外，你也挑不出什么错。况且李白向来不是什么讲道理的君子，如果他认定古洴在会上所言是在胡闹，继而不想他在这里打扰干警办案，那么古洴也不能厚着脸皮硬留下来。

"我正好有朋友来，吃过以后再回来。"自己给自己找台阶下这种事情，自从父亲去世以后，古洴玩得还算溜。

"好的。"还有任务在身的姚军点了下头，疾步离开了。

古洴把自己的东西都收进背包里，举步走出了会议室。

他想简单地吃个饭再回来跟姚军一起查阅资料，去红菜馆是最好的选择。

于是古洴出了市局便朝着红菜馆的方向走去。就在这个时候，一辆出租车停在了古洴的身边。

"喂！"坐在副驾驶上的李白向古洴喊了一声，他脱下制服外套，只穿着白色的衬衫，愈发突出了他肩膀的宽阔。

他向古洴招了招手，道："上车。"

"啊？"古洴有些摸不着头脑。

李白又道："你不是要去见朋友？我送你一程。"

"啊，不了，我……"

古洴的话还没有说完，李白便挑起拇指，指了指车子，不耐烦地命令道："上车。"

不容置疑的语气像是在命令下属似的，而古洴这个根本不是下属的"下属"居然也听了。他拉开车门，坐到了后座上。

出租车司机踩下油门，从头到尾，没有人问古洴去哪。

车在一家餐厅前停了下来，这是一个颇具现代艺术风格的西式餐厅，雪白的墙面均匀地排布着一扇扇巨大的落地窗，没有窗帘，因而可以直接看到里面简洁别致的装饰。正如这简洁的室内装潢一样，餐厅的招牌也相当简单，只有烫金的"1314"几个数字挂在白色的外墙上，颇具异国情调。

李白直接走进大门，而古洴则站在门外，不明所以。

"愣着干什么，进来。"已经在服务员迎接下进了门口的李白转过头，对古洴道。

我？

难道这是调查取证的地方，所以让我跟他一起的吗？

而且还是机密，所以不能对姚军他们说？

似乎也只有这个理由可以解释得通李白的行为，这么一想，古洴便释然了。他跟着李白走进了餐厅。

这家餐厅的别致之处，在于并没有过度的装修，甚至连天花板都保持着原本的钢筋建筑，很有现代工业风的味道。

李白轻车熟路地穿过摆放着精致摆件的小走廊，从旋转楼梯直接上到二楼。

餐厅的服务员似乎与李白很熟，他们向他点头，却不加称谓，直接将他引入了一个包房。

包房内挑高的穹形屋顶，笼纳着浓浓的复古温情，阳光从圆形的窗户外照射进来，将带有深蓝色大理石纹的墙面照耀成高雅的紫，木质的灯盏，典雅的桌面，银灰色的椅子低调中透着神秘莫测的高贵。这样的设计，与一楼的大厅的装潢既相得益彰，又别具特色。

李白率先在餐桌边坐下来，随手解开了衬衫最上面的扣子，露出了他精如雕刻的锁骨。

不得不说，脱掉了制服的他，就算只穿着白衬衫，也自带炫彩特效。在奢华高雅背景的衬托下，他竟有种浑然天成的雍容之气。

是不是所有的刑警为了适应工作，都被训练成随时切换气场的变色龙？

古洴怔怔地看着李白，暗自忖思。

李白见古洴还傻站在那里，伸手指了指他对面的椅子。

"对方是什么人？约在这里？"古洴的屁股刚挨到椅子，便神秘兮兮地问。

"对方？"李白颇为意外，彼时，服务员递上了菜单。李白看了看，低声说了句什么，服务员点点头便走出了包房。

"你约的人，是不是跟赵圃林有关？"

"哦？"李白见古洴说得认真，黑色的眼眸不禁微微地眯了眯，饶有兴致地看着他，"为什么这么说？"

"排除法呀！"古洴一本正经地说，"这桩案件一共三名被害人，除去送水工李全和出租车司机范游，也只有赵圃林这个被害人有可能接触与高级餐厅有关的人了。况且，你不是也查出来，赵圃林家里有许多已经过期却来不及使用的奢侈化妆品吗？而且他能随随便便拿出二十万给范游，八成是贪官污吏没跑了。所以我推断，你这次找我来见的人，必定跟调查赵圃林有关。"

"分析得很有道理。"李白的脸上再次出现了难得的笑意，在这个时候包房的门被敲响，古洴本以为来人会是他猜的取证对象，没想到走进来的，是一个端着餐盘的服务员。

"这是……"

古洴瞠目结舌地看着对方将一道又一道菜放在自己面前。

"吃吧。"李白说，"一会儿还有工作，所以就不喝酒了。"

说着，他铺好餐巾，拿起刀叉。

"等等。"古洴怀疑自己出现了幻听，"我们不是来见证人的？"

"我说过来见证人吗？"这家伙笑的时候，嘴角与脸颊的肌肉会形成一个微妙的弧度，阳光就此闪耀开来，他的俊朗，如此耀眼。

"所以，你是带我来吃饭的？"古洴怔怔地道。

"嗯。"李白从鼻子里轻轻哼出一声。

服务员已经端来了牛排，外焦里嫩的牛排盛在精美的餐盘里，洒上特制的酱料，散发出令人垂涎欲滴的香气。

古洴的肚子，咕噜噜地叫了起来。

"吃吧，牛排冷了不好吃。"李白说着，开始切牛排。

"可是……为什么？"

在牛排的香气摧毁自己理智之前，古洴开口道。

李白停止了切牛排的动作，说道："你不是想知道你做的牛排跟真正意式餐厅做的区别吗？"说罢，他抬了抬下巴，示意古洴吃饭，"这就是答案。"

原来……是请我吃牛排。

古洴粲然而笑，"原来李队是这么好的人。"

说罢，他拿起刀叉，欣然切下牛排。

他用刀刃将三分熟的牛排划开，露出新鲜的肉质，由中心的血红色逐渐过渡成砖红色和粉红色，再到外围的灰褐色肉质。润滑柔泽丝绸般的口感，再配以餐厅秘制的酱料，口感好到不能更好。

古洴幸福得眯起了眼睛，感觉自己已经融化在这趟美妙的味蕾之旅中。

好吃！

古洴一直以为自己煎的牛排可与意式餐厅媲美，如今看来，相差得不止十万八千里。

不过，眼下是好好享受美食的时间，可不能浪费在懊悔自责上。这么一想，古洴便全心全意地扑在吃上，所有烦恼，全都抛到了九霄之外。

看着古洴吃饭的样子，李白不禁扬起了唇角。

"很幸福。"他忽然说。

"嗯嗯！"嘴巴里塞满牛排的古洴连连点头，"吃到好吃的东西当然幸福！"

"我说的不是你。"

"嗯？"古洴鼓着腮帮子看向李白。

"我说的不是你。"李白微笑着举起柠檬水喝了一口，"而是看你吃饭的人。你这副陶醉其中的样子，让看你吃饭的人也能够感受到其中的那份幸福。"

看着我吃饭……能感受到幸福？

似乎……同样的话，也从另外一个人口中听到过。

父亲。

古洴记得儿时，自己常常都会纳闷为何把好吃的全都夹在自己碗里的父亲，明明什么都没吃，却还是看着自己露出了满足的微笑。那个时候父亲就常常说"只要看着你吃得开开心心的样子，我就会感受到幸福"。

原来就是……这种感觉吗？

明明是那么鲜嫩可口的牛排，为什么会让自己的鼻子微微发酸呢？

为了掩饰自己的失态，古洴低下了头。

好在这时服务员又端来了另一盘菜，围聚着鲜花的那不勒斯龙虾，为了方便食用，厨师已经将壳与肉进行了分离，白嫩的虾肉轻轻躺在火红的虾壳下，仅用眼睛就能品味出极致的新鲜。

"真是……太棒了！"古洴尝了一口，再一次陶醉在美食的世界中。

忽然，一张带着委屈表情的脸出现在古洴的脑海中。可怜巴巴的神情，这个一脸渴望乌鸦嘴巴里鲜肉的小狐狸，正是自己那个总把"饿"挂在嘴边的弟弟安东尼。

在美国，那孩子一定吃惯了高级餐厅的美食，但在国内，自己却连一顿像样的牛排都请不起……

古洴在吃饭的时候防线最低，心里的念头一起，嘴上便溜出了一句，"要是能打包带回去就好了。"

"打包？"李白似是嗅到了一丝不同寻常的信息，他微眯起眼，"你要打包给谁？"

"啊？没……没有谁。"

连吃带拿这种行径，古洴是万万做不出来的，他的脑袋摇了又摇。孰料这般行为，倒显得他心虚，更令李白不爽。

"到底是谁？"

古洴从李白那已然压低的声音里听出了危险的气息，知道他已经没了耐性，只好老实交代道："我弟。"

"你弟？"如果李白没记错，古峰曾说古洴的母亲在他很小的时候就去了美国，那么这个弟弟是……

"嗯……同父异母。"

当"同父异母"这个词语得以平静地从古洴口中说出时，他才意识到，自己纠结了整整十八年的恨意与心结，或许根本就没有他想象得那么严重。

古洴轻轻地笑了。

他的笑容像雨后太阳轻柔洒下的微光，映出氤氲在露珠中的彩虹一般，这彩虹，映进了李白的眼底。

"服务员。"李白打了个响指。

"您好。"服务员迈着轻盈的步子走过来。

"把我们今天所有的菜都打包一份。"李白说。

服务员应声而去，古洴却变了脸色。

"你疯了吗？"古洀看了看门外，确定服务员已经把门关上，才转头开始对李白进行廉政教育。

"李队，你穿上警服就是人民的公仆，不能在金钱中迷失，一定要坚定自己的立场啊！"

"什么？"李白完全不明白古洀到底在讲什么，修长的手指托起高脚杯，把柠檬水送到唇边。

古洀指了指桌上的菜，"这样一桌至少是你一个月的薪水吧？你又给我打包了一整套，这得多少钱啊？还有上次给我点的外卖，价格也至少是你几个月的薪水吧？李队，你可千万别为了请我吃饭去贪污受贿，违法乱纪的事情咱可坚决不能做啊！"

"噗！"

李白一口水全都喷了出来，雪白的衬衫顿时湿了一片。他拿起餐巾擦拭着衣襟。

古洀看李白这么慌张，想来自己的猜测肯定八九不离十了。然后他站起身，叫了一声："服务员。"

"你干什么？"李白不爽道。

"叫他们取消打包啊。"古洀一本正经道。

服务员已经走进了门，见惯了大世面的服务员一下子便感受到了李白正在熊熊燃烧的怒火，立刻识趣地站在门口。

李白挥了挥手，服务员便转身离开了。

"哎，别走啊！"古洀刚要阻拦，手臂却忽然一沉。

"就算你想要这家餐厅，我都能买下来给你，根本不需要贪污受贿。"

古洀喃喃地说道："网贷也不可以哦……非法贷款最害人了……"

古洀拎着一大堆的食盒，警局里的干警们又都在忙着调查取证，李白便建议古洀先回家去。

如果不是初夏的阳光使人沉醉，那就一定是美好的食物让古洀失去了对现状理智的判断，除了点头同意，他竟没提出半点异议。

李白乘出租车送古洴回家，坐在副驾驶位上的李白，手臂微微搭在车窗边，从古洴的角度可以看到他结实的手臂和线条优雅的背部。微风吹拂着他的发丝，在阳光下竟散发出幽微的蓝。

原来这个素有"刺头"之称的刑侦一队队长，也并非全身是刺……

出租车到了古洴家的小区门口，古洴便在李白的帮助下把食盒从车子上拎了下来。

"对了。"就在李白转身上车之际，古洴忽然叫住了他。

"关于李全，不对，关于孙为发。"古洴想了想，还是决定坦诚地告诉李白，"我真的有梦到他。是一个经常出现在我梦里的交通事故，遇难的是一个幼儿园的校车，车上有很多小孩子。我不知道我在这场事故里处于什么身份，但……我是眼睁睁地看着大火燃起，那些小孩……全都在大火里挣扎……"

梦里的画面在说出来的时候，远比想象中还要真实，古洴仿佛再次置身于那个可怕的噩梦之中，面对孩子们濒临死亡的无力和愧疚感折磨着古洴，痛苦宛若一张网，将他紧紧地束缚起来。

李白没有说话，他沉默地望着古洴，双眉紧皱，黑眸中有微光闪动。

"啊，对不起，说这样的话一定很奇怪。"

李白的眼神，让正在急切说话的古洴意识到了自己的荒唐，他开始为自己的胡言乱语感到尴尬。

"抱歉。"古洴自嘲地笑了笑，"其实你说得对，梦到这种事情原本就不能作为判案凭据……"

"我信你。"

突如其来的一句话，让古洴怔在了原地。

他抬起头，映入眼帘的，是李白认真凝视着他的黑亮眼眸。

"ESP。"他说，"'超感官知觉'，英文简称ESP，就是我们所知晓的'第六感'，也称'心觉'。这是一种能透过正常感官之外的管道接收讯息，能预知将要发生事情的能力，与当事人之前的经验累积所得的推断无关。在国内外的一些案件里，早有运用。不管这是预兆，还是巧合，我们都会将孙为发这个人彻查清楚。所以，不要放在心上。"

"谢……谢谢。"

古洴不知道这时弥漫上心头的，是否可以称之为感动。他紧攥着食盒，向李白道谢。

李白的唇角微微地一扬，轻抬下巴，示意古洴上楼。

古洴点头，转身走进小区。在他进入小区大门的时候，回头看了李白一眼。

李白双手放在裤兜里，斜倚着车门，笑望着古洴。

周围的景物都像是被水晕开了色彩，变成模糊的一片，他的笑容是唯一真实的。

如此明亮，灿若骄阳。

"怎么又有外卖？"

安东尼今天难得在家，古洴见状，立刻笑起来，"你小子真有口福，我正要给你发信息呢。"

说着，他把食盒一个个打开，盛在盘子里放在桌上。

"牛排！"安东尼看到美食，情不自禁地吹了个口哨，"哥，你买彩票中奖啦？"

"差不多，虽然没有钱。"古洴开心地摆好盘子，又拿来刀叉递给安东尼，"你快吃吧。"

"我自己吃？"安东尼错愕地看向古洴，"你呢？"

"我吃过了。"古洴笑眯眯地坐在安东尼的对面。

"不会……又是那个狼人请客吧？"安东尼眯起眼睛，帅气的脸上绽出一抹坏笑。

古洴用手指敲了敲桌面，"快吃！牛排冷了不好吃。"

"好吧。"美食当前，安东尼也没心思追问，他切好牛排，又起一块，送到古洴嘴边。

古洴摇了摇头，安东尼不依不饶道："总不能你一直看着我吃啊！"

同样的话，似乎在餐厅里，古洴也问过李白。

当时他……说了和父亲一样的话……

“看着你吃，也是一种幸福。”古汫下意识把这句话说了出来，继而情不自禁地笑了。

安东尼先是一怔，紧接着，他放下叉子。

“怎么不吃了？”古汫有些错愕。

安东尼却转身从沙发底下拽出了一个箱子。

确切地说，那是一个小提琴的琴盒。

打开琴盒，安东尼将一把散发着温润木质光泽的小提琴拿了出来。

“这样的美味，没有音乐怎么行呢？”

说着，他把小提琴放在了肩头。

“你会拉小提琴？”古汫相当意外，安东尼从来没有在古汫面前拿出过小提琴，更从来没有提到过他有这一特长，以至于古汫一度以为他是个不学无术的浑小子。

“惊不惊喜，意不意外？”安东尼笑问。

“惊吓倒是真的。”古汫笑，“原来你还是个隐藏的艺术家。”

“我当然是艺术家。”安东尼冰蓝色的眼微眨，妖魅地一笑，“只不过，我涉足的领域比较神秘而已。”

不待古汫笑他耍酷，安东尼的手臂优雅地扬起，琴弓搭在弦上的刹那，优美的音符便轻盈地流淌而出。

这是古汫小屋里第一次响起音乐，也是古汫第一次如此近距离地欣赏小提琴演奏。他从不知道，小提琴的旋律可以这样美妙。

演奏小提琴时的安东尼仿佛变了一个人，他栗色的卷发遮住了额头，长长的睫毛亦如蝴蝶覆盖在海水般的眼眸上，轻轻地颤动，他浅橘色的唇微扬，恍若沉浸在悠扬琴声中静静睡去的异国王子。

而他身上散发出的高雅气质，亦与那个每天就知道在外面疯跑傻玩、嚷嚷着“我饿了”的小狐狸不同。

时而没心没肺，时而迷茫无助，时而却又妖冶魅惑……古汫开始迷惑，这些天来与自己朝夕相处的安东尼，到底哪一个才是真实的他？

第三章

超感官知觉

好像……不太对？

古洴来到会议室的时候，发现大家看自己的眼神都有些不对劲。

他先是看了一眼时间，早上 6 点 22 分，距离李白通知开会的时间，还有八分钟。

"我脸上有东西？"古洴摸了摸自己的脸，问道。

"东西倒是没有，不过……"回答古洴的是姚军，"有个消息要告诉你。我们调查了李全，也就是孙为发，他在十八年前有过肇事逃逸的行为。而那次事故，正是一起校车事故。"

肇事逃逸和校车事故……

古洴手里的记事本"啪"的一声掉在了桌上。

早上 6 点整，古洴就接到了李白喊他来局里开会的电话。一般而言，不论有什么紧急的情况，李白都不会通知古洴到场的。毕竟他只是合作媒体，对案件的侦破起不到任何作用。所以这一次的电话，一定是案件有了重大突破。

古洴怀着这样的想法从床上跃起，一路狂奔到市局，却没有想到竟是这样的结果。

孙为发曾因酒驾而撞到了校车。

"是……幼儿园的校车吗？"古洴仰望着李白，有些忐忑地看着他。

他多么希望能够从李白的口中听到否定的回答，但像古洴从未得偿所愿的生活一样，他得到的答案是肯定的。

古洴的脑海里似有一记雷声炸响，整个世界都轰然坍塌，古洴的身形一晃。

是真的。

都是真的。

纠缠了自己十余年的噩梦不是凭空而来，那些惊恐万分的小孩，那些在火焰中挣扎的幼小生命，那场炼狱一般的可怕梦魇……竟然都是真的。

"先坐下。"李白按住古洴的肩膀，让他坐在椅子上。

从掌心传来的炽热温度将古洴从惊骇中唤醒，他这才意识到自己的身体在颤抖，双手也寒冷如冰。

"我能知道具体的情况吗？"古洴努力地让自己冷静下来。

姚军看到古洴苍白的脸色，话到嘴边，却迟迟没有说出来。他把求助的目光望向李白。

李白自然看到了古洴的状态，但他知道只有直面问题才是最正确的选择。

他向姚军点了点头。

"十八年前，也就是2001年，身为货车司机的孙为发因酒后驾车与某幼儿园校车相撞，造成包括教师在内的二十二人受伤，十三名孩子死亡。在肇事之后，孙为发逃逸，相关人士被追责。"姚军道，"虽然是孙为发酒后肇事，但校车因为当时超载逆行，也有相当大的责任。"

"赵圃林是教育局副局长，十八年前的校车事故发生的时候，正好是在他刚就任办公室主任的时候。在这之后，他立刻被提拔为副局长。"刘子涛道，"我们约了范游的妻子10点会面，相信这次一定能挖出赵圃林和范游的关系。"

"这也就解释了为什么犯罪嫌疑人会选择这三个人作为被害人。"李白沉吟，"所有的一切，都与当年的校车肇事案有关。狄俄尼索斯是维护世界和平的酒神……酒驾肇事的逃逸司机……犯罪嫌疑人极有可能是当年这起交通事故中的受害者。"

"那么，他的目标，会不会就是那次事故里所有相关的责任人？"刘子涛恍然大悟道。

"很有可能。"李白点头，"用最快的速度调查当年校车事故的所有相关资料，找到当事人或目击者，查出所有的责任人是关键。"

"那小古会不会是目击者之一？"姚军看向古洴，不仅是他，所有人都把目光集中到了古洴的身上。

"虽说超感官知觉破案在我国已经有先例，但我认为，小古是目击者的可能性更大。"刘子涛道。

李白点点头，"我也这样认为，如果按照时间来推算，十八年前的你，正是上幼儿园的年纪。你确定这只是一场梦，而不是你亲眼看见了案件的发生？"李白向来开门见山，即便对古洴也不例外。

到底是梦还是自己曾亲眼看见？

古洴也陷入了深思。

他努力地在脑海里寻找着与这个梦境相关的记忆，但很可惜，他一无所获。

"抱歉，我不知道。"古洴摇了摇头，有些沮丧地低下了头。

"童年时代目睹过的可怕事件，很有可能会在以后的成长过程中不断地在睡梦里上演。这是大脑对于受伤记忆的不断重演，这不足为奇，你不要有压力。"李白安慰道。

古洴轻轻地牵动唇角，想要露出一个微笑，终是没能成功。

"可是，就算小古不记得，他父母总能记得吧？那天是谁送他上的幼儿园，是不是路上看到了什么，应该会有印象吧？"姚军像想起什么似的问道。

父母……

"对不起，我恐怕不方便问他们。"古洴说着站起身，走出了会议室。

"哎？小古，你怎么了？"

向来一脸温和笑容的古洴，神情忽然变得如此落寞，不禁让姚军有些意外。

"你的嘴，怎么这么臭？"李白黑着一张脸，把手里的资料一扔，"都知道自己该干什么吧？散会！"

"我嘴臭？我嘴臭吗？"姚军一边说，一边伸手放在嘴前"哈"了一口气。

古洴站在市局外面的宣传栏旁边，他望着来来往往的车辆与行人，他们步履匆匆，却神色各异，每个人都有冷暖自知的人生故事。

古洴从来不苛求他人对自己的境遇能够感同身受，也并没有把姚军的话放在心上，只是那个梦……

那个纠缠了他十几年的噩梦，到底是从何而来？

"喂。"身后响起了李白的声音，一样东西朝着古洴飞了过来。古洴伸手接住，手掌上传来冰凉的感觉，是一罐冰可乐。

"谢谢。"古洴打开可乐，一口气喝下了大半罐。

气泡在口中炸裂的爽感，令古洴压抑在心头的重石轻松了几分，他情不自禁地露出了笑容。

"不要给自己压力。"李白走过来，他手里也拿着一罐可乐，看样子是在市局门口的自动贩卖机上买的，"毕竟侦破案件是警察的责任。"

"话虽如此，可是……如果我能够知道这个梦到底意味着什么，又为什么会出现的话，就可以加快破案的速度，而不是只能说一声对不起。"古洴叹了口气。

"我曾经也这样想过。"李白举目，望着街道上形形色色的人，目光有几分深远，"每次在侦破刑事案件的时候，我都会这么想‘如果我这样做，是不是就会有好的结局’，但事实是，不论是你还是我，都只是普通人。能在每件事情上尽自己最大的努力已属难得，就不必为自己妄加压力了。"

我竟然被李白劝解了？

古洴望着李白，竟"噗"的一声笑出了声。

"笑什么？"这家伙果然帅不到三秒，眼看着利剑般的眉已然不爽地挑了起来。

"他们都说'珍爱生命，远离李白'，要是大家知道李队这么善解人意，还会安慰人，恐怕会说你是知心大姐了。"古洴还记得初见李白时他嚣张的样子，与现在的他简直判若两人，古洴想想都觉得不可思议。

"你这个仓鼠！"李白恼羞成怒，古洴笑着躲避。

恰在此时，他听到了一个女人的声音："小白？"

一声"小白"，令李白顿时停下了动作。

小白？

古洴惊讶地看着李白迎向了那个女人。

这是一位年近五十的女人，面容慈善，五官精致。她的头发烫成卷，盘在脑后，米色的针织衫配着卡其色的长裙，珍珠饰品恰到好处地衬托出了她的高雅，白色的高跟鞋显示出了她的品位。而她手里的限量版手包，则明确了她的阶层。

这是一个知性又谦和的女人，有着她所属阶层特有的气场和气质。

女人微笑地看着李白，带着欣赏和亲昵的神情。

"妈，你怎么来了？"

李白这么暴戾的家伙，居然会有这么温婉的母亲？

古洴惊得说不出话。

"怎么，连续几天不回家，还不许我来看你？"女人笑着走过来，替李白理了理衣领。

"妈，你先回去吧，我还要工作呢。"

也许是不愿意让古洴看到自己被当成小孩般对待，李白尴尬地躲开了母亲的手。

知子莫若母，女人很快便将目光转移到古洴的身上。

"你是小白的朋友吧？你好，我是他的母亲，温雅。"温雅说着，向古洴伸出了手。

"您好，伯母。"古洴急忙伸手与温雅相握，"我叫古洴。"

"古洴，贡酒？"温雅笑了起来，"你是贡酒，他是诗仙，这友情也许是天

116

注定的。"

又一次被叫成贡酒，古洴不禁有些汗颜。

"小古是做什么工作的？"外形乖巧的古洴向来是最讨长辈们喜欢的类型，温雅目光烁烁地打量着古洴，顿时开启了姨母式的三百六十度无死角问候。

"我是记者，这次跟咱们市局有合作，算李队的半个同事。"古洴笑着回答。

"半个同事，半个朋友，再好不过了。"温雅看上去心情大好。

话是这么说的吗？

古洴有点尴尬，能跟李白这种刺猬做朋友，起码先要练个金钟罩，或者买件铁布衫才行。

温雅倒是没发现古洴的尴尬，她笑着拍了拍古洴的肩膀，道："难得看到小白有这么亲近的朋友，这周末是小白父亲的生日，你也一起来我家热闹热闹吧。"

"这……"

都说情商高的人会说话，古洴自诩也算得上半个社会人，但在温雅面前，竟连半句拒绝的话也说不出。不过，参加李白父亲生日会这种事情……

"好。"

古洴婉拒的话还没说出口，李白却替古洴答应了下来。

不，不对，根本就不好！

古洴原本想要出言解释，李白却已然先他一步，挽住了温雅的手臂。

"你快回去吧妈，我一会儿要开会了。"李白说着，半是搀扶半是催促地挽起温雅，走向路边的一辆黑色轿车。

"哎呀，你别推我，我还想跟小古多说两句呢！"温雅被李白推着，只好向古洴挥挥手以示告别。

"记得这周末来赴约啊！让小白去接你。"坐上车之前，温雅还不断地叮嘱古洴。

古洴向温雅挥手告别，待车子开走后，他转身走回市局。

"喂！"李白长腿一迈，便走到了古洴的身边，"周末，我去接你。"

"啊？"古洴怔住了，"你认真的？"

他本以为刚才李白答应下来，只不过是对母亲的敷衍，没想到他真的要自己参加他父亲的生日会。

李白的眉挑了挑，"不然呢？"

"可是……"

自己被误会成是李白的朋友也就罢了，还要去他们家配合演出，这种事情，古洴是绝做不来的。

"欺骗长辈，你也做得出来？"

李白冷哼一声，扔下一句"周末见"，便从古洴的身边走了过去。

哎？好像不对啊，替自己做主答应要去生日会的，明明是他吧？

古洴一脸莫名其妙。

古洴和李白一前一后回到办公室的时候，范游的妻子于晶已经来了。

她带来了存有二十万元的银行卡，正是刘华汇款的账号。

"对不起，李警官，我实在不知道这笔钱的存在。你们告诉我这件事情之后，我才在衣柜的抽屉里找到了这张卡。"

于晶的面色十分憔悴，古洴注意到，她衣服的标签都是露在外面的，想来，范游的死对她的打击实在太大，以至于连打理自己的精力都没有了。

据于晶所说，范游在被害前一周左右，曾非常兴奋地告诉于晶，他将有一笔很大的进账，到时孩子的学费就有了。

"我儿子从小就在绘画上很有天分，这一次的高考，他也以优异的成绩考上了国内知名的美术大学。但你们也知道，美术生一年的学费，够供五个普通文科生的。早几年，我身体非常不好，住院和吃药几乎把家里的积蓄都用尽了。家里只有范游开出租车赚钱，根本无力供他就读大学。为这，我们一家人都陷入了困苦中。虽然儿子决定放弃就读那所美术大学，但我和范游都知道，这是孩子一辈子的大事，就是砸锅卖铁，也得供孩子上学。"

"后来有一天，范游忽然跟我说，孩子的学费有着落了。我问他怎么回事，他就让我不要管，反正他能搞定。我以为，他是去向朋友借了钱，我想着无论如何，只要能让孩子上学，慢慢再还也没有关系，哪知道……"

说到这，于晶掩面哭了起来。

"范游从来没跟你提过赵圃林这个人吗？"李白问。

于晶摇头。

"那他提到过狄俄尼索斯吗？"

于晶还是摇头。

就在这个时候，姚军推门走进来，把一张报纸放在了李白的桌上。李白看了一眼，然后抬起头，问于晶："你知道红阳幼儿园吗？"

红阳幼儿园？

古洴在听到这个名字的时候，忽然感觉到一阵莫名的熟悉感。

可是，在他的记忆里，自己一直是由奶奶带大的，直到学前班才离开奶奶家，为什么会对这个幼儿园有熟悉感呢？

就在古洴失神之际，于晶说道："那是范游年轻时候工作的幼儿园，怎么了？"

李白的眼睛犹如嗅到猎物的狼一般蓦地收缩到最小，但声音仍然极度平静，一如刚才。

"范游在红阳幼儿园做什么工作？"

"他主管后勤。"

"后勤主要包括哪些方面？"

于晶想了想，道："大概就是食堂的采购啊，车辆的安排和维修什么的。"

"你说什么？"李白的声音，低沉了下去，"车辆的安排？"

"对。"于晶点头，"就是安排接送小孩子的通勤……"

通勤！

坐在一旁的古洴只觉眼前一亮，他终于体会到了什么是柳暗花明，原来范游正是幼儿园校车的主管。

他拿起李白面前的报纸。这是一篇刊登在《临鞍日报》的报道，题目是"校车之痛谁来负责"，时间刚好是十八年前。而报纸上刊登的事故现场照片，恰恰与古洴梦境里的场景一般无二。

寒意悄悄爬上古洴的背脊。他听不见李白与于晶的对话，而是整个人都沉浸在一种混沌之中。他依然不知道那如影随形的梦，到底从何而来……

"哥，你怎么无精打采的啊？"

古洴这种混沌的状态一直持续到回家，安东尼见他的状态有些奇怪，不禁关切地询问。

"有点累。"古洴倒在床上，徘徊在噩梦之中的感觉就像找不到出口的迷宫，任他如何疲惫，却始终在迷雾中打转。古洴用尽了所有的力气，但从内而外的疲惫还是将他压垮。

"晚饭你自己解决吧，我睡会儿。"说着，古洴拉过被子，盖住了脑袋。

面对解决不了的难题就睡觉，一度是古洴的处世哲学。一觉醒来，要么觉得什么事都不是事，要么就是干脆想不起来了。

但无论如何，让自己打起精神才是重点。

就在古洴迷迷糊糊之际，阁楼里传来了"砰"的一声响。

古洴动了动，想要掀开被子去看看，但被窝像是长了手一样紧紧地拉着他，让他根本起不来。

"安东尼，你去看看是不是阁楼的窗户又被风吹开了。"古洴对安东尼说，由于他人窝在被子里，他的声音闷闷的，"我明天一定给房东打电话，让他来修窗户。"

安东尼答应着，走出了房间。

古洴则迷迷糊糊地进入了梦乡。

火。

又是那片火。

一切都和从前一样，疯狂跳跃的火焰，在火焰之中挣扎的孩童，绝望、可怕、濒临死亡的恐惧充斥在其中。

这恐惧，感染着古洴。

不，这一次，不能慌。

古洴这样告诉自己，如果这个梦真的与十八年前的交通事故有关，那么他至少要看清梦里的一切，才能够找出跟红阳幼儿园相关的线索。

"救我！"

还是上次梦境中的那个小男孩，他还像上次一样，被卡在座位中。

"救救我！"

他向古洴伸出了手。

古洴想也不想地拉住他的手，努力将他从座位里拉出来，然后从窗户里往下跳。

不论梦境与否，古洴都要把这个孩子救出来！

"快来！"

这一次，古洴没有等着男孩子往下跳，而是跳起来，抓住了小男孩的手。

抓住了！

古洴的心头一喜，想要用力将他拉出来的瞬间，火焰突然呼啸而至，疯狂地吞噬了小男孩。

小男孩发出凄厉的哀号，古洴眼睁睁地看着那个孩子的衣服被点燃，紧接着，那张脸在火焰中演变成惊恐的剪影。

"不！"

古洴绝望地呐喊，他不顾一切地想要扑上去，忽然，从火焰里冲出了一个女人。

那个小男孩，在那个女人的怀里。

他还活着！

古洴激动地看着他们，那女人的头发已经被火点燃，在火光中，古洴看到了她眼角的一颗痣。

女人顾不上拂去火焰，只是没命地向前奔跑，就这样冲出了古洴的视线。

"哥，哥！"

安东尼的声音在耳畔响起，而古洴亦感觉到自己正在被人用力地摇晃着。

他睁开眼睛，看到了近在咫尺的安东尼。

"哥，你又做噩梦了？"

天已经亮了，晨曦薄薄地洒进房间，安东尼白皙的皮肤好像精灵般散发着光芒，他关切地看着古洴。

"活着……"古洴喃喃地说。

"嗯？"安东尼一脸蒙。

"活下来了。"古洴长长地松了一口气，他习惯性地伸出手臂，挡在眼前，"真好……"

眼泪，就这样从他的眼角滑落。

"我又梦到了！"一大早，古洴便跑到市局，对李白说道。

"嗯？"李白叼着一个巧克力棒，从一堆资料里抬头看向古洴。

昨天于晶回忆了在红阳幼儿园校车出事前后范游的行为。据说，范游很慌张，他曾告诉于晶，自己是后勤部长，出了事故一定会被追责的，因而他先下手为强，以引咎辞职为名，逃避了应属于他的责任。

虽然很同情那些孩子，但由于范游只是安排车辆的主管，不是肇事司机，因而于晶也没有觉得有任何不妥。

"况且，超载这种事情，每一个幼儿园校车都这么做呀。"当时的于晶理所当然地对李白说道。

"吸毒者，和明知道毒品伤人还要贩卖的人，哪一个更罪大恶极？"

因为对方是被害人家属而克制怒火的李白，只说了这一句。

而正是这一句话，令于晶的脸色苍白，号啕大哭。

引发被害者家属情绪崩溃向来是李白最擅长做的事，他也因此而陷入了无法继续调查的尴尬境地，再次被吴局痛骂了一顿。

　　无论如何，这是李白从警以来历时最长，也是最为棘手的一桩案子。与此相比，李白宁愿去接手那种直面亡命之徒的极度危险的案子。

　　然而，那个凶手，那个自称狄俄尼索斯的家伙已经惹恼了李白，就算是掘地三尺，他也要把这浑蛋挖出来！

第二卷　狄俄尼索斯

超感官知觉

第四章

拥抱阳光吧

相关责任人的名单，目前正在确认中。距离案件发生已经过去了十八年，时间上的久远造成了联络方式的艰难，刑侦一队的队员们昨天几乎一夜没睡，才找到了十余名当年的相关人士，一队的刑警们已经兵分三路，前往相关人士处调查取证。就连李白，也约好了下午见面的人。

压力与动力都在催促着李白，只能靠吃巧克力棒来提神。在他吃到第二十三根的时候，古洴冲进办公室，向他宣读了他梦里所见。

"这次，是个女人。"古洴说。

女人？

李白怔住了。

恰在此时，刘子涛从外面跑了进来。

"李队！有案情！"

李白霍然起身，直接冲出了会议室。古洴亦跟在李白身后奔向警车。

"又是狄俄尼索斯吗？"警车上，古洴问道。

"是。"刘子涛点了下头，神色里有说不出的严肃，"这家伙下手太快，我们来不及阻止，就已经有了第四名被害人，浑蛋！"

不怪刘子涛生气，一起案件，就有一个人被害，如此残忍的犯罪嫌疑人，足够令人窝火。

"我们要用比他更快的速度查出下一个被害者是谁，找到突破口。"姚军亦是怒火中烧。

李白没有说话，他的沉默和眼中燃烧的烈火都在传递着他此时的愤怒。视侦破案件为唯一使命的他，从警几年以来第一次遭受如此巨大的挑战，愤怒、恐怕已经不足以形容他的心情。

而古洴在忐忑与担忧等种种复杂情愫的折磨下，已然理不出自己心中的情绪。或许在所有的情绪之中，害怕更多吧……

怕自己的噩梦成为现实，怕自己梦里出现的那个女人，会是下一个受害者。

而事实上，不论噩梦是否成真，一个又一个生命的陨落，是铁铮铮的事实。

狄俄尼索斯再一次举起了他的屠刀。

犯罪现场位于淮南路静安小区内的便利超市，规模不大，虽然只有一些酒水和杂货，但因为开设在小区内部，更加方便小区里的居民随时补缺采购，因而生意并不坏。

报案人是被害者的女儿，母亲每天都早早地去小超市开门，但今天中午女儿去店里帮忙的时候，却发现店门没有开。她绕到后门，奇怪地发现从超市里流出了大量的酒，进入室内后，在酒架前发现了母亲的尸体。

酒架上所有的酒都被打翻在地，破碎的酒瓶，混合着各种气味与颜色的酒流了一地，与被害人的血相融合，令人窒息。

被害人刘思是一位女性，三十八岁，她被残忍地"拴"在铁制的酒架上，脖颈、手腕和脚踝全都被铁丝缠住。

李白戴上手套正欲上前，他的衣襟，却被古洴攥住了。

"怎么了？"李白转头，却见古洴用颤抖的手指向了被害人的脸部。

"她的脸……"古洴的声音也在颤抖，"我梦到的那个女人，她的眼角就有这样的一颗痣……"

“怎么是你？”

“然后呢？”

会议室里，坐在大家对面的被害人家属，竟然是悄悄潜入孙为发被害现场拍照的波波头女孩。染成紫色的头发蓬乱，眼睛红肿，脸色苍白，这个女孩，正是第四位被害人刘思的女儿米甜甜。

亲眼看见母亲被害的十七岁女孩显然受了很大的冲击，但在面对李白和古汫等人的时候，她摆出的依然是一副敌对的姿态，就连目光都是充满了警惕和攻击性的。

这神情，令人疑惑。

“你们还想教育我‘己所不欲，勿施于人’吗？”米甜甜冷笑着环顾众人，“现在你们高兴了？我终于‘感同身受’了，感受到亲人被害的痛苦了！呵，告诉你们，我一点都不在乎！”

这张年轻而叛逆的脸上，露出了一个满不在乎的表情。

“真的不在乎吗？”李白问，“从此以后，你就再也没有母亲了。”

向来说话直戳人肺管的李白，绝对是一秒惹人生气的存在。但这一次，米甜甜没有开口，她的唇颤抖了一下。明明可以看出她的眼圈红了，但女孩却依旧嘴硬道：“当然，我早就预料到会有这一天。”

“哦？”李白已经嗅到了异样的气息，却仍然假装不在意的样子，问道，“因为你的母亲曾犯下了不可被原谅的过错，对吗？”

“你怎么知道？”

不论女孩如何想要假装成百毒不侵的大人，李白漫不经心的一句话，还是让米甜甜流露出惊骇的表情，这才是她这个年纪应有的神情与反应。

“别忘了，我们是警察。”说着，李白将一份资料，放在了米甜甜的面前。

米甜甜翻开资料的同时，李白背起了资料的内容：“刘思，女，三十八岁，十八年前曾是红阳幼儿园的幼师。在职期间因校车事故中抛弃学生独自逃生而被吊销教师资格证，婚后育有一女，开了一家小型超市。我说得对吗？”

“警察就是警察，把我们家的家底调查得挺清楚。”米甜甜用力把资料一推，便将它推回到李白的面前，"不过，这些写在明面上的东西，不过是我们家情况的四分之一，另外的四分之三，只有我们自己清楚。"

"另外的四分之三？"古洴说道。

自从得知刘思是自己梦里的那个女人后，古洴便如坠冰窖。即便坐在这里，他的血液也是冰凉的。尽管李白事先就让他回家休息，但古洴坚持旁听。

"我必须知道刘思的情况，我要知道她为什么会出现在我的梦里。"古洴对李白说道，"如果我真的可以预知下一次的命案，或许我们可以抢在犯罪嫌疑人之前救下被害人！"

古洴如此坚持，李白亦是第一次遇见疑似"第六感"预知的情况，也就默许了他的请求。

古洴的坚持也被米甜甜所察觉。她疑惑地看向他，他的谦逊和温和与李白等人格格不入，米甜甜警惕地问："你是干吗的？"

古洴张了张嘴巴，不待回答，便被李白一声厉喝打断道："直接回答问题！"

"那么凶干什么？我又不是犯人！"米甜甜动不动就炸毛的模样，简直跟李白有得一拼，不过，事关母亲被害，她还是选择了配合。

"当年我母亲在那场事故中选择了逃生，没有去管那些孩子，随后被吊销了教师资格证，除了良心上的谴责，生计上也面临着巨大的挑战。她本以为这已经是人生中最痛苦的折磨，没想到真正的折磨还在后面。"说到这里，米甜甜叹了口气，"媒体的报道把我母亲推向了深渊。他们曝光了我母亲的行为，让她成为大家关注的焦点，那些学生更是辱骂她、质问她。不管我母亲去哪，都会被人认出来，他们向她扔东西，骂她不要脸，独自偷生，甚至有些家长会冲上来撕她的衣服，对她进行殴打……我母亲当时还很年轻，二十岁，就已经被折磨得不成人形，常常说自己不如在那场大火中被烧死。

"于是她早早地嫁了人，还嫁给了比她大十二岁的男人，生下了我。她的不幸当然延续到了我的身上，我一直没有上幼儿园，直到上小学，母亲才敢让我走出家门。结果你们也能猜到，我被人认了出来，从小就被人欺负，被人骂成是'落跑教师的女儿'。没有一个人敢跟我做朋友，我被人欺负的时候，也没有一个人敢帮我。"想起曾经痛苦的回忆，米甜甜的眼睛里溢满了泪水，她转头望向李白，"我想问问你们警察，你们可以去抓那些残害他人身体的罪人，那摧残他人心灵的人呢？"

李白的唇紧紧地抿着，他利剑一般的眉，亦锁在一起。

他终于明白了眼前这个女孩，为什么会有着与她年龄不符的戾气和警惕，明白了为什么她动不动就会竖起全身的刺。她没想伤害谁，只是害怕被伤害，仅此而已。

他无法回答米甜甜的话，对一个十七岁的少女说出"你可以起诉他们"这样的话，都只是敷衍，不是吗？

当伤害正在发生，或是已经发生的时候，我们能做的到底是什么？

"活在光明里。"

忽然，古洴的声音响了起来，他望着米甜甜，一字一句地说道："活在光明里，别死在黑暗里。"

米甜甜抬头看向古洴。

古洴的面容平静，目光温和。他的声音，就像冬日的暖阳，带着透明、温暖的光芒。

"这世上，谁能一辈子不受伤害？谁又能拒绝受伤？不可能的。"古洴说，"我们能做的，就是带着这些伤痛勇敢地活下去，向着阳光。心灵破碎的缝隙，正是阳光照进来的地方。"

米甜甜的眼泪顺着脸颊滴落。

李白静静地望着古洴，他听懂了他话里的含义，听懂了古洴这么多年以来，一个人默默承受的心灵独白。

他就是这样告诉自己的吗？

在每一个痛苦、孤独、难过的时刻，在每一段只能靠自己扛过去的时光里，在每一次被噩梦纠缠着惊醒后的痛苦时……他就是用这样温暖的心去拥抱阳光的吗？

"喂，仓鼠。"走出会议室，李白忽然叫住了古洴，"去看心理医生吧。"

"啊？"古洴怔住了。

"你的梦到底预示着什么？又是怎么来的？通过催眠应该就能知道了吧。"李白说着，好像还在犹豫着什么似的，迟疑半晌，才挤出"我陪你"三个字。

"好。"他微笑着点头。

李白帮古洴预约的医生，是国内著名的心理学家，知名心理系大学教授孟曼。由于孟教授正在加拿大讲学，约定的时间，定在了十天之后。

"谢谢你，李队。"周五晚上收到李白微信通知他约见时间的古洴，有些感动地回复他。

"不谢。"

古洴差不多已经摸清了李白的脾气，只要不是正事，都不值得他多浪费一个字。因而看到他回的这两个字，古洴也就直接把手机扔在一边，爬到床上补觉去了。

最近他一直很忙，忙着帮姚军查找十八年前关于红阳校车事件的新闻报道，忙着跟李白辗转于寻找当年校车事故的学生们。但由于红阳幼儿园在十八年前出了校车事故之后就倒闭了，想要找到事故学生的联络方式，就先要找到校方的负责人。经历了这些天的辛苦，古洴开始感慨做警察的不容易。

事实上，这世上最简单的人生，就是放弃努力，待在舒适区吧？

比如自己的弟弟安东尼。

安东尼这几天又不知道去哪玩了，之前他起码还会给古洴发微信通报一下去向，现在连消息也不回。要不是因为他的一些物品还在家里扔得乱成一团，古洴甚至都觉得他已经回美国去了。

有钱就是任性。

躺在床上的古洴，迷迷糊糊地想着。

就在这个时候，门忽然被敲响了。

"谁呀？"古洴揉着惺忪的睡眼，问道。

"快递。"

古洴不记得自己买过什么东西，不过，也许是安东尼的？

他恋恋不舍地离开了被窝，打开门，很意外，快递的收件人是自己。

什么东西？

古洴重新关上门，看着眼前的盒子发呆。

盒子有两个，一大一小。大盒子大约五十厘米，磨砂质地，带着金色的包边，盒子上方用金色的花体英文写着一个奢侈品牌的名称。

仅看盒子古洴就知道里面的东西肯定价格不菲，更何况还署着奢侈品品牌的名称。

他迟疑片刻，打开了盒子。

古洴看到盒中的物件之后，不禁怔住了。

盒子里放着的是一套西装。西装的面料既轻且薄，颜色好似湛蓝的夜空一般，西装的领子颜色稍深，白色的衬衫采用的是立领设计，既潮又酷，更有几分优雅在其中。

古洴虽然不穿西装，但仍可以猜到这套西装的价格，那绝不是他能买得起的。

这东西，到底是谁寄过来的呢？

手机传来了李白的消息，"试试。"

"试什么？衣服你买的？"古洴给李白回了一条信息。

"嗯。"

"为什么要送我衣服？"

"明天上午9点。"

明天？

上午9点？

古洴莫名其妙，但李白很快就给出了答案，"我爸的生日会。"

古洴恍然大悟。对了，明天是和温雅阿姨约定了参加生日会的日子，自己怎么就忘了呢？

不过，参加生日会而已，不必送自己这么贵的衣服吧？

古洣给李白发信息道："那也不用这么贵的衣服吧？"

自己只是参加生日会穿一天而已，投入这么大，简直太不像自己勤俭节约的作风了。

李白只说了两个字："谢礼。"

谢礼要……送这么贵重的东西？

李白下一条补充道："另外一个盒子是给我父亲的礼物。"

古洣打开盒子，看到里面躺着的是一瓶包装得极为精美的葡萄酒，其品牌和年份，古洣只有在电影里才看到过。

李白不仅给自己送了谢礼，连同自己要准备的生日礼物都体贴地选好了。很难相信这样的李白，与平时那个一身戾气、动不动就露出狼性的家伙是同一个人。

也许是因为……大家都熟了？

古洣想了想，又发过去了一条："温阿姨过生日的时候也记得告诉我，还有你七大姑八大姨三姥爷外侄家的小舅子的外甥，过生日都告诉我啊。"

这一次，李白没有回复古洣。

连续几天没有睡好的古洣，难得地睡了个好觉。他原本定好了闹钟，但当闹钟第一次响起的时候，他瞄了瞄窗外，阴沉的天色给了古洣还可以多睡一会儿的错觉，于是他再次卧倒，直到李白的信息发来，他才猛然惊醒。

古洣以最快的速度收拾，但还是比约好的时间晚了五分钟才跑到楼下。

古洣几乎可以想象到李白的脸已经黑成了什么样，他拿着葡萄酒加快脚步走出单元门，却不见李白的身影。

真奇怪，那家伙还没到？

这不像他的风格啊。

李白从来都会比约定时间早到五分钟，不管什么事皆是如此。但这一次，他竟然迟到了？

"嘀——"

一声汽车喇叭声，吓了古洴一跳，他这才注意到离自己不到五步远的地方，停着一辆豪车。

古洴之所以对这些品牌有所了解，完全是因为他的职业性质。在大学时代，他每到假期就会到各大杂志社或报社兼职，以实习记者的身份去跑最苦最累、最容易被当成炮灰的新闻，偶尔也要在某些发布会现场蹲点。诸多的工作经历让他能够识别一些奢侈品牌以及豪车牌子。眼前这辆蓝色的敞篷车，分明就是今年的新款。棱角分明气势逼人且极具空气动力学美感的造型独树一帜，出色的动力性，让它一经问世，就有了五百万以上的价值。

古洴住在这个又老又旧的小区里这么多年，还从来没见过一辆价值超过一百万的跑车。这辆车，好似闯入平民区的王者一般，散发出高傲的光芒。

"喂！"

跑车里突然传出一个极为嚣张却熟悉的声音，古洴一怔，眼睁睁地看着一个帅哥从跑车里探出身来。

帅哥有着小麦色的皮肤和帅气的五官，每一个线条都有着符合他座驾的霸气，他一条手臂搭在车窗边，唇角微扬，黑色的西装恰到好处地突出了他的气场，而白色的衬衫则衬得他的肤色更为发亮，领口系着玫瑰灰的领结，与他银灰色的太阳镜相映生辉。

车里的人见古洴瞧着自己发怔，摘下了太阳镜。

"李……李白？"古洴这回是真的怔住了。

这是古洴第一次看见没穿警服的李白。他一直以为披着警察制服的李白是行走的衣架子，但没想到穿上潮服的李白简直就是行走的模特。

"傻了吗？上车。"李白不耐烦地拍了拍车门，才将古洴唤回神。

"你这副打扮还真是……"

古洴的领结跟李白的一样，都是玫瑰灰的，只是这样的颜色配在他身上，有种说不出的温暖柔和。

"出发。"

话音一落，车子便似游龙般，敏捷又顺畅地"滑"出了小区。

炫酷的敞篷跑车里，坐着两个俊美的男人，一个炽烈，一个温和，使得他们这一路收获了无数眼球，有许多人都举起手机对着他们拍照。甚至在等红灯的时候，有个小姐姐从旁边的车子里探出头来，问他们是不是模特，弄得古洺害羞了好一阵子。

李白的心情却是好得很，一路轻哼着歌曲，车子开得也是迅疾如风。

"不要把车开这么快，小心剐蹭！万一车主让你赔怎么办？"李白把车开得太快，以至于古洺紧紧地抓着车门，一张小脸也变得苍白。

"车主？"李白不明就里。

"这辆车，不是你租来的就是借来的吧？"古洺再次开始了语重心长的教导模式，"李白，你的薪水撑不起你的虚荣，还是脚踏实地、踏踏实实地过好属于你的生活，别向往这些虚华之物了。"

古洺从温雅阿姨的穿戴上，可以猜得出李白的家境不错，但一个限量版的包包跟最新款的跑车决然不是一回事。古洺知道李白想在父亲的生日上耍酷摆谱，但他绝不能眼睁睁地看着李白犯傻。

早在几天前，古洺从姚军那里得知了他们刑侦警察的薪水数目，少得连古洺都开始为他们的收付比鸣不平了。那么一丢丢的薪水还能开得起这么昂贵的跑车，那简直是天方夜谭。

本以为被拆穿的李白会恼羞成怒，没想到他却哈哈大笑，猛地踩下了刹车。

"到了。"他说。

古洺的身子由于惯性猛地向前一扑，险些撞在挡风玻璃上。他七荤八素地抬起头，就被眼前的一切惊得呆住了。

凤凰国际大酒店，临鞍市唯一一个超七星大酒店。它就坐落在海边，拥有配套的大型国际游艇码头，以及酒席，用重金从国外运来的"银沙"。碧蓝的海水衬着稀有的银色沙滩，美轮美奂。

"下车。"李白招呼着古洺，然后率先从车子里走下来。一名穿着黑色制服的门童殷勤地走过来，接下了李白的车钥匙。

古洴忙拿起葡萄酒跳下车子，对门童热情的招呼点头致意，然后快步走到李白的身边。

"话说……你父亲的生日会，在这里？"古洴望着李白，小心翼翼地问。

"对。"李白点头。

古洴的嘴角顿时抽了抽。

"我知道你们家有钱，但没想到这么有钱……"

碧蓝的海水围绕着参天的豪华酒店，在通往酒店的笔直甬路两边，被引入其中的海水环抱着一个精美的花坛，那扑面而来的奢华气息，几乎让古洴透不过气。而站在酒店旁边列队迎接的工作人员，更让古洴感到手足无措。

"李公子，久仰久仰。"

一位穿着西装、戴着金色名牌的男人迎了上来，他标准的职业笑容和彬彬有礼的服务态度让古洴猜测到他至少应该是经理级别的工作人员，果然，在得到李白的示意后，男人向李白伸出了手。

"我是酒店的总经理乔森，很荣幸见到您。"

李白只是向他点了点头，连看都没有看他一眼。

这副器张的样子，一如既往。

"原本令尊的生日宴准备在游轮上进行，但天气预报称今天有雨，所以改在了宴会厅。李公子，这边请。"

大概是对李白这副样子早有耳闻，乔森并不见怪，他笑呵呵地向古洴打招呼，然后请李白跟他走。

"嗯。"

李白只从鼻子里哼了一声，便大步走在了前头，其他的工作人员便纷纷跟上。古洴这才意识到，原来这么多人在酒店门口列队，竟然是为了迎接李白。

而李白，完全是一副司空见惯的样子。

古洴不禁扶额，现在，他终于明白李白的嚣张是从哪来的了……

生日宴，就在凤凰国际大酒店十六层的 VIP 高级宴会厅举办。

李白一经入场，便吸引了所有人的目光，大家都朝着他围过来，殷勤地与他打着招呼。

此时的李白，已经不是那只暴戾之狼，他微笑着轻轻颔首，与人握手寒暄，一副富贵公子的样子。这般模样，几乎亮瞎了古洴的眼。为了保住自己的"双眼"，古洴把目光从李白的身上移开，打量起这个豪华的宴会厅。他的目光掠过摆着酒红色台布和晶莹剔透的水晶酒杯以及各色美食的长桌，掠过摆放着鲜花的欧式立式花瓶，掠过坐在舞台后侧进行演奏的交响乐团，掠过折射出璀璨光芒的水晶吊灯，掠过穿着华服谈笑自如的人们，他感觉到从未有过的眩晕。

"你怎么了？"李白摆脱了向他围聚过来的人，问古洴，"你的脸色怎么那么苍白？"

"可能……是我没吃早餐的原因。"

古洴说的是实话，他已经很久没有好好休息了，以至于收到李白的消息才醒，本想换好了衣服再吃早饭，没想到这身行头穿起来太过复杂，以至于消耗掉了他宝贵的早饭时间。

李白双手插在裤兜里，头微微地侧了一下。

"跟我来。"

说着，他便将古洴引到了餐台前。

"吃什么随便拿。"

餐台上摆着各式法式料理，鹅肝酱和焗蜗牛以及甜品，都被摆放在精致的盘子上，点缀着鲜花和工艺精湛的雕花，令人垂涎欲滴。

本着尊重美食的态度，古洴拿起一个盘子。还不待他去夹食物，便已然有一个银制的食夹伸了过来，将一块巧克力蛋糕放到了他的盘子上。

"低血糖的话，巧克力是最好的补剂。"

李白一边说，一边又夹了一块放在古洴的盘子上。

古洴心里惦记着其他的食物，急忙叫道："一块就够了！"

"不是给你的。"

李白说罢，拿起叉子，就着古洴的盘子吃了起来。

古洴怔了怔，这才意识到，李白这家伙，敢情是把自己当成了人形餐盘托。

是可忍，孰不可忍，古洴果断转身，背对着李白吃了起来。

"喂，你这只仓鼠！"

李白瞬间切换到暴怒模式，他扭住古洴的手腕，轻轻一扳，便让他重新转过身面对自己，紧接着，他拿着叉子，戳起一块蛋糕，得意扬扬地放进了口中。

"你还真是幼稚……"古洴叹息。

"你说什么？"李白的眉顿时扬了起来。

古洴一门心思都在吃东西上，吃得腮帮滚圆。他的皮肤原本就偏白，在蓝色西装的映衬下，更显得暖萌白嫩，好似一只软软的小仓鼠。

"你们两个，果然感情很好。"

一个温婉的女声响起，李白的母亲温雅穿着豆沙色的蕾丝长裙，笑容满面地站在他们不远处。显然，她已经站在那里看他们半天了。

"温阿姨好。"古洴向温雅打招呼。

温雅走过去，她先是嗔怪地瞪了李白一眼，又转头对古洴道："小白从小脾气就坏，但他心地善良，有正义感，愿意去保护身边的人。只可惜他不懂得如何表达，以至于很少有朋友愿意亲近他。你能跟他成为朋友，阿姨真的很开心。"

温雅眼中慈母的温暖让古洴动容，这是一个母亲发自内心对儿子的关爱，那么由衷。由衷到让古洴觉得自己好像做了件了不得的事情似的，不禁惭愧起来。

"妈，看你说的，好像他多伟大似的。"

在母亲面前，李白倒也没那么浑，他开玩笑的样子很随和，让古洴也跟着笑了起来。

"什么事这么热闹？"

一个身材高大的男人走了过来。他穿着黑色的西装，尽管头发已然斑白，身姿却相当挺拔。他虽面带微笑，却依旧难掩五官的严正，古洴错愕地看着他，纳闷这张脸为何如此熟悉。

"来，给你们介绍一下。"温雅说着，指向男人，"这位是小白的爸爸。"

古洴恍然大悟，怪不得他瞧着男人眼熟，他根本就是三十年后的李白。

男人朗声笑着，向古洴伸出手，"李子强。"

古洴立刻叫了声"李叔叔"，然后伸手与李子强相握，"我是李白的同事，古洴。"

李子强在听说古洴的名字以后，果然"哟"了一声，连声称赞他的名字与李白是绝配。

自从认识李白之后，古洴便成了行走的"贡酒"，想要为自己正名是不可能了。不过，眼下李子强这位寿星才是今天的主角，古洴连忙递上李白买的葡萄酒，道："李叔叔，祝您生日快乐。"

果真知父莫若子，李子强看到葡萄酒之后，脸上的表情明显带着欣慰与满意。

大家见寿星和公子爷都在，慢慢地围聚了过来。一位穿着银色长裙的女士看了看古洴，又看了看李白，道："果然是教育大亨公子爷的朋友，也是个仪表堂堂的孩子啊。"

教育大亨？

古洴怔了怔，这才意识到他觉得李子强眼熟的真正原因。

长相与李白酷似是一方面，另一方面，是古洴在新闻上看到过他。

李子强，健强教育集团董事长，旗下的教育机构有多个跻身国内百强，附属的外语学院、艺术培训机构以及学前教育机构不下百家。作为国内稳坐第一把交椅的教育家，李子强还投资创建了许多希望小学，被喻为"播种希望的教育家"。

古洴万万没想到，李白的父亲，竟是李子强。怪不得这个家伙可以大手一挥，订那么多价格不菲的外卖，带自己去吃私厨式的西餐厅也随便得好像路边摊，就连参加个生日会都出手送价值几万块的西服给自己，甚至把价值一幢房子的跑车旋风般地开在车水马龙的路面上不怕剐蹭。他不是家里有矿，而是家里有"王位"可以继承。

以上种种念头在古洴的脑子里穿梭盘旋，以至于他的表情有些呆，对周围潮水般的赞美都浑然没有反应。

让他回过神来的，是李子强爽朗的笑声。他拍了拍古洴的肩膀，笑着说："小古啊，第一次见面，叔叔也没有什么好送你的，这张卡里有三十万，给你当零花钱。"

三十万的……零花钱？

古洴当场石化，要不是李子强塞到他手里的金卡传来的真实感觉，古洴几乎都要怀疑自己是在做梦了。天啊，原来做李白的朋友这么幸福，早知道，他应该早几年认识他才是。这样每年过生日都收三十万，古洴恐怕早就过上衣食无忧、呼风唤雨、想啥吃啥的生活了。

"谢谢李叔……"

就在古洴激动地向李子强道谢的时候，李白突然扯过古洴手里的银行卡，塞回了李子强的手里。

"拿走你的钱，离我的朋友远点。"李白的神情几乎可以称得上愤怒，李子强的脸色微微变了变，其他的宾客也都意外地怔住了。

"李公子，你这是何必呢？董事长也是一番好意……"

说话的是一个秘书模样打扮的中年男人，他的话还没说完，就在李白灼人的注视中噤若寒蝉，低下头去。

"我们来，只想对你说一声生日快乐。局里还有事，我们先走了。"

说罢，李白扯过古洴，转身就要走。

"小白!"温雅用略带着嗔怪的声音喊道,"不要任性,今天是爸爸生日。"

"是啊,小洴,你劝劝李公子,让他留下来。局里再忙,也不忙于一时啊,哪怕吃完蛋糕再走也行啊。"

熟悉的声音响起,古洴这才注意到叔叔古峰也在人群之中。他先是微微一怔,紧接着想起了那天在红茶馆遇到叔叔的时候,叔叔怪异的表现,八成就是认识李白和他父亲的。

那李白把叔叔叫到一边的原因,是在叮嘱他不要告诉自己他的真实身份?

古洴的脑子还在运转着关于李白身份的事情,李白却手一紧,拖着古洴便大步走向门口。

"你给我回来!"李子强愤怒的咆哮声几乎响彻酒店,李白却连头也没有回。

车子像是一条游龙一般,迅疾地沿着海边前行,飞扬而起的沙子形成一片沙尘之雾,而沙滩上亦留下了深深的印记。

这飞快的车速让古洴的胃里翻江倒海,那惊涛骇浪有好几次都差点从嘴里奔涌而出。

终于李白将车子停下来,他板着一张脸,从车上跃了下去。

古洴艰难地打开车门,几乎可以称得上是连滚带爬,才从车上下来。他扶着车门,平息了好久,才感觉好些。

李白背对着古洴,面朝大海站在那里,像是一个负气的小孩。

"你怎么了?"古洴举步走到李白身边。

"为什么要拿那张卡?"李白问。

"啊?"

"我问你为什么要他的钱?"李白猛地转头看向古洴,表情如狼一般愤怒。

"那个不是你爸给我的见面礼吗?"

把长辈送的礼物推回去是天下最失敬的事吧?古洴心想。

"见面礼?"李白冷笑,"他最喜欢用这种方式来窥探我的友情,左右我的生活。”

说罢，他转头，望向海面。

起风了。

风带来了寒意，将天空的云吹得翻涌，仿佛正在呼啸着波浪的海面镜像到了天空。不见阳光，海与天都是铅灰色的，它们相互挤压，最终在地平线融为一体。

“我是在高中的时候知道这件事的。”李白缓缓地张口，“那时候和我关系最好的四个同学，我们整天形影不离，认识我们的人都叫我们‘一中四才子’。”

古洴的耳朵一竖。一中，那是整个省里最重点的高中，它是所有省内家长的美梦，也是所有学生的噩梦。因为一中每年高考的升学率高达百分之八十三，考入名牌大学的学生更是占了百分之二十三还要多，至于重点大学就更不是梦了。传言只要考入一中，就等于一只脚踏进了大学，即便只是带着耳朵去上课，也能上好大学。

在这样一所了不起的高中，被称为“四才子”，可见李白也是顶尖的人物了。不过，李白这样的高端人设，在这样高端的高中上学，也确实不意外。

“偶然的一次机会，我和其中一个哥们儿起了争执，他恼火之余说了一句要不是看在我父亲每个月都给他们零花钱的情分上，他们根本不愿跟我这种被惯坏了的阔少爷交往，他们早就受够我了。”李白继续说了下去，“我去找其他两个哥们儿，他们两个都承认收了我父亲的钱。而当我气愤地去质问父亲的时候，他竟然告诉我，这只不过是他给我那几个朋友做的‘金钱考验’，不仅是他们，我初中、小学的时候，甚至是幼儿园，所有跟我亲近的孩子，乃至他们的家长，都收过他的钱和受过各种名义上的‘帮助’。那时我才知道，原来我所有的友情，都是用钱买来的……”

李白的眼中，燃烧着愤怒，他的关节都攥得泛了白。即便是在风声的呼啸和海浪的翻涌声中，古洴也可以清楚地听到他拳头咯吱作响的声音。

“我倒觉得，被这么考验很幸福。而且，我不介意这种金钱考验来得更多些。”

风把古洴的话带到了李白耳畔，他缓缓转头望向古洴，这段时日始终在他眼中闪现的光芒与笑意骤然不见，他仿佛又恢复成第一次见到古洴时，拒人于千里之外的凌厉。

"你说……什么？"李白道，"钱，就那么重要，比我们之间的情谊还重要？"他的每一个字里，都有着克制的痛苦。

天空的云层里闪电在闪耀，雷声轰然而至，海水的奔腾令海边愈发寒冷。

古洴的回应，却比海风更冷。

"你我之间的情谊，也不过是短暂的合作，合作结束，我们便会各奔东西，相忘于江湖，不是吗？"

如果不是这萧瑟的海风所带来的寒冷冰凉彻骨，李白决然会相信这一切都是虚幻。他从未想过古洴会是这个样子，这样的冷漠、疏离，他曾以为他与所有人不同，他也确实不同，他比所有人，都要冷漠无情。

可笑。

可笑的是自己，已经百转千回地知晓了自己的宿命，却依旧相信这世上还有友情。

李白笑了出来，"哈哈……"

他大笑不止，笑得前仰后合，笑得肆意猖狂。风吹起他的衣襟，吹动他的黑发，他在风中狂傲犹如孤狼。

"好，很好。既然相忘于江湖，不如早早说再见。"李白缓缓后退，然后双手在额角一捣，这动作宛若一场告别，"再见。"

说罢，他转身上车，绝尘而去。

古洴没有挽留，没有说一句话。

李白坐在车里双手紧紧地攥着方向盘，牙齿咬得咯吱作响。

他还站在那，在海边，在风里。

他那么瘦。蓝色的西装让他像海面展翅翱翔的鸥鸟一般，独自在即将来临的暴风雨中静立。

这是他的选择，从此我与你，再无瓜葛。李白眸光里的星火倏然熄灭。

雨落下来，在挡风玻璃上留下一串串雨痕，形似泪滴。

他用力踩下油门，跑车特有的优良性能令车子瞬间爆发出巨大的动力，冲向远方。

雨越下越大，眨眼之间便已成滂沱之势。

李白已经开出海边，眼看便要进入市区。

这场忽然变大的雨，令街头的人们纷纷举起雨伞，即使这样，也挡不住雨水浸湿他们的衣衫。

李白望着在眼前匆匆奔跑的人群，果断的心慢慢变得犹疑不决。

蓦地，他仿佛下定决心一般，忽然调转车头，开回海边。

他明明记得自己没走多远，为何回去的路这么长。

李白没来由地开始急躁。

自己这是在干什么？

要去管那小子吗？

不是已经说好了从此再无牵绊，为何还要把车子往回开？

不，我只是看他一眼，确认一下那小子是不是已经跑路，毕竟是自己邀请他来的……

这个念头升起来，李白紧锁的眉头便是一松，他加快了速度。

海边越来越近，远远地就看见了那个小小的身影。

他还站在那里，面对着大海，在暴雨之中一动不动。

"浑蛋！"

李白顾不上打伞，跳下车跑到古洴身侧。

"你没知觉吗？下雨了还不走？"

雨水将古洴蓬松的短发淋湿，紧紧地贴在他白皙的脸上，他的衣服已经全部湿透。

他的脸更是苍白如玉。

"为什么回来？"古洴问。

为什么回来？

李白为之语塞，大雨同样让他成了落汤狼。

"你不该回来的。"古洴淡淡地说着，望向雨中疯狂掀着风浪的海面，"我们迟早都是要分别的，所有的相遇，所有的相识，哪怕是最深的感情，最后也会走向分别。所以，不如从一开始就不要走近，这样最好。不相见，便可不相念。不相知，便可不相思。不相伴，便可不相欠。不相惜，便可不相忆。"

"你这都是从哪听来的歪理邪说？"

"如果你被抛弃一次，你就知道了。"古洴说，"世界的尽头，就是离别。"

"你这蠢货！"李白愤怒地说着，"我不会。"他咬牙，一字一句地说，"要是世界到了尽头，我就踢烂这世界，给你开创一个新的世界。"

他的语气那么强劲，那么有力，富有感染力的强大与坚定足以驱散所有的阴霾。

"上车。"他拉着古洴奔进了车子。

"擦一下头发，感冒的仓鼠可是很难照料的。"上了车子，李白便将一条毛巾扔到古洴的身上，然后将暖风调到了最大。

"你不用吗？"古洴拿着毛巾问。

"好像正常人都会在这个时候问'哪来的毛巾'吧？"李白笑着反问。

"好吧。"古洴笑了，"哪来的毛巾？"

"因为经常去健身，所以就备了毛巾在车里，以后，我多备一套。"李白说着，夺过毛巾，将它盖在了古洴的脑袋上，"快擦。"

古洴盖着毛巾用力地揉起头发来。

尽管头发被古洴揉得乱成了鸟巢，但李白脸上的笑很明朗。

第六章

红阳幼儿园

火。

依旧是那场大火。

火海之中的古洴错愕地凝望着火焰，已经有好几天不曾出现的大火，为何再次在梦境里燃起？

难道这一次，又有人被害？

想到这里，古洴便慌乱起来，他想也不想地冲进火焰里。

令古洴意外的是，犹如序幕的火焰背后，并没有预期的校车和受伤孩童，取而代之的，是一个幼儿园。

幼儿园的主楼颇具规模，却看不到入口。倒是七种颜色的跑道十分惹人注意，不远处色彩绚丽的滑梯上，有几个小朋友在玩耍。

"哈哈！"

"抓到你了！"

他们的笑声传过来，那么开心，仿佛能够化解这世上所有的不快。

天空正蓝，阳光正暖，嬉戏着的孩童有着纯粹的天真。

一个站在滑梯上的小男孩远远地朝古洴招了招手，古洴微笑着走了过去。

见古洴走过来，那个小男孩便从滑梯上滑了下来，他穿着蓝色的衣服，白嫩的脸上带着欢乐的笑容。

第二卷 狄俄尼索斯

145

这正是古洴频繁梦到的那个被卡在校车座位里的小男孩！

古洴惊骇地顿住脚步，而小男孩则欢笑着向古洴跑来。

他在离古洴一步之遥的地方站住，向古洴伸出手。

古洴望着那只白白胖胖的小手，犹豫着要不要牵，小男孩却走上前，牵住了古洴的手。

好软。像棉花糖一样的小孩。

古洴心想。

小男孩就这样牵着古洴的手向前走，直到绕过滑梯，古洴才发现，他们刚才所在的位置是幼儿园的后操场，现在自己面前的，才是正楼。

在明亮的阳光下，古洴看到了幼儿园巨大的牌匾——红阳幼儿园。

红阳？

古洴怔住了。

小男孩的手，也在这个时候松开了古洴。

手上没有了柔软的触感，古洴低头望去，小男孩却似飘浮起来一般，离古洴越来越远。

"别……别走！"

古洴举步便追。

"别走，告诉我你是谁，告诉我你为什么会出现在我的梦里！别走！"

小男孩歪着脑袋，向古洴露出了天真的笑容。

但他没有停下来。

"别走！"

古洴拼命地追，小男孩却越来越远，很快，便消失了。

古洴只能停下脚步，气喘吁吁地打量周围。滑梯上的小孩子们全都不见了，空荡荡的红阳幼儿园只剩下了古洴一个人。

那么安静，那么孤独……

这是第一次，古洴没有从噩梦中惊醒。他默默地坐起身，扭亮了台灯。

昏黄的灯光照亮了他的小屋，一切都是那么安静，仿佛安东尼从来不曾出现过。他还是一个人，孤独的一个人。

古洴重新躺下去，将床边的台灯关上。

孤独，才是常态，古洴早已经习惯。

再次醒来，是大概二十分钟以后的事。这一次叫醒他的不是噩梦，而是李白的信息。

"早点来局里，找到红阳幼儿园的教师了。"

古洴一跃而起，直接冲进浴室洗漱。

他用最快的速度收拾好一切，然后踩着单车赶到市局。此时不过7点05分，李白和姚军已经准备出发了。古洴二话不说，停好单车便开门上了警车。

"行啊，小古，训练有素，可以考警校了。"姚军笑着表扬古洴。

"我要是当警察，恐怕过不了三个月就得过劳死。"古洴气喘吁吁，他刚才跑得太急，以至于大脑都有点缺氧，索性靠在车窗边，调整呼吸。

他一向认为自己的体力还行，在社里有什么重活儿也都抢着做。但跟这些警察相比，他只有自愧弗如、五体投地的份儿。

一样东西突然砸过来，古洴下意识地接住，拿到手才看清那是一袋三明治，金枪鱼口味的，古洴的最爱。

"哇，你怎么知道我喜欢金枪鱼三明治？"古洴欣喜地捧着三明治问。

"你还有不爱吃的东西？"

明明是这么暖心的举动，却非要用这种嚣张的语气说出来，不用猜，说话的正是李白。

"我也喜欢三明治，怎么没我的份呀？"姚军开始替自己鸣不平了，"我都连续熬三个通宵了，也没点福利。"

回应姚军的是李白足以将他烤熟的炽烈目光，姚军立刻闭上嘴巴，一脚油门踩了下去。

古洴笑眯眯地撕开三明治包装，吃了起来。李白这家伙脾气虽坏，但对于吃的品位绝对一流，即便是三明治，他买来的也绝对是最好吃的那一款。

当软糯的面包与新鲜的金枪鱼肉进入口中，与味蕾纠缠，那种殿堂般的享受足以令古洴融化。

他幸福的表情被李白看到，不禁笑了出来。

李白"喂"了一声，递了一瓶牛奶过来。

玻璃瓶质的牛奶，对于现在这个快节奏、万事追求方便的时代来说，已经很少有。但瓶身上蓝色的商标，却低调地显示出它尊贵的身份。

这种牛奶，古洴儿时在叔叔古峰家住的时候，经常会喝到。搬出来独立后，他才知晓这是自己决然不会轻易购买的牌子，因为太贵了。

虽然买不起，但它浓郁的奶质和独特的口感，却是古洴一直深深怀念的。

"谢谢。"古洴捧着牛奶，开心地眯起了眼睛。

"我们现在要去的，是曾在红阳幼儿园就职的教师，她姓杨。杨老师告诉我们，她那还保存着当年幼儿园的照片和用工合同。"李白说。

正在拧瓶盖的古洴顿住了。

古洴迟疑了一下，还是决定说出来："事实上，我昨天做梦，有梦到红阳幼儿园。它有彩虹跑道，和一个颜色非常鲜艳的滑梯。我又看到了那个小男孩，穿蓝色衣服，总是出现在我梦里的那个……"

说到这里，古洴好像突然想起什么似的，惊道："不对！"

"什么不对？"

姚军先前见古洴说得玄之又玄，自是全神贯注地听他说，这会儿不免被吓了一跳。

"刘思有问题。"古洴说，"你们记得吗？米甜甜曾说，刘思没有救任何一个孩子，独自一个人逃了出来。但是在我的梦里，刘思是抱着一个小男孩逃出校车的。"

"就是那个穿蓝色衣服的小男孩？"李白像是嗅到了不一样的气息，一双黑眸微眯了起来。

"对。"古洴说，"就是他。"

"这会不会只是你梦里的内容，不一定就是现实吧？"姚军问。

"也许……"古洴自己也不能肯定所有梦里的事情都是真的，即便他在被害人遇害之前梦到了他们，但毕竟梦不可能是现实的影射。

"还是需要确认一下看看。"李白皱紧了一下眉头，"红阳校车事件的内幕，一定比我们想象中还要复杂。从狄俄尼索斯杀人的手法来看，明显是带有宗教仪式感的杀人方式。对于酒神狄俄尼索斯的崇拜，约在公元前一千五百年就已经存在。传说他走到哪，乐声、歌声、狂欢声就跟到哪，而他狂热的信徒们往往会在疯狂或是极度兴奋时，使用残忍的暴力将轻视神祇的人的手足撕裂。除了赵圃林和范游以外，孙为发和刘思全都是双手被捆绑、刺破。可见犯罪嫌疑人是依据被害者当年的'罪行'严重性从而选择的杀人手法。由此我们可以推断，刘思当年所做的事，远比独自落跑更加残忍。"

还有什么事，比一名教师舍弃学生独自逃生更残忍呢？

"难道，真的像小古所说的那样，只救了一个孩子？"姚军问。

"无论是什么，都必须查清楚。"李白沉吟着，一字一句地说道，"不能让命案再次发生，必须还那些无辜的孩子们一个真相。"

古洪默默地望着坐在前方的李白，他的手就搭在车窗边，紧紧地攥着，攥得骨节都泛了白。

车子行驶了大约半个小时，便到达了星辰幼儿园。这是一个位于小区内的幼儿园，为了方便小区内的儿童就学而设立的，规模不大。杨老师是星辰幼儿园的园长，为了迎接大家，杨老师特意早早地站在幼儿园门口，还带着李白和古洪他们到各个班级走了一圈。看到警察叔叔的身影，孩子们都高兴坏了，又是拍手又是跑上来要抱抱，开心得好像过儿童节似的。

孩子们看到警察叔叔的喜悦，冲淡了一行三人心里的沉重，然而等大家到了会客室，这份沉重，便再一次袭上心头。

"关于红阳幼儿园的校车事件，您还记得当时的情形吗？"李白问。

"怎么可能忘呢？"杨老师深深地叹息一声，"当我们知道消息的时候，事故已经发生了。红阳幼儿园的教师一直处于人员不够用的状态，所以当班的老师几乎没有离开岗位的可能。等安顿好班上的孩子，大概中午时分吧，趁着孩子们午睡的时候，我和几个老师赶快去医院探望了那些受伤的孩子们。当时的情形……即便是现在，也还历历在目。"

杨老师仿佛回到了从前，面对着那些因为伤痛而哭闹流泪的学生们，她的心宛若刀割。

"都是一些三四岁的孩子，最大的也不过五岁，小胳膊小腿的，哪能受得了这么重的伤？"杨老师叹息道，"大多数的孩子都烧伤了，还有的被破碎的玻璃割伤了皮肤，甚至还有个女孩整个脸都……"

杨老师实在说不下去，她的声音都在颤抖。

姚军见状，便转移了话题，"您还记得，当时孩子们就诊的医院是哪一家吗？"

"好像是……市第五医院吧？对，市第五医院。当时的院长姓程，是个很和蔼的院长。"

"你还记得，当时事故发生后，园里对于责任人是如何处置的吗？"李白问。

李白在后来的报纸上，曾找到关于校车司机违规逆行和超载的报道，媒体对校车司机和落跑教师刘思口诛笔伐，但对于红阳幼儿园的指责却少之又少。无论如何，鉴于狄俄尼索斯正在实施的复仇计划，联络到司机以及其他责任人是非常紧迫的事情。

窗外，小鸟在树上发出啾啾的鸣叫，阳光灿烂的初夏，却没能温暖到会客室里的人。

李白、古洴和姚军都在等着杨老师开口。

"当时的司机，是梁峰。"杨老师回忆着从前，"他也受了很重的伤，在医院里住了很久。或许是因为烧伤面积太大，也可能是因为当时的舆论全都把矛头指向了他，梁峰他……从医院顶楼跳下去，自杀了。"

自杀？

所有人都怔住了。

他们原本以为迫于压力隐藏在小区超市里的刘思，已经是最坏的境遇，却没想到还有一个人因此而自杀。

"那么，当时的责任，真的全在司机身上吗？"古洪问，"如果是超载的话，应该不是司机能够左右的吧？"

"这……"杨老师看了古洪一眼，沉吟道，"为了节约经费，红阳幼儿园把本该养护校车的拨款，用来承包校外通勤车了。"

"你是说……红阳幼儿园的校车不是本校的，而是外包的？"李白问。

"是的，那个公司好像叫……百治通勤公司。"

"百治？"姚军挠了挠脑袋，"这名字怎么这么耳熟？"

"聚府名苑！"古洪道，"聚府名苑的那两个犯罪嫌疑人，不就是因为百治通勤公司的补偿金而杀的人吗？"

因为这是他进入临鞍市公安局之后的第一篇新闻稿，因而他对这篇报道的内容尤为深刻。许某还有和某正是因为被害人华某拿了他们两个人的补偿金多年不还，才对其痛下杀手。

"难道……百治通勤公司，也是因为这个才解散的？"姚军问道。

"极有可能。"李白点了点头，又面向杨老师，问道，"当时幼儿园乘通勤车的孩子有多少？"

"大概……将近二百人吧。"杨老师说。

"那通勤车呢，有几辆？"

"三辆。"

"近二百个孩子，再加上教师，即使是三辆五十六座的通勤校车也是超载。但当时车里的人数却有八十五人，这是为什么？"李白直视着杨老师的眼睛。

难以想象，一辆最多只能容纳五十六人的通勤巴士里，满满地塞了八十五个孩子是一种什么样的情形。家长因为信任将心头肉一般的孩子交付到幼儿园手中，而幼儿园却为了利益，视责任与良知于不顾。

古洪再次想起了梦中在滑梯上嬉戏的孩子，天真如他们，竟不知灾难如利剑一般时时挂在他们的头上。

心，像被针扎一样疼。

古浒下意识地攥紧了胸口的衬衫，不经意间，他看到了李白望过来的关切目光。

古浒摇了摇头，示意自己没事。

"当时的情况，我不了解。毕竟那个时候网络还不发达，通信工具也跟不上，每个通勤车都有一个跟车老师，具体的情况，只有他们才知道。"

"刘思，是事故车辆的跟车老师吧？"李白问，"当时，她真的是自己一个人逃出来的？"

"怎么可能呢？"杨老师摇了摇头，"她是老师，怎么可能扔下孩子们独自逃生呢！"

"不是一个人吗？"古浒霍然起身，惊声问道，"她是不是抱着一个小男孩逃出来了？"

"你怎么知道？"

果然！

古浒觉得自己全身的血液都涌进了脑子里，他猛地捉住杨老师的手，说："那个小男孩，他是谁？"

因为激动，古浒的手冷得似冰。杨老师惊讶之余，不免困惑。李白拉住古浒的手臂，将他按回座位上，古浒这才意识到自己的失态，向杨老师道歉。

"你能对那些无辜孩子的痛苦感同身受，我很感动。我自己又何尝不是呢？这么多年了，那些孩子的脸始终在我脑海里转啊转，我连觉都睡不着，全靠安眠药维持睡眠。"

说着，她拉开抽屉，在她的抽屉里有几盒用来帮助睡眠的药物。

"这毕竟是充满痛苦的回忆，我相信不管对我，还是对刘思来说都是。"杨老师继续说下去，"事实上，刘思那天从火海里带出来的，是两个孩子。"

两个？

在场的所有人都怔住了。

"那为什么所有人都说她是独自逃跑的老师，对她口诛笔伐，而她却不替自己辩白？"古浒急切地问道，浑然没有注意到自己再一次激动了起来。

"因为她不能说。"杨老师的表情，尤为痛心，"当时情况紧急，她只能先抱起离自己最近的两个孩子，但……其中一个孩子因为有先天性心脏病，逃出校车就……病发身亡了。"

"死了？"古洴惊骇。

"死了。"杨老师点头，"在保险公司的事故认定中，如果那孩子被认定是先天性疾病死亡的话，就不能作为意外事故的受害者得到赔偿。但孩子的父母不依不饶，认定是由于幼儿园的失误导致了孩子的死亡，坚决要求赔偿。园里也是左右为难……"

"如果保险公司不赔偿的话，那么这笔赔偿款就要由幼儿园来出。为此，幼儿园便给刘思施加压力，让她保守秘密，对吗？"李白的话一针见血，杨老师默默点头。

"那另外一个孩子呢？"古洴问。

"是我们园长的儿子，也是唯一一个被安全救出，只受了点皮外伤的孩子。"

"你说……园长的儿子？"古洴仿佛听到脑海深处有什么东西发出一声铮鸣，好像是一根弦骤然断裂所发出的声响。

"对。"杨老师说着，像想起什么似的拿出一个档案袋。档案袋里是一份用工合同和一张照片。

"这是幼儿园十周年庆上全体孩子的合影，这个，是因为心脏病去世的孩子，她是我们班的学生……"说到这，杨老师的声音变得哽咽。

那是一个穿着草莓色连衣裙的小女孩，很白净，梳着一个利落的马尾，非常可爱。

"这个，就是我们园长的儿子。"

杨老师的指尖，落在了一个小男孩的身上。小男孩的个子不高，就站在合影的第一排，他穿着蓝色的衣服，灿烂的笑脸，与古洴梦境中的男孩一模一样。

"那你们的园长是……"古洴觉得自己的嗓子在发干，声音在发紧，甚至，他产生了想要落荒而逃的感觉。

"这位，就是我们的园长。"杨老师在指向那个人的时候，时间仿佛被按下了暂停键。一切都是那么慢，慢得古洴几乎忘记了自己还有心跳。

但，他还是看到了那个人，站在合影最中间，笑靥如花的那个人。

这一切，肯定都是一场梦，对不对？

古洴拿起照片，举到眼前仔仔细细地看着，浑然不觉自己的手在颤抖，亦不知泪水早就模糊了他的视线。

"小古？"姚军被古洴的样子吓了一跳，一连叫了他几声，古洴都像听不到似的，傻傻地杵在那里。

"仓鼠？"李白低声的呼唤让古洴的身子微微地颤了颤，照片从古洴的手里翩然而落，而古洴则像丢失了魂魄一般，木然地转身走出了会议室。

"他怎么了？"姚军从来没看到过古洴这个样子，惊骇之余，又转头问杨老师，"这个园长叫什么？"

"于桐。"杨老师说，"我们的园长叫于桐。"

"那他的儿子呢？"李白伸手指着那个穿蓝色衣服的小男孩问。

"这孩子的名字很特别，好像叫……古洴。"

李白跑到幼儿园操场上的时候，看到古洴正拼命地在背包里翻着什么。

古洴的动作很快、神情焦急，目光却是涣散的。

零食、记事本、笔、钥匙、零食……不是我要的！

古洴越翻越急，越急就越翻不着，一张脸都急得通红。

忽然，一只手将他想要找的东西递了过来。

手机。

古洴一把夺过来，他看都没看李白一眼，便要将手机的屏幕滑亮。但他的手实在是太抖了，以至于根本滑不亮手机。

李白把手机拿回来，替他将手机滑亮，又递了过去。

古洴接过便找到了那个人的电话号码。

李白看到了手机屏幕上显示的字——于桐。

电话很快就被接通，从电话里传来了一个充满活力和热情的女声，"亲爱的，我一直在等你的电话，你和安东尼一起生活得怎么样？"

"三十三个孩子受伤！"古洴听见自己用沙哑而颤抖的声音说道，"二十二个无辜孩子的生命……你却在这里只关心你的安东尼！"

虽然只有一句，于桐却听懂了。

她在电话那边沉默了两秒，问："你在哪？"

"我在哪里不重要，重要的是你在哪里，你的良心在哪里？为什么要隐瞒真相，为什么要让无辜的刘思承担责任，为什么我会忘记童年发生的所有事情？"

一直很理智、很冷静、很温暖、也从来不憎恨的古洴，竟然也有这样歇斯底里的时候。

他愤怒地诘问着关于童年的记忆，为什么会被残缺成睡梦的地狱？

这到底是怎么回事？

第七章 被遗忘和被遗弃

沉默。

一如这十八年来，她所能给古汫的，也就只有沉默。

电话里，只有古汫的呼吸声音。过了很久，于桐才打破这沉默。

“不管发生了什么，也不管你在哪里，都要始终记得，这不是你能管的事。立刻放手，立刻停止追问，安安静静地生活下去。”

没有关心，没有询问，也没有任何歉意和内疚，就这样轻飘飘的一句话来交代所有。

古汫笑了。

“一个被过去遗忘，被母亲遗弃的人，要如何安静地活着？”

他的唇边有泪，眼中有痛，却笑得那么开怀，李白静静地看着古汫，感受着他的笑在自己心里烙下的痛。

于桐无声地挂断了电话。

古汫面对的依然是沉默。

“我们必须找出真相。”这不是安慰他人时应该说的话，但李白就是这样，他永远不知道如何照顾别人的情绪。但古汫需要的，正是这样的理智。

不能让情绪湮没自己，他还有属于他的责任。如果他也是十八年前校车事件的目击者，那他就更有责任查出真相。

于是他站直身体，点了点头。

见古洴冷静下来，李白也放下了心。

"我们在杨老师提供的用人合同上看到了红阳幼儿园的法人就是你母亲，她现在人在美国，应该是安全的。现在我们要做的，是查出其他责任人，以及这起案件的有关人员，保护他们的安全，揪出狄俄尼索斯。杨老师在帮我们寻找当年负责校车的另外一名教师和学生家长。你冷静一下，再跟于桐沟通一下，尽量让她提供一下相关人员名单。"

李白在工作的时候，从来都是严肃的。他的冷静客观让古洴快速地恢复了一个媒体人应有的专业与理智，古洴点了点头，他整理情绪，再一次打电话给于桐。但这一次，于桐没有接。古洴连续又打了几个电话，于桐都没有接，直到后来，她关机了。

"看起来她不打算向我们透露当年的真相。"李白沉吟道，"你的亲属里，有没有比较了解她的人，有可能知道当年情况的人？"

古洴的神色，再一次黯淡了下去。

"我的父亲已经去世，不过……也许我可以问一问我叔叔。"

古洴的肩头传来一阵温暖，李白的大手按在古洴的肩头，炽热的温度，驱赶着他心底的寒意。

"一切都会好起来。"他说。

对于古峰来说，古洴能够回家吃饭，是件格外高兴的事。于是他系上围裙，亲自下厨准备烧几道古洴最爱吃的菜。

厨房里传来叔叔和婶婶说笑的声音，伴着菜入锅时的滋滋声和吸油烟机的轻微响声，以及阵阵饭香，格外有幸福的烟火气息。

"小洴吃水果。"婶婶端着一盘蓝莓走了出来，将它放在古洴面前的桌子上，"这是你叔叔的下属送的，说是长在深山里无污染的，你多吃点。"

"好的，谢谢婶婶。"古洴微笑着点头，婶婶一边说着，"看你，一家人还客气什么。"一边又去厨房里帮着叔叔忙活去了。

古洴并没有动面前的蓝莓。

"你还真能装啊。"古铃站在门口抱着肩膀奚落道，见古洴一脸莫名，她不禁冷笑道，"你在我家住着，没有十五年，也至少有十二三年了吧？一般的小孩早就把这当成自己的家，撒泼打滚，任性胡为了。但是你一直客客气气的，好像我们全家都在欺负你似的。"

"没有的事。"古洴笑了，"我只是不爱吃水果。"

古铃虽然是叔叔古峰的女儿，却比古洴大两岁。仅看长相，便可知古铃的干练与强势，她的眉毛高挑，眼角和唇角都是上扬的，原本飞扬的五官再加上酷爱穿红色衣服的习惯，让古铃像一簇行走的火焰。不知道是不是因为这个原因，她的性格，也像火一样热烈且直接。

"骗谁呢？你最爱吃零食，不是吗？"古铃说着，用水果叉戳起一颗蓝莓递给古洴，"给我吃了。"

"好吧，遵命，女王。"古洴笑着，接过水果叉。

"这还差不多。"看到古洴把蓝莓吃下去，古铃的脸上才露出笑意。她把一颗蓝莓丢进嘴里，"说吧，出什么事了？"

古洴怔住了。

"我当了你二十多年的姐，还不了解你？就算是逢年过节，找你回家吃饭都得三请四请的。今天什么日子？普普通通的周二，你居然给我们这么大的面子，回家吃饭？"

"我投降。"古洴笑着举起双手，"好吧，我老实交代，我只是想知道关于……红阳幼儿园的事情。"

"红阳幼儿园？"古铃怔了好一会儿，才意识到古洴想要问的到底是什么。

"你是想问于桐的事吧？"她抬起下巴，生气地道，"怎么，过了这么多年，还是觉得亲妈最好？别忘了她是怎么对你的！"

"不是啦。"古洴知道古铃是在替自己鸣不平，便摆了摆手，"我只是想知道关于当年红阳校车事故的事……"

古洴话音刚落，便听到"当"的一声响，竟是刚刚走出厨房的婶婶弄掉了手里端着的盘子，紫色的葡萄洒了一地。

"妈，你怎么回事啊？"古铃不悦地皱眉。

"手滑了。"婶婶抱歉地说着，弯腰去拣葡萄。古洰也蹲下来帮忙，叔叔听到声响，也急忙从厨房里跑了过来。

"爸，你来得正好，小洰要问红阳幼儿园的事呢。"

"红阳……幼儿园？"叔叔沉吟着，想了想，问古洰，"是你妈妈之前开的幼儿园？"

"是。"古洰点头，把拣到的葡萄都放进了盘子里。

"我去重新洗一洗，你们去书房聊，我来做饭吧。"婶婶接过盘子道。

古峰点了点头，解下围裙，带着古洰一同走进了书房。

"你想知道什么事？"古峰问。

"关于十八年前的校车事故，咱们《临鞍日报》也报道过吧？我想知道当时的情况，以及与它相关的人。"古洰没有说出关于狄俄尼索斯案件相关的事情，在案件没有明朗之前，他有这个责任替李白保密。

"你说的是红阳校车因为超载逆行，与一辆酒驾货车相撞的事情吧？"

古洰点了点头。

"确实是报道过，当时这个报道在市内引起了非常大的震动，当时事故发生的时候，我正在美国参加研讨会，等我匆匆赶回来的时候，舆论已经发酵得沸沸扬扬，难以控制。毕竟事关校车安全，整个临鞍市都很关注。"

"那于桐呢？"

"你妈妈啊……"古峰叹了口气，"她当年也顶了很大的压力，但媒体和社会舆论给她的影响太大，令她难以承受，然后她选择了出国……总之，事情都过去了，你也长大了，别再纠结过去了。"

古洰摇了摇头，"我对她没有恨意，我只是想知道，有关事故的相关责任人，叔叔您有没有印象于桐或是我爸爸提起过谁？"

古洰还是习惯叫她"于桐"，对于他来说，于桐只是一个名字，一个代号，仅此而已。

"你怎么想起问这个？"古峰有些奇怪，但是古洴不能把实情告诉叔叔，只能说是网站要做关于校车安全的选题。

古峰点头表示理解，他想了想说："我只听你爸说过于桐因为这件事情受到了很大的打击，但相关责任人……没听他提过，也没听于桐提过。新闻报道的话……这样吧，我帮你联络一下当年负责这个报道的记者，到时你直接问他，看看有没有能帮上你的信息，怎么样？"

古洴的眼睛顿时亮了起来，"好！谢谢叔叔。"

说话的工夫，婶婶已经把余下的几道菜炒好了，大家围坐在桌边，有说有笑，气氛热闹融洽。古峰原本想留古洴在家里住，却被古洴拒绝了。

"我还要去见个朋友，过几天再来看您。"古洴笑着对古峰道。

"朋友？"婶婶的眼睛就是一亮，"女朋友？什么样的人，什么时候领回家里让婶婶看看啊？"

连珠炮似的询问，让古洴瞬间红了脸。

说话间，李白的信息已经发了过来，古洴见状起身，在叔叔和婶婶意味深长的笑容里走出了家门。

"小洴自从工作以后好像变了不少呢。"古洴走后，婶婶笑着对古峰说。

"是啊，开朗了，话也多了。"古峰笑着点头，"这是好事。"

"大概是觉得自己独立了，所以没有了之前寄人篱下的压抑感了吧。"古铃一边说，一边往嘴里扔蓝莓，"那小子什么都好，就是太把我们当外人了，把自己的自尊心看那么重有什么用？"

"别瞎说。"婶婶不悦地瞪了古铃一眼，"快去厨房洗碗！"

"我又没说错。"古铃撇撇嘴，"我还要准备去采访呢，一会儿该迟到了。"说着，她起身回房间去了。

"这孩子！"婶婶嗔责了一句，见古铃已经关上房门，便转回头望向了古峰。

"小洴他……怎么突然想起问那件事了？"

古峰的神情，也开始变得微妙，他想了想，然后摇头道："没事，你别多想。"

160

"可是……"

婶婶的话刚说了一半，古峰便向她摆了摆手，"你什么都不用管，我有个电话会议，你受累收拾一下厨房吧。"说完，他便走向了书房。

婶婶望着古峰的背影，脸上的担忧越来越浓。

"希望他不要想起来。"婶婶幽幽地说着，叹了口气。

古峰的手机一直在响。

然而他仿佛忽略了手机的存在，一直怔怔地望着窗外。

梅雨季到了，风总是先雨一步，在阴暗的天空下吹动草木，刮起地面的一些杂物，以示其肆虐之威。

古峰一直盯着被风吹到窗前旋转的黑色塑料袋，直到它飞过不见了踪影，才拿起桌边响个不停的手机。

"是子强兄啊。"说话间，古峰又看到了飘至窗前的黑色塑料袋，它仿佛失去了生命的候鸟，只能任寒风将它带去永恒的黑暗中。

"不确认，但他迟早会知道的。"古峰说。

电话那端所传来的声音，让古峰的脸变了颜色，他沉默了很久，终是点了点头。

"我当然赞成。"

他是这样说的，但表情明显不是这样想的。

李白已经在古峰家的楼下等了一会儿。

这一次，他是乘出租车来的。

他的惯有等人姿势，就是站在车边，双臂交叉着，斜椅车身。看到古洴，他便伸出手向他挥了挥。典型的王子接见臣民姿态。

古洴笑着跑了过去。

"等了很久吧？"他问。

"不多，一分钟能让你请我吃一次饭的话，一共十次。"李白说着，替古洴拉开车门。

十分钟？

古洴瞄了瞄出租车的计价器，计时等客十分钟的话，也要好几块钱了吧。

"你为什么不开自己的车？"古洴问。

"你见过哪个警察开豪车的？"李白不爽地扫了古洴一眼，"那会影响警察在市民眼中的形象。"

古洴笑了出来，"你可以换辆普通车啊。"

他用脚趾都能猜得出来，李白不可能只有一台车，但李白显然对此非常排斥。

"那不符合我的风格。"

皱起的眉头，认真的语气，出现在一向暴戾的脸上。

古洴忍不住笑出声来。

"你心情好像不错的样子？"李白挑眉，"有什么发现？"

古洴点了点头，"我叔叔说，他会帮我们联络当年跟踪采访校车事件的记者，我想我们应该会有所收获。"

"很好。"李白也点了点头，"我有礼物要送给你。"

礼物？

古洴的眼睛顿时一亮，"好吃的吗？"

李白脸一黑。

"除了吃你还知道什么？"

说着，他把一张照片发到了古洴的手机上。

照片上的一家三口，孩子大约八九岁，父母明显年纪偏大一些。

"这是什么？"古洴有些莫名其妙。

"是原纱纱的父母，原纱纱就是刘思救出来的那个因为心脏病去世的女孩。"李白说，"他们在原纱纱死后又要了一个孩子，他的名字叫原亮。"

原亮，原谅。

他们是在乞求谁的原谅吗？为了成全赔偿款而背负了一世骂名的刘思，还是被当成置换巨额赔偿款代价的原纱纱？

古洴轻轻地叹息。

不仅叹息原家人的宿命，也叹息自己完全想不起来过去的一切。

那段关于校车事件的记忆，到底是如何丢失的？

“我昨天打过电话给孟教授，他答应我，会提前三天回国。”李白像是猜到了古洴的心结，“也就是说，两天以后，你就可以接受孟教授的催眠治疗了。”

“真的吗？”古洴又惊又喜地抬起头，回应他的，是李白的微笑颔首。

古洴心头涌上一股暖意，他由衷地说了一声：“谢谢。”

“跟我，就不必谢了。”

骄阳不再炽烈的时候，就有了晨曦般的温暖。

古洴想着，便觉得连这个想法都变得暖暖的。

出租车在静安小区入口处停了下来，待到李白和古洴走到贴着“出兑”二字的便利超市前的时候，原纱纱一家人已经等在了那里。

“李警官，古记者。”原纱纱的父母向李白和古洴打招呼，那个名叫原亮的小男孩有些害羞地躲在了妈妈的身后。

李白向两个人点了点头，然后引着一行人走进了便利超市。

一个女孩迎了上来，古洴用了足足十几秒的时间，才认出眼前这个穿着牛仔服、留着利落短发的女孩是米甜甜。

米甜甜的头发染成了栗色，她脸上的各种炫酷的环都不见了踪影，反而显出了她的帅气时尚。她打量了一眼李白和古洴，抱着双臂用挑衅的神情问道：“怎么，你们抓住凶手了？”

一贯会激起他人怒气的性格，真的跟李白有得一拼。

古洴轻轻地碰了碰李白，他出现在脸上的戾气才慢慢平息了下去。

“我们今天来找你，是有其他事情要告诉你。”李白说。

“哦？什么事？我妈给我留了遗产？”米甜甜奚落道。

“是遗产。”古洴点头，“对你来说，很宝贵的遗产，也是早就应该给你的遗产。"

米甜甜的脸上，呈现出疑惑却又警惕的神情。

古洴与李白对视了一眼，李白向古洴点了点头。

"我们来，是想告诉你，你母亲当年……并不是独自逃走的。"古洴深深地吸了口气，道，"她救出了两个孩子。"

"你说……什么？"米甜甜怔住了。

"她没有独自逃走。"古洴坚定地、一字一句地说道，"她救出了两个孩子，其中一个活了下来，而另外一个……因为心脏病去世了。"

"你在……开什么玩笑？"米甜甜想要摆出来一个不屑的表情，显然并不成功。突如其来的真相，倾覆了她十七年噩梦般的生活，她擎着玩世不恭的笑意的唇，亦有几分僵硬。

"我说的都是真的。"古洴说，"你妈妈为了让对方得到全额赔偿款而故意隐瞒了她的死因，背负了一世的骂名。米甜甜，你妈妈刘老师，她是无辜的。"

"无辜的……"米甜甜踉跄着后退，她难以置信地喃喃自语，目光闪烁，身形微晃。

"是谁……那个还活着的是谁？"过了很久，米甜甜问道。

"我。"

"你？"米甜甜震惊地看着古洴，而古洴亦看着她，真诚、感激、内疚充盈在他的目光中。

米甜甜的唇，颤抖了起来。当她恢复意识之后的第一个动作，便是举起手朝着古洴冲了过去。不待她的手落在古洴的脸上，一个身影如闪电般闪现在古洴的身前，抓住了米甜甜的手。

"你想干什么？"李白厉声呵斥，警察特有的威严的如雄狮般的咆哮。

"当然是打他！"米甜甜的声音尖锐，身体也在瑟瑟地发抖，"十八年了，他被我妈救下了十八年，从来没有站出来替她说过一句话。你们知道别人都是怎么骂她、欺负她的吗？她这么多年受了多少苦，我们全家都因为这个受了多少罪？我从小被欺负到大，这些，你们知道吗？"

“对不起。”古泮由衷地说道，“我应该早点出面澄清一切的。可是我……我失去了记忆，关于校车事件的一切，我都不记得了。”

“他当年也不过是几岁的孩子，你觉得他能记住多少？你还能指望他做什么？”李白说着，用力地甩开了米甜甜的手。

米甜甜踉跄着，好不容易才站住了。

“姐姐……”一个怯怯的呼唤声，将米甜甜的注意力吸引了过去。

那是一个站在女人身后的小男孩，有着一双明亮的大眼睛，他有些害怕地看着米甜甜，紧紧地牵住父母的手。

他们，正是原纱纱的父母。

“孩子，是我们对不起你，对不起你妈妈，对不起你们家。”原纱纱的母亲说，“都怪我们当年为了要赔偿款，求你母亲千万不要说出真相。我们家庭条件不好，早些年，为了给纱纱治疗心脏病欠下了很大一笔钱。是我们利欲熏心，害了你们……”

说着，她跪了下去。

原纱纱的父亲拉着小男孩，一起跪了下去。

一家三口，哭成泪人。

米甜甜缓缓闭上了双眼，她身体瘫软，脚步踉跄，几乎要跌坐在地。她只能靠扶着货架支撑着自己不要倒下。

“出去。”她伸手指向门外，悲怆地大喊，“出去！”

原纱纱一家不知所措，转头望向李白。

李白默默地点了下头。

原纱纱的父亲拿出一个厚厚的信封，把它放在了地上。

“这是我们的一点心意，希望你能接受我们的歉意……”

“滚！”

米甜甜的眼睛里已然布满血丝，原纱纱一家也只得离开。

“拿走你们的破钱！”

米甜甜踉跄着追出来，举手将信封扔了出来。

红色的钞票飞飞扬扬洒了漫天，好似夏雨，更似泪滴。

这是第一次，古洴觉得充满亏欠。

"不会做噩梦吗？"走出静安小区，古洴忽然说。

"嗯？"李白没有反应过来，疑惑地问。

"仅仅是因为忘记了救命之恩就这样痛苦的话，为什么那个人连半点愧疚都不曾有过？"古洴像是在问李白，又像是在问自己，"为了逃避赔偿款而逼迫员工承担一世骂名的人，为什么可以走得如此干脆？难道这么多年，她一点愧疚都不曾有过吗？"

仅仅是因为遗忘，就痛苦得难以呼吸不是吗？为什么她可以做到把责任、丈夫连同亲生儿子全部舍弃，一个人在大洋彼岸过着逍遥自在的生活？

难道她从来没有过一丝愧疚，没做过一个噩梦吗？

"傻瓜。"李白说，"有些人生来就没有心，没有心，自然不会懂得愧疚。"

接下来要做的事情，是提审许某。

聚府名苑的犯罪嫌疑人之一许某，在李白的劝说下以良好的合作态度，获得了减刑。因而，对于李白所提出的问题，许某一直持合作态度。

"能给我们具体说说你们那个通勤公司吗，百治通勤？"李白说道。

"一个破通勤公司，有什么好说的。"许某显然对百治通勤公司充满了反感，因而表情和语气里都充满了不屑，"说是通勤公司，其实说白了就是个车队，替各个学校和单位跑通勤。有的是我们出车，负责车辆维护和维修；有的是对方出车，我们出司机，车辆的所有事情都归他们管，这种的最省心，不过，谁能分到这个活儿，就得看他跟领导关系铁不铁了。"

"那你知道红阳幼儿园吗？"李白又问。

"咋不知道！就因为它，我们公司解散了，几万块钱的赔偿金一下来，大家就散伙了。老华冒领了我和老张的赔偿金跑了那么多年，不为了这钱，我们能犯这么大的错吗！"一提起红阳幼儿园，许某顿时气得直拍桌子。

李白与古洴对视了一眼。

"能具体说说吗，这是怎么回事？"

许某并没有很快回答，他先是看了看李白，又看了看古洴，疑惑地问道："你们问这么详细……该不会是要查十八年前的那场车祸吧？"

李白没有回答，只是直视着他的眼睛，等待他的回答。

老许意识到自己猜得没错，点了点头，喃喃道："是该查，毕竟死了那么多孩子，不过，梁超这小子也不容易，超载这事，也不是他能说了算的……"

"你说的梁超，是当时开校车的司机？"古洪问。

"对。"老许点了点头，"是他。这小子特别不容易，一个人拉扯个孩子，孩子身体不好，大半个月的薪水都给孩子拿药用了。为了多赚点钱，他接了好几份工。我们平时最多跑两个单位的通勤，他要跑三个，有一个还是夜班，我经常看到他白天倒头睡在车库里。小梁是个好人，但没有好命，更没落个好下场，唉……"

"他要跑这么多趟通勤，岂不是疲劳驾驶？"李白眯起了眼睛。

"我们这些老司机，闭着眼睛都能开车，没有你们说得那么严重。"老许咧开嘴乐了，李白的脸却黑了下去。

"所有的意外事故，都源于你们的理所当然，这不是想当然的事！"

陡然响起的厉喝和李白严厉的语气，让老许的身子一震，脸上有被震慑的惊恐。他想了想，然后长长地叹息了一声。

"是，就是因为这样的思想，小梁才出的事。不过这事说来也算他倒霉，偏偏这个时候王强请了假……"

老许的话没说完，李白便霍然站起身来，"王强？谁是王强？"

老许被吓了一跳，他怔怔地看着李白，许久才结结巴巴地张口道："就……就是另一辆校车的司机……"

"另一辆？"李白的黑眸眯了起来，"我记得红阳幼儿园在你们通勤公司包了三台车吧？"

"是，除了梁超，还有王强和方子。不过，方子嫌干通勤累，开出租去了。我们干通勤的赚得少，还起早贪黑的，人不好招。于是那辆空下来的校车就是我们这几个司机轮流当班。那天我记得，是轮到老张开校车，但王强突然一大早请假，说他老婆病了，得送去医院，所以请了一天假……"

"但是你们那天，没人替他，所以红阳幼儿园就自作主张，把两辆车的孩子全都塞进了一辆，对吗？"李白道。

"你怎么知道？"

老许错愕的表情印证了李白的推断。

在这些成年人的眼睛里，这些幼小又纯真的孩子们不是被保护的对象，而是玩具娃娃，随随便便就可以被"罐装"或"挤压"。

"你有王强的联络方式吗？"

古洴听得出，李白是在拼命地克制着如火山爆发般的怒火。

"我家里倒是有个电话本上存了当时几个人的电话。不过，这都过了十八年，我也不确定那家伙的手机号变没变……"

尽管在克制，但李白脸上的表情仍可称得上是狰狞，吓得老许都变了脸色。李白没有跟他废话，大步走出了审讯室。

"发……发生什么事了？"大概是因为古洴面善，在李白走出去之后，老许问古洴道，"为什么突然调查起十八年前的校车事故了？"

"伤害了那么多幼小无辜生命的人……难道不该付出代价吗？"古洴转过头，淡淡地道，"天网恢恢，不会漏下任何一个罪人。"

老许的脸，白了。

正如老许所说，王强的电话号码，早已经不再是从前的那个了。而从姚军和刘子涛那边传来的消息也不乐观，虽然杨老师帮助大家联系到了几名当年校车事故受伤的学生，但由于当时他们年龄太小，又因为事故而十分慌乱，因而没有留下太多的印象。而家长们有的情绪激动，有的则一脸悲戚，但更多的，尤其是那些失去了孩子或是孩子受了重伤的，则根本不想再提及当年的事情。

事情进展到这里，仿佛再一次进入了死胡同。

"别气馁，查案就是这样，往往在你觉得马上要有突破的时候前功尽弃。不过，有很多时候，我们所做的工作都是由量变引起质变，真相，一定会解开。犯罪嫌疑人，也一定会被绳之以法。"李白看到古洴脸上的沮丧，便拍了拍他的肩膀以示安慰。

古汫点了点头道："十八年了，对于我们来说是那么久远的事情，对于犯罪嫌疑人也是。我想，他现在也许和我们一样，陷入找不到王强的僵局。只要我们先他一步找到王强，就一定能阻止他。"

说话间，古汫的电话响了起来，打来电话的是叔叔古峰。古汫在接到电话之后，便一扫脸上的阴霾，欣喜地对李白道："我叔叔已经帮我们约了当年负责采访红阳幼儿园校车事件的记者，明天下午就和她见面！"

"很好。"李白一直紧绷的脸上，也有了笑容。

"对了。"李白像忽然想起什么似的，"有个地方的日料不错，去吃吃看。"

正常人都会在这种时候用征求的语气，可李白却用了肯定句，摆明了笃定古汫会跟他走。而古汫也确实会跟他走，一匹狼和一只仓鼠，就这样一前一后地走在路边，两个人脸上都带着淡淡的笑容。

"哥？"

刚走到路边，古汫便听到有人叫了一声。虽然不确定是不是在叫他，但古汫还是条件反射般地转头望了过去。

果然，在不远处的一株梧桐树下，站着瘦瘦高高的安东尼。

这小子最近貌似又长高了一些，黑色的T恤穿在他的身上，衬得他愈发白皙，路灯下好似会发光一般。安东尼原本就好看，那双海水般的蓝色眼睛，更为他平添了一丝忧郁，引得路过的人都纷纷朝着他投去惊艳的目光。

"安东尼？"古汫惊讶，"你怎么来了？"

"我把钥匙忘在家里了。"安东尼可怜巴巴地道，"但是我手机又没电，不知道怎么找你，只能来这等你了。"

古汫张了张嘴巴，这才想起，除了自己，安东尼在临鞍市再没有一个亲人。看着像迷路的小狐狸一样的安东尼，古汫不知怎么心里就生出了愧疚之情。

"哎，哥，这就是那个刑警吧？"安东尼指着李白问。

"那个……刑警？"李白沉吟着，黑眸危险地眯了起来。

嗅到危险气息的古汫立刻朝安东尼使着眼色，示意他收声。安东尼到底是安东尼，当即话锋一转，笑眯眯道："那个……总请我哥吃大餐的刑警小哥哥，还爱屋及乌，顺带着捎给我一份。哈哈，谢谢你呀，我是安东尼，古洴的弟弟。"

说着，安东尼朝李白伸出了手。

古洴瞠目结舌地看着安东尼，这家伙什么时候变得这么会说话？好话说得这么溜，怕是又受了哪个球友的熏陶吧。

所谓千穿万穿，马屁不穿，安东尼的这通马屁，拍得李白甚是受用。

他伸手与安东尼相握，言简意赅地道："李白。"

"李白，这名字跟我哥的名字真是登对。"安东尼笑道。

古洴做了一个"你欠扁"的表情，李白脸上的笑容却灿烂无比。

"对了，我怎么好像……见过你？"看着安东尼的脸，李白脸上闪过一抹疑惑。

"大概是……我长得比较像明星吧，流量很多的那种。"安东尼笑。

"有可能。"李白也笑了。

古洴震惊了。

他看看安东尼，又看看李白，惊悚道："你们两个……这么相互吹捧，难道不害臊吗？"

"不啊。"

"当然不。"

不是吧，居然这么异口同声？

古洴几乎以为自己出现了幻觉。

"刚好我和你哥要去吃日料，一起吧。"李白说着，便伸手拦下了一辆出租车。

"不用了！"

古洴几乎是大喊出声，不仅吓了安东尼一跳，也吓了李白一跳。

"那个……我忽然想起来，我还有一篇新闻稿要赶，我们先回去了！"

说着，古洴拉着安东尼上了出租车，来不及跟李白道别，就催促出租车赶紧开车。

"你们那个案子怎么样了？"安东尼问，"那个叫狄俄尼索斯的案子。"

"你知道？"古洴意外地转头看向了安东尼。

安东尼笑了，"你的眼神，怎么突然变得这么犀利了？不知道的还以为你是个警察。"

"有吗？"古洴先是一怔，随即便无奈地笑了。也许是近朱者赤，跟李白他们相处久了，刑警的语气与眼神都在潜移默化地影响着古洴，让他下意识做出了与李白极为相似的反应。

"不过，你是怎么知道狄俄尼索斯的？"古洴问。

"现在网上因为这个狄俄尼索斯吵得不可开交，到处都在争论着他下一步的计划，还有的人对他的犯罪行为进行分析，看上去比警察都专业。"说着，安东尼哈哈大笑起来。

古洴不禁无奈，在这个信息以光速传递的时代，除了被警方紧紧捂住的重要信息，能够对外发布的，估计都已经在网上传遍了吧……

"不管怎么说，逝者为尊，这样大肆讨论被害人，我认为并不合适。"古洴想起看到的那些议论，不禁摇头。

"可是你也不能保证那些被杀的人就是无辜的啊。说不定，他们因为犯下不可饶恕的罪孽，才只能用死亡来赎罪呢。"

"你这都是……从哪学来的歪理邪说？"古洴板起了脸，"无论是什么样的罪，都要通过法律的手段来解决。不论以什么样的理由，自以为是的杀人行为就是犯罪。"

"如果法律能够把他们绳之以法的话……那些罪人怎么会逍遥自在了整整十八年呢？"

他的话，令古洴无法反驳。

十八年前，到底是谁让真相如石沉大海般销声匿迹？

古洴沉默了下去。

安东尼浅橘色的唇微微地上扬，冰蓝的眼眸悠然深邃，竟有几分意味深长的邪魅。

"李白，我觉得有问题。"

晚上入睡前，古洴给李白发了一条微信消息。

"问题不小，你竟然把老子扔在那，自己跑路了！"

秒回，且用如此暴躁的语气，可见李白一直拿着手机，等机会发飙。

"听我说，难道你不觉得奇怪吗？为什么十八年前幼儿园校车事故之后，红阳幼儿园就快速关闭，连百治通勤公司也跟着倒闭了？"

这一次，李白是在一分钟之后回复的。

"你认为，有人在幕后操纵着这一切？"

"你难道不这么认为吗？"

"那个记者约的是明天吧？"

李白说的，正是叔叔古峰帮他们联络的采访当年红阳校车事故的记者王慧。

"是的，明天下午 2 点。希望可以从她那里了解更多的情况。"

"我会调查关于红阳幼儿园和百治通勤公司的关联，你明天上午陪我出去一下。"

"去哪？"

"相亲。"

"不是吧？你让我陪你相亲？"这一次，古洴发的是语音。

"你把老子晾在路边，不该做点补偿吗？"仓鼠的吱吱叫声在狼的咆哮面前，跟蚊子声无异。

古洴叹了口气，只能妥协。

阁楼突然传来了一阵异响，这次，似乎不是窗户被风刮开的声响，而是一阵阵"咚咚"的闷响。怎么回事，是房东的杂物掉在地上了？

"安东尼？"古洴本来想行使一下当哥的特权使唤下安东尼，然而安东尼这会儿正在浴室洗澡，哗哗的水声中传来的是他哼着歌的惬意声音。古洴无奈，只得从床上跳下来，穿上拖鞋走向楼梯。

啊，等等，忘记了拿手电。

阁楼的灯早就坏了，因为放的都是房东的杂物，古洴平时也不上去，因而也没有催促房东修过。关于窗户的事情，古洴倒是联络过房东。不过房东大叔住在城西，离这里太远，因而经常是痛快地答应了，过不过来那就是猴年马月的事了。虽然房子不是自己的，窗户的问题也与房东沟通了，但古洴觉得，毕竟自己是住户，也有替房东维护房子的责任，无论如何，也得去确认一下情况。

话虽这样说，但古洴却不论怎么翻都没有翻到手电筒。他记得自己一直把手电放在桌子下方的抽屉里，怎么不见了？

古洴翻了翻抽屉，又找了找其他地方，最后决定借用手机的光亮。

几十年的老房子，地板和楼梯全都是木制的，踩在上面发出吱嘎的声响。没有灯，这让夜晚的阁楼全无光亮，窗外的枝梢在夜风里摇摆，摆动的叶子加上在黑暗里林立的旧家具，如同恐怖片的现场一样。

现在，只差点声音特效了。

古洴苦笑。

没走几步，古洴便感觉到脚下好像踩到了什么东西。他弯腰拾起，却发现那正是自己怎么找都找不到的手电筒。

手电筒是一位学长送古洴的户外手电筒，亮度很高，手掌般大小。平时很少用到，因而被古洴放在家里备用。

看样子，手电被摔坏了，不仅不亮，首尾也分了家。古洴看了看，正要将它放到口袋里，突然一只手，搭在了他的后背上。

古洴吓了一跳，猛然回头，竟见一张惨白的脸笼罩在蓝光下，阴恻恻地瞪着自己。古洴后退，紧接着抬脚踢了过去。

"你想吓死我，好一人独占麻辣排骨面？"

"哈哈，被你发现了。"安东尼哈哈大笑，收起了故意放在胸前发出蓝光的手机。

"你怎么跑阁楼上来了，哥？"

"我听到好像有东西倒了，上来看看。"古洴说着，举起手电筒，"这东西怎么会在这？"

"我修窗户掉的。"安东尼接过手电，摆弄着，"那天晚上下雨，窗户都被刮开了。我怕雨淋进来，拿着手电上来，把窗户给修上了。谁知道准备下楼的时候掉在地上了，当时天太黑，本来想早上找的，结果被我忘了。"

"你还敢再糊涂点吗？"古洴脸一黑，但面对着笑嘻嘻的安东尼，古洴却只能无奈地摇头。

"你先下去吧，我看看有什么东西倒了。"古洴说着，就要往前走，却被一个木箱撞到小腿的腿骨上，疼得他弯下了腰。

"这破箱子怎么跑到这来了？"古洴拿手机照了照，一堆旧箱子横七竖八地立在面前，非武林高手都走不进去。

"嘿嘿，也是我上次修窗户挪的。"安东尼挠了挠脑袋，"算啦，你下楼吧，哥。我去看看。"说着，他做了个展示肱二头肌的动作，"体力活都交给我。"

古洴笑道："好，你去吧，我去煮面。"

刚才安东尼一直在洗澡，古洴担心煮得太早面会泡糟，这会儿他去煮面时间正好。

"麻辣排骨面！"安东尼振臂高呼，古洴笑着摇头，走下楼去。

古洴下楼后，安东尼脸上的笑容渐渐收敛。他转头，绕过这些箱子走进阁楼，拉开了一个旧式柜门。

手机微弱的光亮照着安东尼的面容，那面容已然不再是先前的天真俊美，取而代之的，是冰冷与肃杀。他目光阴冷地看向柜子里，扬起手电，重重地砸了下去。

"安东尼？"楼下传来了古洴的声音。

"没事，箱子脱手了。"安东尼说着，重重地关上了柜门。

"哎？你在楼上不是穿着T恤吗？"古洴看到手持T恤走下来的安东尼，不禁奇怪。

"嗯，被箱子弄脏了。"安东尼说着，把T恤扔进洗衣机，按下了启动键。

"面煮好了！准备开饭。"

与王慧约定的时间，是下午 1 点 30 分。而李白相亲的时间，是中午 12 点。

"速战速决，把这个女的解决掉，我们去吃日料。"李白说着，挥手让出租车停车。

"你怎么说得跟逮捕犯罪嫌疑人似的。"古洺下了车子，不免指正李白的错误思想。

"嗨。"

一个熟悉的声音响起，穿着红色长裙的年轻女子出现在两人面前。

古洺转头，顿时怔在了当场。

"堂姐？"

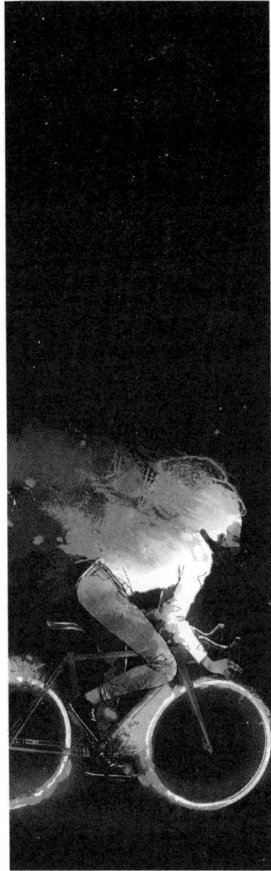

第三卷
欲盖弥彰

第
一
章

为什么你不说？

"确实如此。那么，据你所知，还有其他与此事相关的人员吗？"李白点
了点头。

神采飞扬的古铃笑容满面地坐在李白和古洴的面前，她自顾自地点了咖
啡，然后笑望着李白和古洴。

这是一家很有格调的咖啡厅，鉴于李白对食物有着相当变态的严苛标准，
因而约见的地方，也是临鞍市首屈一指的咖啡厅。

"曼特宁。"李白不看菜单，直接点了咖啡，然后挥手示意服务员把菜单
拿走。

"喂，你是打算把菜单吃了？"

古洴一直盯着菜单，已经有足足两分钟一动不动了。

"这个和这个，哪个更好？"李白的催促让古洴不自觉把脑子里的纠结说
出了口。他已经纠结了半晌，到底在百香果层层糕和覆盆子奶香布丁之间选择
哪一个，但半晌过去，还没有答案。

"百香果层层糕和覆盆子奶香布丁，外加一杯巧克力拿铁。"李白说着，强
行收走古洴的菜单，递给服务员。

"为什么我要喝巧克力拿铁？"古洴还没有进行到饮品的选项，对李白的
自作主张很是不快。

"你不是贫血吗？巧克力是治疗贫血的不二法宝。"李白说着，从口袋里拿出一盒巧克力棒，递给古洴。

古洴不快地瞪着李白，然后伸手拿过了两条巧克力棒，一齐咬断。

李白只是一笑，然后忽然意识到身边还坐着古铃，带着问询的神色，将巧克力棒递了过去。

古铃摇了摇头，笑着说："怕胖。"

李白了然地扬了扬眉，自己抽出一根举到嘴边咬了一口。

"用巧克力代替吸烟，习惯真好。"古铃用欣赏的目光看着李白，"听说你还滴酒不沾？真是模范男人。"

"不是不沾酒，是沾酒就发狂。"李白眯起黑眸，礼貌中透着疏离。

这倒是真的。古洴深以为然，不禁点了点头。

"没关系，我大学时候就已经是跆拳道黑带九段。"

想起大学时代，古洴被体育学院的一个小混混纠缠，还是表姐替他出头把对方打了一通，古洴禁不住连连点头。

服务员把蛋糕端来了，古洴吃了一口百香果层层糕，眼睛瞬间眯了起来。

大概是察觉到古洴陶醉的表情，李白拿起叉子，戳了一块百香果层层糕，送进了嘴里。

"不错。"他说。

"你干吗不自己点？"古洴一边说，一边护住自己面前的蛋糕。

"怪不得我爸说你和小洴是死党，现在看起来，你们的感情是很好。"古铃含着笑意的声音，适时地响了起来，"以后，我们可以组团一起玩了。"

古洴看向古铃，点了点头，"是呀。"

李白没有说话，他起身，说了声"抱歉，洗手间"便离开了座位。

他一走，便只剩古洴和古铃大眼瞪小眼。相亲对象是堂姐这件事情，原本便让古洴意外，古洴自觉尴尬，只是埋头吃着蛋糕。

而古铃脸上始终保持着笑容，淡定地喝了一口咖啡，道："你觉得我跟他不合适吧。"

"啊？"

古洴错愕地抬起头，刚刚戳到叉子上的蛋糕也随之掉落在桌上。

"不是吗？"古铃戏谑地问。

"当然不是！"

"好吧。"古铃笑着站起身来，"那我就不为难你了。"

说着，古铃揽过古洴，在他的脸颊上亲了一下，"你可要加油啊，我亲爱的堂弟。"

看着古洴白皙的脸颊印上自己的唇印，古铃朗声笑着，走出了咖啡厅。而古洴却怔怔地坐在那儿，久久回不过神来。

"你脸上的是什么东西？"

当李白极为不爽的声音响起，古洴才如梦方醒，急忙拿起餐巾纸去擦脸。

"你堂姐还真是热情洋溢啊。"李白看古洴的脸颊在胡乱擦拭下都已经泛了红。

"她……"古洴嗫嚅着，竟不知说些什么才好，半晌，挤出了一句，"是个很好的人。"

"哦？"李白的眼中漾出了戏谑。

"什么乱七八糟的。"古洴霍然起身，"时间到了，赶紧走了。"

说罢，他转身走向门口。

与王慧约定的地点在离市局不远的一条商业街上，古朴的茶楼并不是古洴特别喜欢的场所，而且，王慧身上的香水味也与茶楼的环境极不协调，令古洴鼻子发痒。

"怎么，小洴感冒了？"看着古洴不断地用纸巾擦着鼻子，王慧不禁关切地问。

小洴？

古洴并不太习惯被不熟悉的人如此称呼，他抬头看了看眼前这张化着精致妆容的脸，颇有些尴尬地笑了笑，"我有鼻炎。"

事实上，他不是鼻炎，是对气味太过敏感。李白知道古洴在说谎，不禁举目扫了他一眼，然后喊服务员把窗户打开了。

新鲜的空气吹淡了浓郁的香水味，古洴这才松了口气。

"您十八年前负责报道红阳幼儿园校车的新闻？"李白问。

"是。"王慧点头。

"那您可是相当年轻。"

李白难得会如此嘴甜地夸赞别人，古洴颇为诧异，王慧却笑开了。

她的确看上去比实际年龄年轻许多。一头卷发波浪般垂在肩头，复古红的唇膏，细长的眼线勾勒出了一个妩媚而又干练的女人，很有魅力。

"我看了您关于红阳幼儿园校车事故的报道，因为时隔久远，恐怕资料有限。只能辛苦您给我们讲讲当时的情况。"优雅且客气，此时的李白又化身贵公子。而谁又能拒绝一个彬彬有礼又相貌英俊的贵公子呢？

王慧拢了拢长发，香水味随着她的动作飘得更浓了一些。

"当天我在距离事发地点不远的一家公益企业采访，得到消息后，我立刻前往现场采访。当时的情况很可怕，直到现在，我都常做噩梦。当时的现场就像地狱，那些孩子们的样子惨不忍睹，我觉得我的心都要碎了。"提及当时的场面，王慧仍心有余悸。

"能够深入现场，彻底调查采访是件不容易的事，由于您对真相的执着而使得大家全面知晓了整个事故的进展，您自己也获得了当年的'市十佳记者'的称号，很了不起。"

"哎呀，这都是身为记者应该做的。"王慧笑得花枝乱颤，"仅交一份现场报道而没有后续，这样虎头蛇尾可不是我的风格。大众有权知道事情的真相，我也只是尽了我应尽的责任。"

"十佳记者，您当之无愧。"

李白的嘴巴，怕是抹了蜜吧？

古洴抚了抚手臂上层层叠起的鸡皮疙瘩，看了李白一眼。然而，李白就像是什么都没发觉般，继续用他悦耳的声音说着悦耳的恭维话。

"从当时的情况来看，红阳幼儿园一方要承担更大的责任，是吗？"在王慧春风满面，笑意正浓的时候，李白已经悄悄地把话题引入了正题。

"当然！八十多个孩子，挤在一辆五十六座的校车里，跟挤沙丁鱼有什么区别？安全隐患有多大？更何况司机疲劳作业，不仅超载，还逆行！肇事司机固然有错，但如果校车正常行驶，又怎么会遭遇这种情况？"王慧的表情，顿时凌厉了起来。

"那么，当时是由于什么情况，才会出现八十多个孩子挤在同一辆校车里？难道红阳幼儿园一向如此？"

李白的明知故问，让古洰感觉到奇怪。他看了李白一眼，而李白却当古洰为空气，只是用探询的目光看着王慧。

有些不对劲。

古洰了解李白，他知道锋芒毕露、嚣张跋扈才是李白的风格。像现在这样收敛锋芒、小心谨慎的样子，简直犹如狼在捕猎时所展露出的耐心与试探。

这家伙……他想要干什么？

"对内解释说资金紧张，对外解释说车辆不足，事实上不过是为了压缩成本，不顾安全隐患而故意为之的事情，我相信为数不少。李警官也一定见识过很多吧？"王慧道。

"除了当时肇事逃逸的司机和校车司机，还有就是安排车辆的后勤部长了。嗯，还有当时不顾孩子们安危逃跑的教师……"说到这里，王慧叹息了一声，"真替那些孩子们惋惜，明明是冉冉升起的太阳，却被这些恶魔扼杀了未来。"

气氛顿时沉闷下去，王慧所说的，正是事实。那些孩子们，明明都有着光辉灿烂的未来，却因为这些成年人的私欲成了牺牲品。

"那么，谢谢您的配合，如果您想起什么情况，就跟古洰联络。"李白打破沉默，站起身向王慧点了点头。

"看您说的，配合警察办案，也是我们应尽的义务嘛。那再见啦，咱们再联络。"王慧说着，向古洰挥了挥手。

古洰笑着点头，透过玻璃窗，看到王慧上了她那辆火红的宝马，脸上的笑

第三卷 欲盖弥彰

183

容，便沉寂了下去。

"为什么要套她的话？"古洴问。

"我不套她的话，岂不就被她把我的话套进去了？"李白脸上谦逊有礼的神态不见了，他明亮灼人的双眸，第一次有了深邃的暗影。

"你的意思是……她在试探我们？"古洴惊讶道。

他已经看出了李白是在故意告诉王慧警方所掌握的信息，却没有想到王慧竟也抱着试探警方的态度前来。

"难道她说的话，全都是假的？"古洴细思极恐，却仍不愿相信，"她是我叔叔帮我们联系来帮助我们的记者！"

"十八年前，你叔叔在做什么？"李白问。

回忆起古峰当时对自己说的话，古洴便道："当年我叔叔带队去国外参加会议……"

"他不在国内，又怎么会知道跟踪报道的记者到底是谁？"李白笑了，"按照王慧的年纪，你觉得十八年前她在做什么？"

想了想王慧的模样，古洴喃喃地道："她现在最多四十岁吧？我觉得可能还不到，那么当年她也不过二十岁，甚至更年轻。"

"你二十岁的时候在做什么？"李白笑着说，"恐怕，就算是在报社，也最多不过是实习生吧？你觉得，实习生有多大的概率可以跟踪采访如此轰动一时的社会新闻？"

古洴张了张嘴巴。

没错，就算是入行再早，在二十岁就进行独立采访并报道特大新闻的可能性是很低的，那种为整个社会所关注的轰动性新闻，非资历老、有经验的老记者不能为之。除非……

"除非她有师傅带。"古洴说，"就像我一样，我入行的时候，就是被我师傅带着对好几个地方进行了暗访，积累了很宝贵的经验。"

也正是在那个时候，古洴知道了身为一个记者需要用怎样坚定的意志才能挖掘出真相，为了守护这种意志，需要以健康甚至生命为代价。

"给。"李白说着，把一张报纸递给了古洴。那正是古洴先前看到过的关于红阳校车事件的新闻采访稿，古洴看了一眼署名：张晓光，王慧。

"是联合署名。"古洴有些羞愧，"亏我还是记者，竟然没留意采访稿上的署名。"

"你是记者，但你不是警察。"李白说着，拿出手机发了条信息，"不过，张晓光现在已经不在《临鞍日报》，要见他需要走很远的路。我们现在出发，应该能在天黑前见到他。"

"现在出发？"古洴惊讶，"你早就和他约了？"

李白微微点了点头，"刚刚才联络上。"

古洴顿时觉得自己如跳梁小丑一般可笑，他一直以为自己帮了李白很大的一个忙，还暗自骄傲了一番。现在才知道，原来李白早有准备。

"这个王慧，我们也联络过她。"李白见古洴情绪低落，便道，"毕竟她凭借当时对于红阳幼儿园的报道拿下了市十佳记者奖，理论上应该对整个事件了如指掌。但当时，她以各种理由搪塞，拒绝见警方。我们也是迫于无奈，才联络了另外一位记者。"

"你说王慧拒绝见你们？"古洴猜不透，以刚才王慧的态度，并不像难以沟通的人，为何会对警方避而不见？

"总之，我们见了张晓光就知道了。"李白说着，脸上又露出了高深莫测的笑容，"这个王慧，很有意思。"

又是这种笑容，狩猎者的笑容。

古洴看着李白，怔怔地道："有时候我真觉得庆幸自己是个良民，如果作奸犯科犯在你手上，恐怕连逃出生天的机会都没有。"

"纠正你一下，那不是'逃出生天'，而是'畏罪潜逃'。"李白笑着，伸出修长的食指在古洴的眼前晃了一晃。

"我们走。"说着，他举步便向门口走去。

古洴快跑几步，跟在李白的身边，一起从玻璃门挤了出去。

"喂，仓鼠，你搞什么鬼？"被挤到的大少爷不爽地挑眉。

"没事。"古洴咧嘴而笑。

古洴忽然觉得，即使就这样紧跟在李白的身边，也觉得踏实。

张晓光曾是《临鞍日报》的首席记者，报道并披露过许多行业的黑暗内幕，曾获"临鞍市安全卫士特别贡献奖"。古洴是在车上查找的张晓光资料，照片上的他年轻英俊，意气风发，一双明亮的眼睛里写满了对于职业的热忱。

看着这双眼睛，古洴便已经确定当年真正跟踪报道红阳校车事件的人，一定是他。因为他的眼睛里有火在燃烧。而这火焰，是王慧不曾拥有的。

十八年过去，他的头衔已经不再是张记者，而是张老师。

他现在在距离临鞍市市区五十公里外的一所乡村小学当老师，乡下的条件并不完善，当古洴看到一脸风霜、穿着朴素的张晓光的时候，几乎不敢相信这个看上去足有六旬的老人，竟只有五十岁的年纪，更没有办法把他和网上那张意气风发的照片联系起来。

这真的是张晓光吗？

古洴错愕。

"我就是张晓光，你好，李警官。"当张晓光用他洪亮的嗓音张了口，古洴才略微拾回了一些感官。

孩子们都已经放学了，张晓光和李白、古洴三人便站在学校的操场上说话。微风习习，吹来泥土与青草的清新味道，天边的夕阳将瑰丽的色彩涂满了乡野，这里有种宁静的悠远。

"我就开门见山了，张老师。"没有寒暄没有客气，这就是李白的方式，但不是唯一的方式。古洴已经知道，李白只有在对待他觉得值得的人，才会这样简单直接。像王慧那种虚与委蛇的类型，是没有资格配得上李白的直接的。

"当年红阳校车事故的真相到底是什么？"

李白的问题，让张晓光笑了。

"为什么要知道这个？"张晓光问。

"你只管回答问题。"李白直视着张晓光的眼睛，"我自然有必须知道的理由。"

"就算你知道了，也无能为力。不如回吧。"张晓光笑着站起身，拿起一摞作业走向学校，"我早就告诉过你们不需要来的。"

"维护新闻真实性，是新闻工作者的崇高责任和义务。这是每一个记者都应该知道的最起码的基本常识。张老师，难道你忘了吗？在成为记者的时候，我们都宣过誓的！"

古洴朝着张晓光的背影大喊。

张晓光的脚步，顿住了。

古洴刚要张口再说些什么，张晓光突然间大步返回，一把揪住了古洴的衣襟，怒吼道："你这个乳臭未干的小子，你懂什么？责任、义务，为了它，我付出了多少代价，你根本就不知道！"

张晓光的眼睛已然泛起血丝，他咬着牙，一字一句地说着，如同一只被困在牢笼里的野兽，被摧毁了自由而高傲的意志。

李白见状，立刻要冲上来架开张晓光，却忽然听到古洴大喊了一声："懦夫！"

"你闭口不言，把自己变成这个样子，把自己的报道和荣誉都拱手让人，你这么做，就得到你想要的了吗？你心里就踏实快乐了吗？"古洴怒视着张晓光，他的脸因为激动而涨得通红，他的声音，也因为愤怒而微微发抖。

"就算全世界都管不了，就算说出来没人听，也要把我们知道的全部说出来，让真相大白于天下。这就是记者的职责，这就是记者的使命，也是记者之所以存在的意义！"

"你这……连屁都不懂的小子！"张晓光怒吼着，扬起拳头便朝着古洴打了下来。

古洴下意识地闭上了眼睛。

超感知觉

第二章

记者的荣光

"我这没有茶，喝点热水吧。"张晓光把两杯热水放在古洴和李白面前的课桌上。

"谢谢。"古洴拿起水，环顾着整间教室。

教室显然有年头没有粉刷了，斑驳的墙壁已经有墙皮突起，一片一片好似鱼鳞，靠近窗户周围已然呈现出发霉的黑色。

窗户是木制的，玻璃与窗棂之间的缺口粘着一层又一层的透明胶带。

一切都是破旧的，包括黑板和课桌。

"地方政府没有补助吗？"李白问。

"能有什么补助。"张晓光笑了，"这里地处边远，能坚持办学就已经不错了。一年前，早就有通知让孩子们到镇里上学，但那样孩子们就太远了。有条件的孩子可以住宿，没条件的就只能辍学。可辍学能做什么呢？没有知识武装头脑开阔眼界，世界就只能越来越小，视野也就只有眼前一隅了。"

他打量着教室，道："事实上，村里早就把这块地卖给了开发商。拆迁的通知已经下来了，我跑了很多个地方，希望能为孩子们保住这里。保住这里，就等于为他们争取了学习的希望……"

古洴静静地看着张晓光，在这双饱经风霜、看透人间冷暖的眼睛里，依然有那束光。

燃烧着希望的，火一样的光。

"对不起，张老师，刚才我误会你了。"古洴诚心诚意地道歉。

就在刚才，古洴还以为张晓光会一拳砸在自己的脸上，但对方并没有这么做。

那一拳，结结实实地打在了地上，拳头没入土中，尽是张晓光心头未放下的愤怒与不甘。

"这不怪你，我本不该自暴自弃。"张晓光笑了笑，"你是对的，我是记者，求实求真是我的责任。你们有什么要问的尽管问吧，我知无不言。"

古洴激动地和李白相望，然后急切地张口道："您能告诉我们，红阳幼儿园校车事故的相关人员都有谁吗？"

张晓光的目光，倏然深沉了下去。他像是陷入深思般静默了几秒，然后缓缓张了口。

"我以为，再也不会有人提及这个事故了。"

李白的眼中，精芒一闪。

"为什么这么说？"

"不该死的死了，不该逃的逃了，还能怎么说？"张晓光笑了，那是带着讽刺与悲怆的笑意。

"我是第一时间赶到现场的，那时的情景我这辈子都忘不了。"张晓光的神色，变得凝重，"我只拍了一张照片，就冲进火里去救人。但火势太大了，根本进不去。好在消防人员很快到了，但那些孩子……"

张晓光说不下去了，他的身体微微颤抖，眼睛也逐渐红了。

任何一个有良知的人都会在看到那种景象之后感受到痛苦，可惜……那个人，她没有。

"据您所知，这起事故的责任人是谁？"李白转移了话题说道。

"除了肇事司机以外，就是逆行超载的司机。不过，根据我的调查，当时是因为一名司机请假，因而造成了两个车的孩子全部挤进一辆校车的情况。"

"那个司机，叫王强吧？你有他的联系方式吗？"李白问。

"怎么可能会有。"张晓光摇头，事实上，李白也知道问张晓光这个问题是强人所难。不论是在百治通勤公司工作的许某还是张某，他们都没有王强的联络方式。在十八年前，手机还是新鲜玩意，电话号码基本上都存在电话本里。别说当时的电话本找不到，就算找得到，谁又能保证联络方式不会变呢？

毕竟，当时每家都用固定电话。

"不过，我当时采访过王强。"

"哦？"李白精神为之一振，"在哪里？"

"在间北路的一家烧烤店。"张晓光沉思着，忽然像想起什么似的道，"对了，听王强说，那是他表哥开的烧烤店，就在间北路和全安路交口，叫'新真烧烤'。"

"好。"李白点了点头，古洪连忙把这个名字记在了记事本上。

"有一个叫作王慧的记者，您还有印象吗？"古洪问。

"王慧？当然有。"张晓光的笑容里多了一丝轻蔑，"她是刚刚大学毕业分到社里的实习生，因为这孩子心思活络，思维敏捷，是个可造之才，所以社里就决定由我来带她。当时很多新闻都是我带着她跑的，看这孩子能吃苦，快要出徒的时候，我就把她的名字署在我的后面，希望她能够成为社里独当一面的优秀记者。红阳校车事件的跟踪报道才刚刚开始，华北地区便遭遇了洪水，作为首席记者，我被调到现场进行报道。我万万没有想到，自己所有的调查成果全都被王慧拿走署了她的名字，她还因此被评为了十佳记者。"

"那你没有就此向报社提出异议吗？"李白皱眉道。

"提出异议的结果，你不是也看到了吗？"张晓光自嘲地笑，"当年我还年轻，脾气火暴，因为这件事情与报社闹得不可开交，遭到《临鞍日报》通报批评。我的记者证也被吊销了……"

古洪怔住了。他终于理解，为什么刚才张晓光那么愤怒。任何一个被迫远离梦想的人，都会那样愤怒吧？

"不过，我现在也想通了。"张晓光说，"每天面对这些孩子们，看着他们渴望汲取知识的目光，我就能感受到力量。虽然不再是记者，但我坚持的梦想和希望，一定会在孩子们的身上闪耀。毕竟他们才是真正的未来。"

"您是一个好人，能遇到您这样的好老师，孩子们很幸运。"古洴由衷地说。

"遇见孩子们，我也很幸运。"张晓光笑着说。

"张老师，据您所知，还有没有其他相关的责任人？"李白又问。

张晓光的表情，忽然变得意味深长。

"当然有，幼儿园方的责任是连带的，园长、通勤部长、校车司机、肇事司机，哪个不是造成这场惨剧的刽子手？"

园长于桐，通勤部长范游，校车司机梁超和王强，肇事司机孙为发，以及被误杀的幼师刘思……

这些人，除了于桐和王强，已经全部被狄俄尼索斯所害。

那么狄俄尼索斯接下来要对付的人，就是王强了吗？

"我们走。"李白说着，站起身来。

古洴点了点头，正要起身，忽然想起什么似的问张晓光："在那些受伤的孩子或者家长之中，有没有谁是您印象特别深刻的？"

张晓光怔怔地看着古洴，说道："为什么忽然这么问？这跟你们调查红阳校车事件有什么关系？"

古洴没有说话，而是直视着张晓光的眼睛。

他们同是记者，同样有着敏锐的嗅觉。古洴相信，如果狄俄尼索斯真的就是当年与校车事故相关的人，那么有着职业敏感的张晓光一定会看到与别人不同的地方。

能做出那样残忍事情的人，必定受到了最为不公的待遇，才会激发出那样的恨意吧？

张晓光的眉，皱了起来。

他细细地思索着，像是在记忆里搜寻着异样的信息，但最终，他还是摇了摇头。

"当年我跟踪采访那些受伤孩子的时候，看到的都是痛苦。失去亲人的痛苦，至爱受伤的痛苦，那些痛苦的分量都是等重的，给我的冲击力也都是同样震撼，真的没有让我觉得不对劲的异常。"

没有吗……

古洴的神色黯淡了下去，他点了点头，谢过张晓光便和李白走向门口。

"小古。"张晓光忽然叫住了古洴。

他在看到古洴回过头的时候，微笑着攥起了拳头。

"我相信你会是个好记者，加油。"

古洴笑了，他也攥紧拳头挥了一挥，"我一定会！"

张晓光点头，微笑着目送他们走出教室，过了很久，他的笑容才慢慢地收敛。

"罪人横走于世，人间便是地狱。"他说。

"你觉得，王强会不会是犯罪嫌疑人下一个作案对象？"回去的路上，古洴问。

"百分之八十的可能。"像古洴有着敏锐的记者直觉一样，李白对于犯罪也有着刑警特有的敏锐。

"总之，就算他不是下一个目标，也一定可以从他那里知道一些有用的信息。"

古洴点了点头。

"给你，吃点东西，我们晚上可能没有时间吃饭了。"李白说着，拉开储物格，拿出了一个甜甜圈。

巧克力味的甜甜圈，洒着花生杏仁碎，装在半透明的袋子里，娇憨中透着可口。古洴认得这个包装，这是现在人气最高的甜品店巴黎花园的至尊甜甜圈，每天限量一百个。古洴去排了十次，只买到了两次，火得不得了。

"你这么忙，怎么有时间买这个？"古洴惊喜地接了过来。

"我想要买东西，还需要亲自去吗？"这么嚣张的话从李白嘴里说出来，却一点都没有违和的感觉。

“好香。”古洴深深地吸了吸鼻子，隔着包装袋，古洴都能闻到浓郁的香气。

“谢谢。”古洴打开了包装袋。

“你不吃吗？”刚准备咬下去的古洴，忽然意识到李白也没有吃东西，忙问道。

“我有这个。”李白说着，从口袋里拿出巧克力棒放入口中。

“早知道你喜欢，买了好几个，后面还有。”说着，李白指了指后座。

古洴回头，这才发现警车后座上有一个印有巴黎花园的纸袋，想来里面装的全是甜甜圈。

“全都是给我的？”古洴惊讶地问。

“不然呢？”李白笑着挑眉，“你不喜欢，我拿走就是了。”

“不许拿走！”古洴立刻叫出了声，“我的，都是我的！”

“都是你的。”李白笑道。

张晓光告诉古洴和李白的位置，现在是一家面馆，好在老板是个热心人，帮助李白和古洴找房东要来了“新真烧烤”新店的地址。

两个人马不停蹄赶到指定地点，方松了一口气。

烧烤店确实在这里，而且名字还叫“新真烧烤”。

烧烤店不大，典型的街头烧烤。完全称不上装修过的店内，仅能放下十张桌子，已然发黑的地面极易令人失去胃口。

不过，店里雇用了一名服务员外加两个帮厨，显然生意还是不错的。

烧烤店的老板是一个中等个子、身材发福的中年男人，他油腻的样子一点都不辜负他的职业身份。

“你们找王强？”他将古洴和李白打量了一番，然后向站在店门口的帮厨使了个眼色。

帮厨伸手，便将店门关上，并上了锁。

店内的气氛骤然间变得剑拔弩张，那些帮厨和服务员，有的手里拿着扫帚，有的举起铁锹，还有一个抄着擀面杖，朝着古洴和李白一步步走过来。

老板从烧烤架底下抽出一个砍刀，目露凶光地瞪着李白，道："早就告诉过你们，我跟王强没关系。既然你们一再找碴，我也就不客气了！给我把他们的胳膊卸下来，看他们以后还敢不敢来！"

他大喊着，举起砍刀便冲了上来。其他人也都高举起手里的"家伙"，往上冲。

第一次见面就动刀？

古洴吓了一跳，下意识地上前一步，将李白拦在身后。

眼看老板已然冲至近前，身后却响起了一声轻笑。

"你们是不是误会了？"李白说着，将手臂从古洴的身侧伸出，亮出了他的警官证，"我是警察。"

警察？

刚才还气势汹汹的老板瞬间蔫了，手中的砍刀"咣当"一声掉落在地，然后"扑通"一声跪了下来。

"警察同志，我不是故意的，我真不是故意的啊，你可别告我袭警，这罪名我可担不起啊。"

帮厨和服务员面面相觑，忙不迭扔掉手里的东西，纷纷蹲下，举起了双手。

这是怎么回事？刚才不是还喊打喊杀，要卸胳膊卸腿的，现在全都跑到视平线以下了？

古洴环顾四周，完全没有搞清楚现状。

"行啊，专业啊。"李白笑望着这些人，"这姿势蹲得标准，刚才的威风都哪去了？"

"警官，你别怪我们，都是王强那小子惹的祸，要不是他，我这店开得好好的，哪能搬到这种兔子不拉屎的地方啊。"

"王强他怎么了？"

老板惊讶地看着李白，小心翼翼地问："怎么，你们不是因为王强赌博的事来的？"

赌博？

古洴与李白对视一眼，都感觉到了一丝异样。

原来王强一直沉迷赌博，欠下了一大笔外债，便人间蒸发了。两年前，周刚的店里忽然闯进来一批人，又砸又打，吓走了很多客人，还把周刚绑起来打了一顿。周刚这才知道，原来王强又开始在不法网站上进行赌博，制造假的房产证，还用周刚的店借了高利贷。

店面是租的，房产证是假的，但高利贷却不管什么真假。他们好不容易逮住了可以催债的人，便三天两头地来找周刚的麻烦。生意没法做，周刚每天也提心吊胆，最后，他只好把店兑出去，找了个边远点的地方重新开店。

"所以，这就是你刚才拿刀要跟我们拼命的原因？"李白啼笑皆非，"我问你，王强呢？"

"我怎么知道他！那小子，我要是找到他了，非把他大卸八块不可！把老子害得这么惨！"

李白笑了，他突然伸手，扼住了周刚的脖子。周围那些帮厨惊得叫出了声，周刚的脸也吓得变了颜色。

"警……警官，你这是干什么？有话好好说。"周刚战战兢兢地道。

"我倒是想跟你好好说，只怕你自己不合作。"李白笑着，拿出了手铐。

周刚的腿顿时软了。

"暴力袭警，跟我去局里说吧。"李白说着，就要给周刚戴上手铐。

"别，别呀！在这说，就在这说吧！"周刚说什么也不肯起来。

李白冷笑着，"王强在哪？"

"这……我真不知道啊，警官……"周刚垮着脸道。

"我数三个数，一。"

"警官……"

"二。"

"别呀，警官，你听我说……"

“三。”

话音一落，李白伸手便抓住了周刚的手腕，作势要给他戴上手铐。周刚两眼一闭，大喊道：“我说，我说！”

李白停住动作，冷眼看着周刚。

周刚知道自己这回是遇上了硬茬，只得叹了口气，老老实实道：“我其实一直跟王强没来往，因为店被砸的事我恨他恨得牙根痒痒。但是突然有一天，他给我打来电话，说他老婆要过生日了，让我给他老婆送点钱过去。造假证借高利贷，害我店面被砸，还有脸管我借钱？这浑蛋怕是脑子抽了。我气得大骂，那小子就在电话里哭，说他也知道自己没出息，不过，他是真的想念他老婆，让我无论如何也帮他这个忙。我也是一时心软，就给他跑了个腿，把钱送过去了。王强这小子虽浑，但对他老婆是真的好。老婆要什么，他就给买什么，老婆生病，他成宿地不睡觉在旁边照顾。可惜，就是不上进。”

“手机拿出来。”李白说。

“警官，您不会因为他赌博，要抓他吧？”周刚小心翼翼地问。

李白的黑眸，眯了起来，“警官办案，要跟你打报告？”

“不敢，不敢。”周刚心惊肉跳，急忙拿出了手机。

李白抬了抬下巴，示意周刚把电话打过去，周刚赶紧照办。

周刚按下了免提键，电话一声声响着，最后竟然接通了。

古汫的神色为之一振，李白却淡定得很，在周刚跟王强打过招呼之后，李白拿过了手机。

“王强，十八年前的红阳校车事故当天，你为什么请假？”

又是这种开门见山的方式，古汫扶额。

电话那端的王强显然也是摸不着头脑，怔了半晌之后扬声道：“你谁啊？”

“听我说，王强，你现在的处境很危险。十八年前的校车事故的相关人员都遭到了称得上是报复的袭击，所以，你最好接受警方的保护。”

“你是警察？”王强的声音由于紧张都变得尖锐起来。

“对。”李白坦诚承认，“据我所知，你现在被非法高利贷追债，情况很不乐观。也许接受警方保护是最好的选择。"

"不行。"王强果断拒绝，"你们要是以非法赌博逮捕我，我就得坐牢！"

"跟远离家人比起来，坐牢真的那么重要吗？"在一旁的古洴说道，"你的妻子生病了，你都不敢回来看她，这样的日子，你要一直继续下去吗？"

古洴的话，让王强沉默了。

过了一会儿，电话那端传来了一声叹息。

"好吧，明天下午3点，你们在城西关口路的洗车行等我。"王强说。

"好。"李白点头，"一会我用我的电话打给你，你记下我的号码。"

"好。"王强的声音里，竟透出些许的轻松。

古洴也松了一口气。

这一次，他们终于赶在狄俄尼索斯之前，找到了被害人。

他欣喜地看向李白，李白原本紧皱的眉头，也稍稍地舒缓开来。

正视你的真心

结束了一天的奔波，古洴感觉浑身上下的每一个关节都在疼痛。为此，他拒绝了跟李白一同吃晚餐，回到家便倒在了床上。

安东尼又不知道去哪了，古洴想要给他发微信，却只觉昏昏沉沉，困得难以动上一动。大概还不到五分钟，古洴便睡着了。

"小洴，小洴。"

这声音……好像有些耳熟，但又因为事隔太久，想不起来是谁的。

"小洴！"

是……谁的声音呢？

古洴眨了眨眼睛，沉重的眼皮却让他难以睁开。

"小洴，快点起床，爸爸送你上幼儿园了！"

爸？

是爸爸！

古洴猛地睁开眼睛，浅葱色的纱窗在微风的拂动下轻轻飞舞，阳光洒进房间，那么暖。树影在窗外轻轻摇曳，小鸟的鸣叫声可爱至极。

父亲的脸就在眼前，他笑着，扬起大手捏了捏古洴的脸。

"小懒虫，快起来！"

爸爸。

古洪的心头一热，猛地坐起来抱住了父亲。

"爸！"

他刚刚呼唤出声，便觉重心一沉，整个人"扑通"一声倒在了地上。

疼！

古洪揉着先着地的脸环视周围，明亮的灯光照着简单的小屋，没有洒满阳光的窗子，也没有微笑叫他起床的父亲，这一切，都是他的梦。

又是梦啊。

古洪叹了口气，扶着床边站起来。

咦，等等。

古洪忽然意识到哪里不对劲，他坐下来，细细地回想，然后拿起手机，给李白发了信息。

"你睡了吗？"

"你猜。"

又是秒回。

古洪脸上的惶然被微笑驱逐，他道："你一直把手机放在枕边吗？"

"嗯。"这是第一条。

"因为你会做噩梦。"这是第二条。

一抹感动，悄然袭上心头，古洪望着这两条带着温度的信息，回复了一句："谢谢。"

"又做了那个梦吗？"

"没有，不过，我觉得有些奇怪。"古洪刚回复到这里，便有一通电话打了进来，电话是古铃打来的。

"喂，小伙子，你今天过得怎么样？"古铃的声音永远充满活力，总会让听她说话的人精神为之一振。

"嗯，还好。"古洪说着，忽然像想起什么似的，"姐，你还记得我小时候的事吗？"

"小时候？什么事？"

"嗯……幼儿园的事。"古洴说，"我小时候，每次都是乘通勤车去上幼儿园吗？"

也许古铃并不记得古洴小时候的事，但现在，他能够问的也就只有古铃了吧。叔叔的话……想起王慧，古洴便有种说不出的别扭感，就算叔叔不知情，但不知为什么，古洴心里总觉得有些介意。

"你什么时候乘过通勤车啊！别搞笑了小洴！"古铃叫了起来，"大伯爱你爱得要命，向来亲自接送，从来不会让你乘通勤车好吗！我小时候因为这个，还正儿八经地忌妒过你好一阵子。要知道，我可是个娇滴滴的小公主，上学放学都没有专车接送呢！"

真的……是父亲接送我吗？

古洴陷入了深思。

正在这时，门被推开，安东尼走了进来，见古洴一脸焦急的表情，不禁意外。

古洴被安东尼看得有些不好意思，便转过身，调整语气，道："明天下午我们有重要的事情，嗯，见一个需要保护的对象。"

"原来是这样啊……"古铃显然好像不太相信，她沉吟着，"你们的时间是下午，但总要吃午饭吧？不如我们就在离你们办事不远的地方吃个便饭，嗯，主要是沟通一下感情嘛，然后你们办事，我走，绝对不打扰，咋样？"

"这……明天是真的有重要的保护对象要见。后天我帮你约，好不好？"

"不好。"古铃斩钉截铁，"我要去跟踪报道一个新闻，半个月才能回来，明天晚上就出发。出发前，我总要确定一些事情。"

"确定什么？"

"确定他到底是不是我在等的那个人，确定他能不能配得上我后半生的几十年。"

从不犹豫、从不后悔一向是古铃的座右铭。

也许，在那种安逸环境下成长的孩子，都是这样的吧，坚定、勇敢、一往无前，李白也是这样。

古铃见古洴不说话，未免有些着急。

"你不是在推脱我吧？"古铃的语气也不像刚才那么有耐心，显然她误会了古洴的沉默，"小洴，你堂姐也没求过你什么。这次的男人，是我难得看重的，又是双方父母都很赞同的。无论结果如何，我都要有个开始。"

有话直说，坦坦荡荡的方式，的确跟李白很登对。

况且，古铃说得对，世交之子，多数都比较容易走在一起。

"好吧。"古洴点了点头，"我们就明天中午12点一起吃午饭吧。"

"好！"古铃开心道，"那明天地点你定，我打扮得美美的等你消息。"

古洴说了声"好"，便挂断了电话。

转头，便见安东尼正乖乖地坐在自己身边，像只小动物一样抬头望着自己。

"干吗？"古洴挑起了眉，"你盯着我看，是想向我要吃的吗？"

安东尼笑嘻嘻地摇头，"我是在看你怎么那么怯……"

"你……说什么！"古洴的脸立刻涨得通红。

说着，古洴把手机扔到一边，躺了下来。

"人的表情和眼神都是不会说谎的。"安东尼说着，站起了身来。

"胡说。"

古洴骂了一句，扬手便将被子盖在了自己的脑袋上。安东尼吹了声口哨，转身直奔浴室。

手机开始嗡嗡地响个不停。古洴伸手抓过手机，在被子里点亮屏幕，看到竟是有李白发来的十几条消息。

"怎么了？"

"又睡着了？"

"喂，仓鼠，说话。"

"怎么回事，你在故意气本队长？"

"喂喂喂！"

诸如此类，让古洴不禁笑开了。

"刚才在接电话。"古洴发消息说。

"继续刚才的话题。我记得我爸曾跟我说过，我小时候一直住在奶奶家，没有去过幼儿园。但事实上我确实在红阳幼儿园上过学，而且乘坐过校车。但我刚才做的梦，却是我父亲送我上幼儿园的梦，这种感觉很熟悉，我向我表姐求证，她证实我小时候，每天都是我父亲送我去幼儿园的。可是为什么事故当天，我会乘坐校车呢？"

李白的消息，过了十几秒之后发了过来。

"早点睡觉，孟教授很快回国，你的记忆也很快就会找回来。"

"好。"古洴的心平静下来。

也许是李白太过暴戾，连烦恼都因为怕他而绕路了吧，古洴笑着想。

"对了。"

古洴迟疑了一下，还是发出了这一条："明天中午，我请你吃饭。"

"好。"

这次是秒回。

古洴深深地吸了口气，再吐出来，将手机放到了一边。

他的记忆，一定是在某个时段出了差错，以至于童年的许多片段都想不起来了。甚至就连母亲于桐的相貌都是从照片上重拾的，失去记忆加上被梦魇折磨的痛苦，经常令古洴陷入迷茫。

不过，现在似乎好多了。自从遇见李白之后，每当自己彷徨迷茫时向他发牢骚、不顾及时间地点地给他发消息之后，这种迷茫的感觉，便逐渐被心安所代替了。

心安吗……

古洴迷迷糊糊地想着，再次闭上了眼睛。

安东尼洗完澡之后，古洴已经再次进入了梦乡。他走到古洴身边，笑道："每次都是秒睡，你的睡眠可真好。"

说着，他在床边席地而坐，注视着古洴的睡姿。

"真是让人忌妒的睡眠。"他叹息着，以手肘支撑在床边，扶住自己的额头，"你不知道吧？我啊，倒是经常被失眠折磨呢……"

冰蓝色的眼睛，映着古洴沉静的睡容，像蔚蓝的冰川映着天空，那是万年不会融化的冰冷。

"你为什么会流露出这样的表情？"安东尼喃喃地问，"这么寂寞的表情……难道现在才是真实的你吗，古洴？因为害怕失去而不敢拥有。呵，你还真是蠢啊。这世界上有那么多罪人，他们照样心安理得地拥有一切，凭什么你不能得到？你明明是……最有资格得到一切的人，不是吗？"

安东尼冰冷的蓝眸有了些许的暖意。

阳光照进了冰川。

李白没有想到古洴说的请吃饭，是这样的请吃饭。

当古洴拉着他前往与王强约定地点不远的餐厅吃饭时，李白还笑着感慨古洴的体贴，谁知才刚刚走进餐厅，精心打扮过的古铃便悄然出现在他们的面前。

看得出，古铃今天是花了很多心思的。她卸下了一向穿在身上的红裙，换上了温婉可人的浅粉色小洋装，就连口红也换成了粉色。

褪去了攻击力的古铃，第一次有了让人春风拂面的清新和柔美，就连古洴也忍不住挑起拇指点赞。

偏偏她的用心，没有在李白的心里激起半点涟漪。

李白淡淡地看了一眼古铃。

"那个……"古洴清了清嗓子，刚要解释，李白却笑了。

"如果是因为钱不够，可以跟我说，不用叫你堂姐来买单。"

"是我堂姐要请……"

"是我要请你们两个吃饭。"古铃爽朗地笑着，举起了菜单，"我今天晚上要出发去采访连续半个月，所以就约了你们两个出来为我钱行。"

古铃就是古铃，如果这番话从古洴的嘴巴里说出来，必定不会这般圆润悦耳。

这份圆润，也是专属于李白那个阶层的。

所谓门当户对，大抵如此。

"既然如此，那这顿饭还是应该我请。"李白笑了。

一张桌，三个人，六道菜。

菜不少，味道也不错，可惜真正用心品尝食物的，只有古洴一个人。李白吃得慢条斯理，古铃的目光却都系在李白的身上，一直在尝试着找话题。然而李白的回应只是"嗯"和"啊"，古洴则全身心都在吃上，一点都没有帮古铃捧场的觉悟。

古铃见状，用脚尖轻轻地踢了古洴一下。孰料古洴竟没有反应，还十分有眼力见儿地把脚向旁边挪了挪，继续醉心于美食中。

古铃恨铁不成钢，抬脚踢中了古洴的小腿。古洴吃疼，禁不住叫出了声，抬眼，瞧见古铃递过来的眼色，这才想起自己肩上的任务，急忙擦了擦嘴巴，努力地想话题。由于古铃坐得离古洴更近，从她身上传来的淡淡香味钻进古洴的鼻子，闻上去有几分熟悉。

"姐，你换香水了？"古洴好奇地问。印象中的古铃一向喜欢香奈儿5号，她曾告诉过古洴，香奈儿5号象征着她独立又一往无前的精神，是她的本命。可是今天，她不仅换了衣服的颜色，换了口红色号，甚至换了香水。

这让古铃变得温柔，却不再像她。

古铃的脸微微地红了一红，然后点头笑道："对，这是我爸从欧洲出差带给我的。真是搞笑，一个大男人，突然买什么香水……"

是叔叔？

古洴的脑海里似有闪电一闪而过，照亮了什么东西，但他还不能够肯定。

或者说，不敢肯定。

"这香水的味道，很特别。"李白忽然说。

古铃的眼睛一亮，"你喜欢这味道？"

李白点了点头。

"甜美、时尚、魅惑，不过……"他顿了顿，直截了当地道，"不适合你。"

古铃脸上的笑容顿时为之冻结，而李白则继续说道："看得出古小姐的用心，但遗憾的是，我恐怕配不上你的用心。古小姐，我们不合适，你也不必再浪费时间和精力在我身上了。"

"我……"古铃从小就被捧在手心里，从小到大，她一向自信洒脱，在感情问题上，也向来都是她拒绝别人的份。这是第一次，她被人拒绝，并且还是用这种直白而冰冷的态度。

古洴也万万没有想到李白竟然会拒绝得这么直接，所谓适合与不适合，不是应该相处以后才知道的事情吗？

他甚至已经开始后悔自己为什么要像个电灯泡一样坐在这，堂姐，她会尴尬吧？

古洴紧张地看向古铃。古铃的表情确实有些复杂，大概是努力克制着情绪的缘故，她的声音微微地颤抖着，问道："我能知道为什么吗？我不是你喜欢的类型？还是我的性格或是职业不符合你的择偶标准？"

"都不是。"李白摇头，他直视着她，用坦诚的目光和坦诚的态度。

古铃终于明白了，她笑了，笑得释然又开怀。

"明白了。来干一杯，谢谢你们为我饯行。"古铃又恢复了曾经的古铃，洒脱、豪爽。她说过的，绝不会在无意义的事情上浪费她的时间和感情。这才是古铃，拿得起也放得下。

"一路顺风。"

李白这一次也露出了笑容，明朗犹如烈阳般的笑容如此耀眼，看得古铃一阵失神。

然而，她到底是古铃，只是淡淡地一笑，与李白碰了碰杯。

古铃笑着将杯中的气泡水一饮而尽。

他们都开了车，因而谁也没有喝酒。但此时此刻，古铃却格外希望自己饮下的是一杯酒。

"好了，不耽误你们执行任务，我先告辞了。"古铃站起身，拿起了包。

"我送你。"古洴急忙站了起来，却被古铃按住了肩膀。

"坐下，好好吃饭。"古铃说着，凑近了古洴的耳畔，"别企图安慰我，我也不需要安慰。成年人的世界里没有勉强，况且，我也早就知道答案，只是不争取一下，就不是我了。"

她松开古洴，笑着向古洴和李白挥了挥手，大步走出了餐厅。

古洴的心里很难过，但是他知道，让古铃用洒脱的方式离开才是成全她的骄傲。

骄傲的人，总是背对着他人流泪的，不是吗？

就在这个时候，外面突然传来"砰"的一声巨响，紧接着，响起了接二连三的惊叫声。

"有人被撞了！"坐在门口的用餐客人惊叫着起身，"好像是个女的！"

古洴抬起头，向门外看去，隔着玻璃门，只能看到人群都朝着路边涌去。

"那个不是刚才在那桌吃饭的漂亮姐姐吗？"紧贴着窗口的一个小女孩叫道。

什么？

古洴心中袭上一股不祥的预感，他霍然起身冲了出去。

李白也紧随其后。

当古洴推开人群，赫然看到浑身是血的古铃倒在路边，她脚上的粉色高跟鞋已然不知去向，凌乱的长发被血沾湿。

"姐！"

古洴冲上去，他全身的血液都涌上了脑子，以至于视线连同听觉都一并模糊了。他忘了要拨打急救电话，也没有听见周围的人在喊"肇事车辆跑了"，更不知道李白已然发动车子追向那辆肇事逃逸的车子。

他只是跪倒在地上，抱着古铃，痛苦地，疯狂地，大喊着她的名字。

我明明已经……什么都没有了，为何还要夺走我这为数不多的亲人？

为什么！

救护车来的时候，古洴已然像一个木偶一样，失去了一切的知觉。而李白也在一个十字路口跟丢了那辆肇事车辆，正当他呼叫队里支援之际，时间的指针已经悄然走向了3点15分。

"古洴，我们中计了！"救护车刚刚发动，李白的电话便打了过来，"我原本已经让姚军带人在指定地点蹲守，但事实上，王强根本就没有来。"

没有来？

古洴猛然回神，这才意识到发生了什么。

是狄俄尼索斯！一定是他抢先一步劫走了王强，然后为了拖延时间，对无辜的古铃下了手。

古洴紧紧地攥着手机，攥得关节都发出咯吱的声响。

第四章

第五起命案

病房的灯光很冷，古洴的双手也很冷。

他担心躺在病床上的古铃需不需要多加一床被子。

古铃静静地躺在那里，头上缠着的纱布从额头一直包裹到下巴。

医生说，古铃的头部受到撞击，身上有多处挫伤，小腿也骨折了，万幸的是没有危及生命。

幸好。

古洴想要去握古铃的手，却又怕自己的手冰到她，他只是将双手紧攥，克制心头翻涌的愧疚。

叔叔古峰拍了拍古洴的肩膀，示意他跟自己走。

古洴点了点头，随古峰来到了病房外。

"小洴，你不用觉得内疚，这只是个意外，跟你没有关系。"古峰安慰道。

午饭确实是古铃的提议，但地点却是古洴选的。他的本意是方便前去与王强会合，但万万没有想到却因此给古铃带来了伤害。

古洴的痛苦和他神色里的彷徨被古峰看在眼里，他伸出双手，用力地扳住古洴的双肩，直视着他，"听着，小洴，这不是你的错。我们谁也不能预知未来，明白吗？"

来自亲人的关心和凝视，令古洴的心头涌上暖意，他点了点头，努力不让心头的酸涩流露出来。

"好了，去工作吧，这里有我和你婶婶呢。"古峰松开古洴，转身走向病房。

"叔叔！"古洴突然叫住古峰，但话在嘴边，却说不出口。迟疑几番，终是探询道，"叔叔，你会一直爱着婶婶和堂姐的，对吧？"

古洴对味道敏感，在餐厅里他就已经闻出来了，堂姐古铃身上的香水味道，跟《临鞍日报》记者王慧身上的味道一样。

古铃说过，这是古峰从欧洲买给她的礼物，但她从来没用过。甜美、时尚、性感，李白对这款香水的评价，也是王慧本人给别人的印象。李白必定已经猜到了古峰和王慧的关系，只是他没有说。

这是何等糊涂的父亲，竟给女儿送了跟情人同款的香水。古洴不愿，也不想承认自己的叔叔是这样的人。

想来，人都是自私的，都希望自己所爱之人永远不要有黑暗的一面，不是吗？

古峰怔了怔，继而笑了，"我确实做过很多错事，不过，以后不会再错了。"说罢，他挥挥手，走进了病房。

古洴望着病房的方向，轻轻地呼出一口气，拨通了李白的电话。

"你还好吗？"电话那端的李白声音低沉，背景声音略有些嘈杂。

古洴感觉到了异样，"你在哪里？"

李白迟疑了两秒，说道："现场。"

"现场？犯罪现场？"古洴的心顿时提了起来。他没有猜错，李白现在确实在犯罪现场，第五起命案的现场。

第五起命案的现场，发生在郊区一所废弃的网吧内。

事实上，那正是王强住处附近的一所网吧。

让古洴难以置信的是，王强那天根本就没有履行约定，更没有前往约定地点。尽管李白为了提防王强暗度陈仓，安排姚军前往约定地点提前守候，并且派刘子涛带人前往王强家的小区楼下驻守。但这一切都没能等来王强，通过小区的监控录像显示，王强的老婆申玉当天凌晨1点就离开了小区，然后再也没回来。

也就是说，他们从一开始就没打算跟警方合作。

从申玉的行为可以推断，申玉先是到了王强的现住所——距离网吧三公里以外的一处平房。之后两人双双遇害。

犯罪现场十分杂乱，地处偏远的这家网吧已经近五年没有兑出去了。网吧的窗户都已经破碎，里面的机器早就不见，一地狼藉。因为无人问津，这里也一度成为一帮熊孩子玩闹的场所。这次，也是由于熊孩子们爬窗进来，发现了王强夫妇的尸体。

他们吓得屁滚尿流，连滚带爬地往外跑，直到跑出好远，才有人想起来报警。

亦如每次作案现场的惨烈，王强和申玉的双手都被 T 字形铁尖锥刺穿，双双呈十字形固定在墙上，双腿呈现跪姿。他们全都是被人用铁丝勒住脖颈身亡的，在他们的脚下，用红色的油漆写着"血债血偿"。落款毫无疑问，是狄俄尼索斯。

"死亡时间是下午 3 点。"

会议室里，李白按下暂定键，投影仪上面自动播放的照片便停留在地面的那行血字上。

"下午 3 点，那不正是他跟我们约定的时间吗？"古洴有些意外。

"不错。"李白点头。

"王强和申玉的手机都不见了，但我们通过两个人的通话记录发现，在被害前一天，他们一共有两次通话。第一次是王强打给申玉的，时间是下午 6 点。第二次是申玉打给王强的，时间是晚上 11 点。"刘子涛拿出了一份通话记录，对大家说，"但有意思的是，在第二通电话之前，申玉接到了一通电话。通话时间只有两分钟，紧接着，她便打给了王强。两个小时后，申玉离开了小区，再也没有回来。"

"这通电话，难道是有人特意打给他们的？"姚军惊道，"会不会就是狄俄尼索斯？”

“很有可能。”刘子涛点头，“我们顺着电话打过去，那边是关机的状态。查了这个号码，发现它是一个网络电话，查无此号，查无此人。而且，由于犯罪地点地处郊区，也给我们的破案增加了难度。”

“这个狄俄尼索斯，反侦查手段已经到了匪夷所思的地步。作案手法之残忍，心理素质之强，令人发指！”

姚军的话，何尝不是大家所想？

在场的人，均是一脸凝重。

“你们不觉得奇怪吗？我堂姐出事故的时间是下午1点30分。而王强的死亡时间是下午3点，两个地点相隔的并不近，狄俄尼索斯是怎么在这么快的时间内完成对我堂姐和对王强夫妇的伤害呢？”

“你的意思是，狄俄尼索斯不只是一个人？”姚军问。

古汫点了点头。

“确实有可能。”李白操作着电脑，将一系列的照片投影在幕布上。

“这是从交警队调来的车辆事故现场监控，在肇事车辆离开的时候，曾有一个骑单车的年轻人企图把它拦下来，但被它躲过去了。”李白指着监控，“但是在它急刹车的时候，司机有一个回头的动作恰巧被拍了下来。”

这张照片的角度，很清楚地看到了司机。虽然对方戴着棒球帽和口罩，但仍能看得出他面容的大概。

“你有没有觉得他像一个人？”李白望着古汫，目光里有深藏不露的异样信息。

这信息，成功地被古汫接收到了。因为他认出了这个人，他就是张晓光。

“怎么会是他？”古汫难以相信自己的眼睛，“他曾经是为了真相奔走的记者，现在又是为了乡村的孩子付出了全部心血的老师，怎么可能会做这样的事？”

“你也说了，他曾为了真相奔走，但这真相却被恶意掩盖了。没有了工作，还被迫远离自己热爱的领域……古汫，张晓光才是整个事件里遭遇最不公正对待的一个人。"李白沉吟道。

"李队,刚刚收到交警大队那边的确认信息。"姚军拿起手机,向李白展示交警大队发来的信息,"肇事车辆是三天前被盗的车辆,根据 GPS 记录显示,它的最后停靠地点就是张晓光教学的小学附近。"

警车来到学校的时候,天已经亮了。

朝阳透过薄雾照着这所陈旧的校舍,远远地便看到一个清瘦的人正踩着凳子站在窗前,用透明胶一点点地粘着窗户。

那个人正是张晓光。

古洴看了一下时间,早上 5 点 15 分。

看到李白和古洴一行人,张晓光并不意外,他转头笑着说道:"我上交给市里请求保留村小学的意见,已经通过了。市里会先派几个老师过来,然后翻修校舍,这样一来,孩子们就有好的环境,也不用跑到镇里上学,更不用担心他们辍学了。"

张晓光的脸上喜气洋洋,全然看不出一点犯罪嫌疑人的暴戾残忍。

他好像是担心李白他们着急,又补充了一句:"你们稍等一下啊,我还有两块窗户就粘好了。翻新校舍还要一阵,不能让新老师在漏风的教室里教课。"

李白没有说话,古洴也没有说,在场的刑警们全都默默地看着张晓光。

他不想让新老师在漏风的教室里教课,自己却在这个学校默默教书十余年,他放弃都市安逸的生活来到乡下教孩子们读书,却犯下了如此残忍的罪行。

"我不能相信。"古洴看着张晓光,一字一句地道,"我不能相信这是你做的事情。"

张晓光的动作顿了顿,但没有停下来,直到最后一扇窗户粘好,他才跳下凳子,面色释然地向李白伸出了双手。

李白为他戴上了手铐。

"你理应有所交代。"望着张晓光的释然表情,李白的目光炽烈,"你刚刚鼓励过他的梦想,点亮了他眼里的光,如今却全然将它打破。"

"在理想面前，我是罪人。"张晓光笑了，"罪人不必对任何人有所交代。"

说着，他举步，自行走向了警车。

他就这样走过古洴的身边，连看都没有看他一眼。

张晓光刚走过古洴的身边，便被一股强劲的力道掀倒，按在警车上。

近在眼前的，是李白那犹如燃烧着烈焰的黑眸，他用手臂抵在张晓光的咽喉上，身上散发出来的强压几乎令其透不过气。

张晓光却没有受李白的震慑，哈哈大笑。

"看看你们。"他说，"一个像匹愤怒的狼，另一个像一只沮丧的鼠，归根结底，是你们还对这世间尚存的正义充满希望。一旦失望，就像丢了糖的孩子一样，哈哈……"

"你就是这样教育你的学生的吗？"古洴注视着张晓光，"告诉他们这世间已经没有正义，也不必抱有任何希望。"

那双温和的眼睛有着宁静的烈度，比火更加灼人，张晓光沉默着，闭上了嘴巴。

抵在颈前的手臂突然猛地用力，以至于张晓光重重地撞在了警车上，震得他胸腔都发出阵阵轰鸣，连话都说不出来。

"你以为当个坏人很容易？"李白的黑眸近在咫尺，野兽般的低哮声竟含着令他毛骨悚然的笑意，"张晓光，天真的是你。我见过太多假充好人的坏人，也见过太多假充坏人的好人。告诉你，不管是好人还是坏人，都无法伪装。不信，你大可以试试看，自己可以装多久。"

说罢，他起身拎起张晓光，将他丢进了警车。

"收队！"

他说着率先走上了警车。

古洴望了一眼张晓光。

那一刻，张晓光深深地觉得，他宁愿被李白胖揍一顿，也不愿被古洴这充满同情与惋惜的目光再多看一眼。

"你以为当个坏人很容易？"

李白的话，就响在耳畔。

张晓光靠在椅子上，缓缓地闭上了双眼。

这世间最难的不是永远做个好人，也不是永远做个坏人，而是你受尽做好人的苦，却悲哀地发现当坏人的代价，你根本付不起。

"说吧，另一个人是谁？"

刚到市局，张晓光就被李白拎到了审讯室，连喘息的时间都没有。他的屁股刚刚挨上椅子，李白的发问，便已然接踵而至。

"没别人，就我一个。"张晓光毕竟是有过多年经验的老记者，心理防御很强，绝不会被李白轻易攻破防线。

"你在撞伤无辜女性的同时杀了王强？"李白冷笑，"别告诉我你有分身术。"

"李队你也不是第一次办案，难道不知道有时间差的吗？"张晓光将双手放在桌上，仰起头来看向李白，"撞伤那个女人再赶到王强家所用的时间，一个小时足矣。"

"你说的那个女人，她是我的堂姐。"古洴努力克制着不让自己的愤怒驱逐理智，却仍控制不住声音微颤，"她是无辜的。"

张晓光缓缓地移动视线望着古洴，他的目光深沉，像吞噬了一切光芒的夜色一般。

"雪崩时，没有一片雪花是无辜的。"

说完这句话，他便紧紧地闭上眼睛，再也没有说过第二句。

就在张晓光开始了他以沉默为对抗的方式时，李白率领众刑警继续搜集着证据。

从张晓光的家里，警方搜到了一卷铁丝、一副手套、一把铁锤和几瓶高浓度酒精。

手套上的鲜血经过 DNA 检验，确实是王强和申玉的。而那卷铁丝的切口处确实与这卷铁丝相符。甚至在撞伤古铃的那辆被盗车里，也发现了王强被害现场地面的沙土。

一切都很吻合，不论是作案动机、作案工具，还是作案时间，全都吻合得毫无瑕疵，甚至堪称完美。

　　唯一的疑点就是太过完美，所有的一切，都像是为了吻合而准备好的一样。

　　"我们在张晓光的家里还找到了一样东西。"姚军说着，把一个袋子递给了李白，"不过，不是从他现在的家里找到的，是从他之前市区内的家。"

　　"市区内？"李白疑惑地接过了袋子。

　　"张晓光应该已经很久没有回他在市区的那个家了，家里的灰尘都积得很厚，蜘蛛网也四处都是。我们是在电视柜的抽屉里发现这个的，日期是在三年前。"

　　三年前？

　　李白从袋子里拿出了一张CT片，那是一个脑部的CT片。当他的视线落在上面的一刹那，李白的脸色，微微变了变。

　　"他得了肿瘤？"

　　"对。"姚军点头，"脑部肿瘤，恶性的。"

　　"恶性肿瘤！"古洴惊讶，张晓光竟然得了恶性肿瘤。

　　"我们问过张晓光的医生，他说他曾经提醒过张晓光，尽快进行开颅手术。当然，就算是手术，也只有一半的概率是失败的，因此……"

　　"因此张晓光选择不手术。"李白替姚军说完了后面的话，姚军便点了点头。

　　"不过，我们还发现一件事情。"刘子涛说着，拿出了一张纸递给了李白，"死亡证明。"

　　什么？

　　古洴和李白全都怔住了，而当他们看到这份死亡证明之后，更是怔得久久说不出话来。

　　那是一个年仅六岁的小男孩的死亡证明，小男孩的名字，叫作张铎。家属姓名的那一栏里填写的，是张晓光。

　　李白捏着这份死亡证明，转身便走向了审讯室。

　　"头儿，你冷静点！"姚军吓了一跳，刚想奔过去，刘子涛便拦住了他。

"已经有人跟着了，你还担心什么？"刘子涛说。

姚军这才看到，古洴已经跟上了李白的步伐，两个人一前一后地走着，速度快如疾风。

"你没发现吗，自从小古来了以后，李队理智多了。"刘子涛说，"这可是之前我们怎么使劲都不会有的效果，所以，咱们俩该干吗干吗，李队自然有人管。"

姚军深以为意地点了点头，"好，我去排察张晓光学校附近的沿途监控录像。"

刘子涛也点了点头，临行前，他举目看了看李白的方向，欣慰地长吁了一口气。

他其实一直都知道，表面不近人情的李白内心充满孤独。他敢冲、敢拼，也敢在所有危险之中打头阵，与人交往也从来不会顾及对方的心情和情绪。那是因为他没有牵挂、顾及，更没有软肋。

但现在不同了，自从古洴来了之后，李白渐渐地有了温度，有了顾及，也有了与世界握手言和的柔软。

这样的李白，才是他那个年龄该有的样子。

年轻的李白正欲推门进入审讯室，古洴却快跑了几步，拦在了他面前。

"怎么？"李白挑起了眉，"你不会要拦着我不让我审他吧？"

"不。"古洴摇了摇头，"我只是不想你因为愤怒而被他主导了节奏。"

"什么？"李白不怒反笑，"我被他主导节奏？"

"我知道你在办案上比我有经验，但你相信我，张晓光的城府很深，为了能够让我们定他的罪，他已经把所有需要的证据全都摆在了明面上。所以我相信，不论我们说什么，他也都做好了准备，你一定要沉住气，千万别被他占据主导。"

"我知道，放心吧。不管他的打算是什么，我都不会让他如愿的。"

古洴见李白恢复理智，这才放心地收回手臂，替李白拉开了门。

"谢谢。"路过古洴身边的时候，李白轻轻地说道。

"一个心浮气躁，一个虚怀若谷，你们还真是好搭档。"

张晓光看着坐在自己面前的李白和古洰，不禁笑了。

这是他被拘的第二天，但是他已经呈现出了疲惫之态。他的头发蓬乱，泛青的下巴上胡须稀疏，一双眼睛布满血丝，望着人的神态里，有一种中年人特有的颓然，若细细观察便可知，在这颓然之下，还藏着深不可见的警惕。

"说说吧，这是怎么回事。"李白知道张晓光是在故意激怒自己，他没有让他如愿，只是拿出了那张脑部 CT 图，放在张晓光面前。

张晓光扫了一眼，不以为然地道："是什么也不用我说了吧？你们已经查出来了，不是吗？"

"不错。"李白点头，"我们还知道你是因为自己死期将至，所以把所有的罪过都揽在自己身上。就为了保护另一个人，对吧？"

张晓光只是撇了撇嘴巴，扭转头部，转移了目光。

"我们还发现了这个，我想你应该比我们更清楚这是什么。"李白把那张死亡证明摆在了张晓光面前的桌上。当张晓光的目光落在纸上，他的表情第一次有了变化。

"我注意到了死亡日期，就在红阳校车事故的第三天，你发表第一篇报道的第二天，别告诉我这只是一个巧合。"李白目光犀利如剑，紧紧地盯着张晓光。

古洰颇有些意外，他一直跟李白在一起，从办公室到审讯室，不过十分钟的时间，他却已经拿捏到了张晓光的软肋，并且挖掘到了这份死亡证明透露的更多信息。看来自己先前的担心，是多余的。

"看来，你们的收获不少。"张晓光淡淡地说着，表情已然不似方才那般顽固。

第五章

被遗忘的过去

"你到底隐瞒了什么，张晓光？"李白压低身子，慢慢地凑近张晓光，"红阳幼儿园的背后，百治通勤公司的背后，《临鞍日报》的背后，隐藏在幕后操纵这一切的，是把你驱逐出记者行业，害你儿子被撞的那个人，没错吧？"

张晓光死死地瞪着李白，那一刻，他的神情完全可以用仇恨来形容。古洴注意到，他紧攥在一起的拳，因为太过用力而颤抖。

看起来，李白真的戳中了他的软肋。

"听着，张晓光，你必须把事实告诉我们。让狄俄尼索斯停止他的杀戮，让法律来制裁那些罪有应得之人！"李白一把揪住张晓光的衣领，一字一句地说道。

"告诉你们……真的有用吗？"张晓光神色迷茫，目光亦尽是怀疑神色。

"趁现在还来得及，张老师，别变成和他们一样的人，双手沾满鲜血，眼看着无辜的生命被害也无动于衷……"古洴由衷地说道。

"哈哈……"张晓光突然爆笑开来，"你还记得你见到我的时候说的话吗？你说我是懦夫。可你呢？你现在正在跟撞伤你姐姐的肇事司机讲道理，求他迷途知返，求他亡羊补牢，而不是一拳打过去替你姐姐报仇。你说咱们俩谁是懦夫？哈哈哈……"

"你！"李白终是忍无可忍，挥拳便朝着张晓光打了过去。在他的拳头离张晓光的脸只剩几厘米的时候，古洴伸手攥住了他的手腕。

"就算我是懦夫。"古洴说，"就算在整个事件里的人都变成恶魔，我也不希望你也如此。"

张晓光尽是嘲讽的目光里，闪过了一抹动容。转瞬即逝，却似万枚钢针从他体内穿心而过。

"幸好，这世上的蠢人只有你一个。"张晓光说着，再次笑了起来。

李白终是忍无可忍，一拳下去，打在了张晓光的脸上。

这一拳的结果当然是李白被吴局训了一通，然而李白早就已经不把被骂当作一回事，吴局的火气全都成了他的耳旁风。

医院那边传来了古铃好转的好消息，古洴这才松了一口气，内心的愧疚感总算平息了一些。就在他打算去医院探望古铃的时候，李白告诉他，孟教授回来了。

古洴终于可以正视他的那段记忆，找回童年回忆中缺失的部分了。

"你，很紧张？"

两人在孟教授办公室门外等候时，李白望着嘴唇紧抿的古洴，问道。

古洴如梦方醒，这才意识到自己一直紧绷着身体，连脊背都僵硬得微微发酸。他有些不好意思地笑了笑，"是有点紧张。"

毕竟，那是他丢失了十八年的记忆，如何不紧张？

古洴甚至不知道，他要回忆起来的，将会是什么……

"放心，我陪你。"

李白低低的声音，传递来的是安定身心的力量。

古洴点了点头，心头那根紧绷的神经，这才慢慢地放松下来。

"两位，请进。"

门从里面打开，孟教授的助手走出来，客气地迎着两人走进办公室。

这是一间以蓝色和白色为主色调的办公室，雪白的墙面，窗边悬挂着蓝色的窗帘，蓝色的地毯上，摆放着白色的家具，沙发的靠垫，也是蓝白相间的。

很舒服的颜色，有种置身于蓝天白云的宁静感。

古洴注视着房间里的一切，却浑然没有注意到约见他们的孟教授早已站在他们面前。

"孟教授，这位就是我向你提起过的古洴。"李白的声音响起时，古洴才看到近在眼前的孟教授向他伸出了手。

古洴急忙伸手与孟教授相握，尴尬地解释道："不好意思，孟教授。我只顾着欣赏您的办公室了。"

孟教授大约五十岁年纪，头发已然全部变白，他个子不高，但面色红润，声音洪亮，身材结实，全然没有书卷气息。如果不是穿着白大褂，古洴几乎不会把眼前的人与孟教授这种心理学资深人士联系在一起。

"哈哈，到我这来的人，十个人里有九个会被办公室的装修迷惑，只有一个人会直奔主题，那个人就是小李了。"孟教授笑着，拍了拍李白的肩膀。

"小李可是向我特别推荐你呀，说你既有才华，又有身为记者的热忱。这年头能够不忘初衷的年轻人已经不多了！"孟教授笑着说，"原本我打算下周才回国的，但耐不住小李一个劲地催促，连会都没开完就跑回来了。"

古洴感动地看了李白一眼，由衷地向孟教授道谢。

"等我的催眠对你有效果再谢吧。"孟教授笑呵呵地指了指沙发，对古洴道，"坐吧。"

那是一个贵妃椅式的沙发，柔软的白色皮质，像云朵一样有种舒适的吸引力。古洴走过去，在沙发上坐了下来。

"我听小李大概说了你的情况，你是因为经常梦到一场校车事故，才发现自己关于童年的记忆完全想不起来了，是吗？"

古洴点了点头，将自己的梦境，以及完全想不起来的回忆逐一向孟教授讲述了一遍。孟教授认真地听着，一边在记事本上记着什么，一边点头。

"孟教授，他会不会是因为童年那场事故的刺激而失去了记忆？毕竟他那时还小。"李白问。

"并非全无可能，不过，等到催眠结束后，结果应该会更明确。"孟教授说着，示意李白出去等。

李白点了点头，他看了古洴一眼，见古洴向他点头以示放心，才推门走了出去。

"我们可以开始了。"孟教授拿起一个沙漏放在桌边，然后坐在古洴的身边，对他道，"现在，我建议你躺下来，然后慢慢地闭上眼睛，深呼吸。按照我所说的，尝试着在脑中描绘场景。"

古洴点了点头，闭上眼睛，缓慢而有规律地做着深呼吸，在孟教授变得低沉而又富有感染力的声音下渐渐在脑海中描绘出一个场景。

那是一个空旷的大厅，类似于歌剧院或是放映厅，放映厅的台阶呈阶梯式，由外向前延伸，而最中心的那个地方却一片黑暗。

"看到那个放映厅了吗？"空旷的大厅响起了孟教授的声音，像是被放大了的旁白，有着些许的回声。

古洴点点头，顺着台阶一点点地走下去，走向那一望无际的黑暗。

等他意识到脚下再无台阶的时候，已然来到了一个平台。

蓦地，明亮的灯光在古洴的脑袋上方亮起，周围的一切顿时亮如白昼。

那些台阶已经全然不见，目光可及之处，是一扇扇的拱形门，呈环状包围了古洴。

"现在你看到了什么？"孟教授问。

"门。"古洴说，"许多门。"

"描述一下那些门，它们是什么样的？"

"深绿色的金属门，拱形。"古洴一边描述着，一边走近，在深绿色的金属门上，挂着一个巨大的锁，"上面有锁。"

望着已然进入到催眠状态的古洴，孟教授的眉，皱了起来。

他沉默了一两秒，然后说道："你走一走，看看这些门里有哪个门是开着的？"

古洴应了一声，顺着这些门一扇一扇地走过去，他走了很久很久，但所有的门都是关闭的。就在他快要绝望的时候，他忽然发现有一扇门是虚掩着的。

"找到了！"

古洴一阵欣喜，连忙走上前，推开门走了进去。

突然出现在眼前的强光让古洴禁不住伸手遮挡，过了一会儿，才适应光亮。

耳畔响起的，是一阵阵欢笑声，有男人的，有女人的，也有小孩的。

眼前的一切渐渐清晰，古洴现在置身在一个公园。一个穿着T恤的小男孩正围着花坛疯跑，年轻的母亲就跟在他的身后，张开双臂，像保护小鸡般跟着他。小男孩跑够了，突然开始转身往回跑，然后一下子扑进了母亲的怀里。

他咯咯地笑着，圆滚滚的脸蛋上带着快乐的红晕，古洴也禁不住笑了出来。然而，当他抬起头，看向母亲的脸庞时，全身的血液便突然凝固。

"古洴，你看到了什么？"孟教授已经从古洴的表情里察觉到了不对，他的声音将古洴从失神中拉回。

古洴张了张嘴巴，却终是什么也没有说出来。

"古洴？"孟教授的催促声传递了担忧。古洴深深地吸了口气，说出了三个字："那个人。"

那个人？

孟教授怔了怔，旋即想起了李白曾向自己提到过古洴的身世。

"是你的母亲？"孟教授问。

古洴没有说话，他静静地看着眼前的"那个人"，那个已经在他记忆里消失了整整十八年的女人——他的母亲。

眼前的于桐，比照片上还要漂亮。她的漂亮不同于古洴身边的任何一个女人，比古铃更精明，比陶玉更强大。她看着古洴的眼神里无疑是充满爱的，她给古洴的拥抱，也有母亲应有的温度。

可是你……为什么会消失呢？

"古洴，你能听到我说话吗？"

孟教授的声音在耳边响起，古洴却只是怔怔地看着眼前的一幕，无法回神。

他看到了父亲。

不，确切地说，他看到走向母亲和童年古洴的父亲，看到他们一家三口相拥在一起。父母的脸上洋溢着对古洴的宠爱，而古洴也笑得快乐而开怀。

那是踏实而满足的笑容，古洴曾在其他小朋友的脸上看到过，在李白和古铃的脸上看到过。既不必惶恐明天，也不必担心现在的、安心的笑容。

原来他也曾有过……

眼泪，就这样慢慢地溢了出来。古洴痴痴地看着这温馨美满的画面，一刻也舍不得转移视线。

"古洴。"孟教授的声音变得严肃，他看了看只剩下三分之二的沙漏，对古洴道，"我们的时间不多了，古洴，不管你看到了什么，现在必须离开，去寻找下一个门！"

古洴的理智告诉他该走了，可是情感却在告诉他，现在离开，恐怕永远也无法再现今日的场景。

如果可以选择，他宁愿在这记忆里长醉不醒。

"古洴！"

孟教授的声音变大了，像扩音器一般在古洴的回忆里轰然作响。

"这只是你的记忆，你不能永远沉迷，想想现实中还有人等着你回来。"

古洴浑身一震，眼前不知怎么就出现了李白的身影。

他穿着白色的衬衫，与回忆里的父母一并沐浴在明媚的阳光下，笑容明朗。

李白向古洴伸出了手。

古洴握住了那只手，随同李白一起走向门口。

离开前，他回头深深地看了他们一眼，他们还站在那里，幸福地拥抱着，笑着……

古洴缓缓地闭上眼睛，转头，走出了这扇门。

"很好，古洴。"孟教授终于松了口气，"现在去寻找下一扇门吧。"

古洴看向李白，李白向他点了点头，率先向前走去。他走过一扇又一扇的门，最终在一扇门前站定了。

古洴也走了过去。

那是一扇关闭的房门，却没有上锁。古洴伸出手推了推，门纹丝不动。

"孟教授，我打不开这扇门。"现实中的古洴，发出梦呓一般的声音。

"用你最大的努力撞开它。"孟教授建议道。

古洴点头，他后退几步，运足了力量，猛地冲向了门。

门，在古洴强烈的冲击下开了。失去了重心的古洴由于惯性一路向前踉跄，数步之后，才看清眼前的景致。

这是一个宽敞明亮的房间，浅葱色的纱窗在微风的拂动下轻轻飞舞，阳光洒进房间，那么暖。树影在窗外轻轻摇曳，小鸟的鸣叫声竟也如此清晰。

这是……

古洴怔住了。

站在他面前的，是满面笑容的父亲。他笑着，向古洴走了过来。

"爸……"明知道这只是回忆，古洴却仍再一次地沦陷，手也情不自禁地抬了起来。

父亲，就这样笑着走过来。

古洴颤抖着，理智的城堡轰然崩塌。他快步迎上去，想要拥抱父亲。然而父亲，却径自从古洴的身体中穿了过去。

"小懒虫，快起来！"父亲古桥说着，扬起大手拍了拍床上鼓成了一个大包的被子。

"我想再睡一会儿嘛。"一个毛茸茸的小脑袋钻了出来，是年幼时的古洴。

这不正是自己那天所做的梦吗？

古洴惊骇地望着这一幕，惊骇地看着古桥一边说着"快点起床，爸爸送你上幼儿园"，一边把小古洴从被窝里"捞"出来，为他换上了衣服。

小时候的自己，竟然这么没用吗？连衣服都要父亲给自己换。

古洴自嘲地笑着，望着为自己更换衣服的父亲脸上那温柔的笑容，自己也禁不住露出了同样的微笑。

"大伯。"

房间的门忽然开了，另一个毛茸茸的脑袋露了出来。

这是堂姐？

古洴意外极了。

堂姐为什么会出现在自己家？

"大伯，我今天有运动会，你送我去。"这下达命令的语气，确实非古铃莫属。

古洴笑着摇头。

"好。"古桥笑着点头，"我们一起走，送完古洴上幼儿园，直接送你去运动会场。"

"不要。"古铃噘起了嘴巴，"我要你直接送我去运动会。"

"不要！"年幼的古洴生气地大喊，"这是我爸爸，不是你爸爸！"

"你爸爸是我爸爸的哥哥，哥哥必须照顾弟弟。"古铃双手叉在腰间，瞪着眼睛，一副公主殿下的样子，"所以必须送我，必须！"

"必须送我！必须！"古洴也学着古铃的样子喊。

古铃生气地咬着嘴唇，过了一会儿，眼圈竟然红了，一秒钟之后，古铃"哇"地大哭了起来。

"都怪我爸！说好陪我参加运动会又要出差，明知道我妈病了还要走！我知道他干吗去了，我也知道他跟谁去的，我恨他！恨他！"

古洴想起来了，古铃小的时候脾气很坏，动不动就会像现在这样尖叫着大哭大闹，有时候还会满地打滚，是十分让人头疼的女孩子。但这是古洴第一次听她提起这个"恨"字。对于年幼的古洴来说，"恨"太重，重到足以让他受到惊吓的地步。

小古洴惊恐地瞪大了眼睛，全然不知道应该怎么办。古桥急忙扶起古铃，把她揽进怀里，柔声安慰道："小铃，你爸爸真的是社里有采访需要出差。大伯陪你去参加运动会，好不好？"

说着，他转头对小古洴说："小洴，我今天送小铃去运动会，你乘大巴去，好不好？晚上爸爸带你们俩去吃比萨，好吗？"

古洴的嘴巴扁了扁，作势要哭，但最终还是委屈地点了点头。

"小洴真乖。"古桥欣慰地笑着，摸了摸古洴的头，忽然又像想起什么似的，"糟了，我要打电话给校车，免得他们出发了。"

说着，古桥站起身，拿起桌上的座机，拨打了一通电话。

古洴凝望着父亲，他了解父亲，父亲永远都会以最柔和温暖的方式去对待身边的所有人，从不忍心伤害。

他认真地看着父亲，想要记住他的音容笑貌，记住他的每一个动作。他听到父亲对电话那边的人说："已经出发了？不远吗？可以过来接小洴？不不不，还是不用了，不用麻烦你们……"

听起来，电话那端的人，似乎执意要来接，父亲感动又感激地谢过对方之后，放下电话，替古洴穿上了外套。

是那件蓝色的外套，古洴梦里频繁出现的，童年时自己所穿的那一件。

事故发生时所穿的那一件。

"不……不要！"

当古桥牵着小古洴的手走出房间的时候，古洴才如梦方醒。他惊叫着，扑上去想要拉住父亲的手，他们却已经消失不见。

"不要，不要去！"

古洴不顾一切地冲了出去，浑然忘记了自己身边的李白。

所有的门都消失了，古洴的记忆里一片通明。这是一个繁华的路边，车水马龙之间，有轰鸣声响，有汽笛声响，也有人声鼎沸。

父亲和童年的自己都不见了踪影，古洴焦急地四处张望，终于在马路的对面看到了他们的身影。

"爸！"

古洴叫出了声，他躲闪着飞速开过来的车辆，想要快点赶到马路对面，孰料这时一辆黄色的校车一路逆行着停下，小古洴就这样上了校车。

校车！是那辆校车！

226

古洴疯狂地奔过去，想要阻止那辆车开动，然而这时却有一队自行车从他的身边飞驰而过，将他拦住了。

"停车！"古洴歇斯底里地大喊，可车子还是开走了。

古洴眼睁睁地看着父亲朝着那辆校车挥手，然后渐渐走远。路边，立着禁止转弯的路标，因而那辆校车便不得不一路逆行着开到了旁边的侧道。

"不！"

古洴凄厉地叫喊，猛地坐起了身来。

沙漏，已然流尽了。

孟教授安静地坐在古洴的身旁，用饱含同情的目光望着古洴。

古洴剧烈地喘息，眼泪犹如决堤之水，簌簌地滑落。

痛，好痛。

古洴紧紧地攥住自己的衣襟，像是受到了重击一般，全身都蜷缩在一起。冷汗与泪水一并向下流着，额头亦青筋暴起。

痛，太痛了。痛到让他完全承受不来，古洴痛苦地张着嘴巴，想要呐喊，想要呼救，想要咆哮，发出的，却只是嘶哑的狂吼。

"古洴！"

办公室的门被"砰"的一下推开，李白冲了进来。

"古洴，古洴！"

李白从来没有见过古洴这个样子，他双手扳住古洴的肩膀，喝道："你怎么了，古洴？看着我，看着我！清醒点！"

古洴那已然涣散的目光终于看到了李白，他双手紧紧地抓住李白的衣襟，牙关紧咬。

"啊——"

古洴终于大吼出声。

是的，他想起来了，他都想起来了，所有的一切。

痛苦至极的古洴，已经无法用语言来表达，除了嘶吼，只有嘶吼，才能将他经历过的，压抑在他心头的，纠缠在他梦魇的所有痛苦和那段地狱般的经历倾泄而出。

不知道古铃是否从小就知道那件事，那件本不该小孩子知道的事，关于她的父亲古峰婚内出轨的事情。但童年的她，把父亲不能如约陪她参加运动会归咎于他的那个龌龊的小秘密而因此大发雷霆。

为了安慰这个小少女，古洴的父亲古桥选择了当天让古洴乘幼儿园校车，而他代替古峰陪古铃参加运动会。

已经开走的校车，为了接园长的儿子，在跟车教师刘思的授意下，载着原本便超出了规定承载人数的孩子们，从街口一路逆行赶到古洴家附近，接走了古洴。

悲剧发生在校车即将转弯的刹那。刚刚喝过酒的孙为发远远地看到了绿灯，便一脚踩下货车的油门，越过路口的刹那，与逆行而来的校车重重地相撞。

火焰、受伤的孩子们、被卡在座位上无法挣扎出来的古洴、抱着他和另外一个女孩逃出校车的刘思、蓄着络腮胡子的司机李全，这一切便是深藏在古洴记忆里、十八年前的那场事故发生的过程，更是让年幼的古洴无法释怀的噩梦。

那时候的他整夜整夜地睡不着，每次难得入睡也都会被噩梦惊吓醒，大哭不止。他开始连续高烧，并出现了昏迷的症状，为了让古洴摆脱这可怕的记忆，古桥和于桐商量一番后决定按照医生的意见，为古洴进行了心理治疗。也就是说，他们用非正常的手段封存了古洴的记忆，并从此绝口不提那场事故的经过。

校车的事故带来了极大的社会影响，幼儿园不堪舆论重负，古桥决定让于桐出国。古洴只记得于桐在出发前，给了自己一个紧紧的拥抱，便义无反顾地踏上了异国之旅，从此，再没有回来过。

"原来，父亲从不抱怨她的原因，是因为他知道她逃避了责任，并且赞同她的做法。"古洴的双手紧攥在一起，努力平静着的声音里是悲痛欲绝的失望。

再没有什么比幻想破灭更让人绝望的了。古洴一直崇拜并敬佩着的父亲，竟然为了逃避责任而选择让母亲离开，离开了属于他们的家和逃避本应承担的责任。

"有些人会因为爱而模糊界限。"李白说着，递给古洴一瓶冰可乐，"你父亲，并不是坏人。"

古洴接过可乐，过了很久，才点了点头。

"我知道。"他说，"每个人衡量爱与责任的方式都有所不同，只是他更倾向于前者。"

李白没有说话，他的眉紧紧地皱在一起，像是在思考着什么。

"你在想什么？"古洴问。

"张晓光。"李白说，"张晓光是如何把这一切调查得如此清楚的？你还记得他说过的话吗？'雪崩时，没有一片雪花是无辜的'。"

经李白一说，古洴心中也是疑云窦生。

"没错，如果我父母已经决定要逃避社会责任。那么，他们一定会把整件事情的经过都隐藏得严严实实，张晓光又是从何处得知的？"

"这个看似毫无破绽的谎言里面，一定藏着一个我们忽略的裂隙，而狄俄尼索斯就藏身在这个裂隙里。"李白说。

毫无疑问，古洴赞同李白的说法，然而，想在事隔了十八年的记忆里找到这个裂隙却不是一件容易的事情。就在古洴和市局的刑侦警察们积极地寻找着狄俄尼索斯的蛛丝马迹之时，一则新闻如惊雷一般，在整个临鞍市上空炸响，影响了这个案件的侦破。

记忆的恢复给古洴带来了失眠的痛苦，秒睡的幸福从此不见，古洴只要躺在床上一闭眼，铺天盖地的火焰和挣扎着的孩子们的脸便扑面而来，每每一有困意，便会蓦然惊醒。

为了帮助古洴睡眠，孟教授给古洴开了治疗失眠的药物。可即便如此，他也要辗转至凌晨才能够睡着。

这则新闻，就是在古洴刚刚进入梦乡时，大宾发到他手机上的。见古洴没有回话，焦急万分的大宾直接把电话打了过来。

"古洴，这是怎么回事？你们的案子，怎么会被别家网站先报道了呢？"

"什么？"古洴的脑子一片混沌，完全不明白大宾在说什么。

"我朋友圈好多人都在转载一篇新闻，关于狄俄尼索斯的，说张晓光就是警方一直追踪的凶手！"大宾提高了音量。

古洴只觉耳畔"嗡"的一声响，立刻挂断电话，点进了大宾微信发来的消息。

一则写着"狄俄尼索斯悬案已破，凶手竟是日报知名记者"的新闻赫然映入眼帘。古洴忙不迭点击进去，一幅张晓光的近照被堂而皇之地当成了置顶图片，后面的文字更是让他震惊。

新闻通篇都是对张晓光是犯罪嫌疑人的肯定，其言之凿凿，几乎等同于官方通告。而最令古洴难以忍受的是，新闻的字里行间，尽是煽动大众情绪的浮夸之语，反复提及"无辜者被害""单亲母亲被害身亡，只留女儿独自生活""年过半百老人残忍被害""公道在哪里""市民安全谁之责"等字样，看上去慷慨激昂，实则只为了博取眼球、增加点击和转发量。而事实也如其所愿，文章左下角的阅读量已经高达六位数。

这是谁报道的？

就在古洴震惊之时，李白的电话也打了过来。

"看到新闻了？"他问，"你觉得是谁干的？"

"不知道。"古洴摇头，"我们网站跟市局有合作合同，我绝对不会做外泄信息这种事情。"

"我知道。"李白说，"我从来没有怀疑过你。只不过，张晓光的事情根本就没有对外公布过，但写新闻稿的这个人却对张晓光如此了解，必定在市局内部。我要把他揪出来。"

古洴从李白的声音里听出了怒意，而事实上，古洴对于此事的愤怒并不比李白少。用不实言论煽动大众情绪，以达到实现个人利益的龌龊目的，这种违背记者职业道德的事情绝不可原谅！

与李白通话之间，古洴的微信更是响个不停，组长的电话也打了过来。古洴挂断与李白的通话，点进了组长的通话，这才得知了这篇新闻稿的来源。

新闻真正的发源地是某个以"正义之声"定位的新媒体公众号，其公众号自称"敢言大众之所不言"，以胆大犀利而又浮夸不实的新闻稿而令大众熟识，大有身先士卒、义愤填膺的侠义之气。但事实上，许多新闻都因为脱离实际和制造舆论风波而被删帖，在业内亦是臭名昭著。

古洴并不意外这种无下限的行文会出自此公众号，意外的是为其投稿的人。

陶玉，古洴的学姐，那位在跟踪采访之初，自告奋勇和刑侦二队合作，把最难合作的一队扔给古洴的人。

"我说她三天前怎么突然给我递了辞职信。我打她手机，怎么也不接，原来挖了这么大一个坑，把整个网站都坑进去了。"隔着手机，古洴都能看到组长火冒三丈的表情。

"古洴你也有推不开的责任！身为一队跟访记者，你是怎么对待工作的？保密措施都做不好吗？让别人拿到一手资料，这是你的失职，失职！"

组长的咆哮声震得古洴耳朵嗡嗡作响。

"你现在就给我去找陶玉，告诉她，网站一定会对她的做法进行追责的！"组长怒吼，"你告诉她，眼睛只盯着利益绝不可行。作为记者，没了职业道德，就等同于人人喊打的狗仔，这辈子都没有翻身的可能了！"

从组长的愤怒里，古洴听出了他对于陶玉步入歧途的惋惜。

是的，再没有什么比眼睁睁地看着一个人才走上不归路更为遗憾的事情。

古洴很清楚，他的母亲于桐如是，张晓光亦如是。

只是，每个人脚下的路，都是自己选择的，不是吗？

"哎？哥，你去哪？"古洴刚准备好要出门的时候，安东尼回来了。

他捧着一个脏兮兮的足球，满头大汗，栗色的卷发贴在额前，更显出了一双冰蓝眼眸的深邃。看到古洴，他立刻笑开了，这没心没肺而又无忧无虑的样子，竟莫名触动了古洴一直小心翼翼收藏起来的那根紧绷的神经。

"你差不多收拾下东西回美国吧。"古洴说。

安东尼怔了一怔，但很快，便露出了笑容。

"你怎么了，哥？"

古洴没有说话，他弯身系好鞋带，拿起背包便走向门口。

"哥！"安东尼突然喊了一声。

古洴顿住了脚步。

"我走之后，你要保重。"

古洴心里，好像被扎进了一根刺一样，很痛。

真可笑，明明已经千疮百孔，竟然还能因他的一句话而感觉到疼痛吗？

古洴没有说话，举步走出了门。

门关闭的刹那，安东尼的唇角竟上扬出了一抹笑意。

"你瞧，说'不'多简单，以后也要学会硬下心肠来才行啊。"

说着，他将手里的足球在手里旋转了一圈，然后双手将它牢牢地环住，刚才还满是笑意的眼眸刹那冰封。

"我们很快就会再见的。"他说。

第四卷

无罪之国

为光明而生

陶玉的这篇新闻给整个市局都带来了意想不到的麻烦，古洴赶到市局的时候，整个市局已经被各路新闻记者包围，以至于吴队不得不派出多名辅警驻守在门口，拒绝一切无关人员入内，甚至连古洴也被拦在了门外。

就在古洴无奈之际，一个人推开门走了出来。

警服衬着他俊朗却冷峻的面容，威严庄重，他眉头紧皱，黑眸里燃着灼人的怒火，环视拥堵在门口的记者们。

"李队！是刑侦一队的李队！"

有记者一眼便认出了李白，记者们顿时沸腾，纷纷举起相机和麦克风涌向了李白。

古洴想要呼唤李白，却被人群挤得踉跄着频频后退。他想要稳定重心，不承想直接被他那些疯狂的同行们从楼梯上挤了下去。眼看就要跌倒在地，一只手忽然伸过来，稳稳地抓住了他。

"李白？"

古洴有些意外。刚才还看到他出现在门口，怎么这么快就走到自己身边了？

"走。"李白拉着古洴的手腕，将他直接拉进市局。记者们却早已将门口围得水泄不通，并开始了连珠炮似的询问。

"李队，请问狄俄尼索斯连环杀人疑犯已经落网，为什么没有对外宣布？"

"关于这个案件，您有什么话说？"

"市局破案速度如此之慢，导致诸多无辜市民被害，是不是警方不作为？"

"关于案件的细节，能跟我们多说几句吗？"

"拖延时间不对外公开疑犯身份，是否如传言所说，警方有意庇护疑犯？"

诸如此类，或充满攻击性，或充满恶意，或出于公正的种种问题此起彼伏。

然而李白却只是冷着脸，拨开人群拉着古洴走向大门。

"这位是'风云网'的记者吧？听说'风云网'跟市局达成了跟踪采访的合作关系，为什么疑犯落网的新闻却在别家报道了？"

就在即将到达门口之际，一个记者冲过来，大声地问道："两位关系这么好且'风云网'不报道新闻，是否因为个人关系而有意替警方隐瞒呢？"

此问题一经出口，全场哗然，所有的记者都举起相机，对准了李白和古洴。

李白缓缓地回过头，看向那个提问的记者。

空气仿佛被瞬间点燃，灼热得令人窒息。李白灼亮的黑眸怒视着这名记者，伸手揪住了他的衣襟。

"住手，李白，冷静一点！"古洴深谙这些记者的采访之道，他们眼见采访希望落空，便故意激怒李白，以捕捉到哪怕一丁点的边角料用来放大。如果李白因此而做出过激行为，那就等于中了他们的圈套。

闪光灯此起彼伏，古洴焦急不已，李白却不为所动。

"你嘴巴放干净点，再这么说话，我就找你进来喝茶给你洗洗嘴。"说罢，李白用力一掷，竟将此人丢进蜂拥而来的记者群里。

那人被李白一通教训，不仅没有生气，反而露出了得逞的笑意。

他的笑容自然被古洴看在眼里，他急切地对李白道："你中计了，李白！他们一定会借题发挥的！"

“尽管发挥，本队拭目以待。”李白说着，拉着古汫进入了大门。

“你的眼睛是怎么回事，你哭了？”走向办公室的长廊上，李白发现古汫的眼圈是红的，不禁问道。

“没有，骑自行车骑得太急，被风吹的。”古汫不想说他在走出家门的时候，就已经开始责怪自己为何会把满心的负面情绪都朝着安东尼发泄，他毕竟是无辜的。

可是，每当他看到安东尼，想到他现在拥有着的幸福是自己被永远剥夺的幸福之后，就会感觉到煎熬般的痛苦。而这痛苦委实太痛，他根本无法承受，无法面对，也无法释然。他像是被捆在满是荆棘的笼中的鸟一样，被强行折断羽翼束缚于笼中，除了绝望地接受现状，什么都改变不了。

什么都改变不了……

“李白，如果我并不是大家眼里既善良又温和的人，怎么办？”古汫忽然问，“如果我既自私又狭隘，既悲观又邪恶，怎么办？”

他用彷徨而痛苦的神色注视着李白，李白却笑了。

“这世上比你我狭隘的人多了去了，如果你也算邪恶，那些亡命之徒和为了一己私利杀人放火的人又是什么？走了。”

说着，他转身向前走去。

古汫突然大喊：“如果有一天，我也变成那样的人，怎么办？”

李白浑身一震，石化般立在那里一动也不动。

冷下脸来对安东尼说出了那样的话，古汫竟然毫无愧疚。这让他惊讶，原来自己竟然也有那样冷酷和阴暗的一面，因为忌妒自己曾拥有的一切如今被安东尼占据，便想要以伤害他来让自己心中好过。想到这一点，古汫突然感觉到害怕，他怕他变成那种为了自己的利益，可以不顾一切甚至无视他人生命的人，变成那种为了逃避责任，可以放弃所有且能够随时重新开始的人。

如果是那样，我该怎么办？

“古汫，你知道为什么你永远不会变成那样的人吗？”李白问。

古汫摇了摇头。

"因为那样的人……他们永远都不会这样问。"他望向前方，目光深远，却如此坚定。

"所以，不用再担心和彷徨，你就走你的路，把淤泥和黑暗留给那些人吧。"他说，"有些人，为光明而生，而有些人，天生喜欢烂在泥里。"

以刑侦警察的速度，想要找到一个活跃于社交网络上的人，是分分钟的事情。

李白和古洴找到陶玉的时候，她刚刚从小区停车场走出来。看到站在面前的李白和古洴，陶玉不禁笑了出来。

"比我想象中来得要早些。"陶玉看了看李白，又看向了古洴，"怎么，你要像被抢了糖果的小孩一样，向我兴师问罪吗？"

"不。"古洴摇头，"我要告诉你的是，你私自向外透露的信息并不是真实的。所有的一切都只是你的臆想和猜测，事实并非如此。"

"那有什么关系？"陶玉嗤笑，"谁关心这个？办案交给他们警察，我们记者只要满足大众的好奇心，不断地制造热点话题就够了。"

"不够！远远不够！用花边新闻和不实消息来博大众眼球的是小丑，而你和我，是记录真实、揭露黑暗、报道真相的记者！"古洴无法相信陶玉竟能面不改色地说出这样的话，"你借用'风云网'的工作之便，私自窃取案件信息在其他媒体发表，这种行为已经违背了记者的职业道德和工作准则。网站会对你追责的。"

"是组长让你这么说的？"陶玉完全是一副不以为然的样子，她打量着古洴笑道，"看来组长已经通知你转正的事情了？"

"什么？"古洴完全不明白陶玉在说什么。

陶玉忽然哈哈大笑起来。

"古洴，你真能装啊。装得很傻很天真，装得很努力很上进，装得很正义很无辜，让所有人都觉得你得到的一切都是因为你足够优秀。但事实上呢？谁不知道你得到这一切全凭后台？既然你叔叔是《临鞍日报》的主编，你干吗不去《临鞍日报》，非要在'风云网'占据名额？你知道一个实习记者想要转正得需要付出多大努力吗？我已经努力整整一年了，都没有被转正。可是你呢？你刚毕业，刚参加了一个跟踪报道，上面就决定让你转正。呵呵，别告诉我你不知道，一旦决定转正人选，像我这样的实习记者就必须收拾东西走人。整整一年的努力和辛苦，全都是徒劳。"

古洴完全不知道网站已经有想让自己转正的决定，更不知道一旦自己转正，陶玉就要失去这份工作，因而怔在那里，一时不知如何作答。

"伤害比你更优秀的人，身为失败者的苦闷会好些吗？"李白带着笑意的声音响了起来，他双手放在裤袋里，含笑望着陶玉，说道，"在这社会上生活，谁又比谁更容易？如果留下来的是你，而失去工作的人是古洴，你还会是这样的态度吗？"

李白望着变了脸色的陶玉，淡淡地说道："谁都知道当受害者更容易，但往往是这些受害者在伤害别人的时候，更加心安理得。"

说罢，李白忽然话题一转，冷声道："说吧，那个人是谁？"

陶玉浑身一震，继而转身就走，而李白，却长腿一伸，拦在了陶玉的身前。

"指使你散播这些不实消息，制造社会舆论的人，到底是谁？"李白厉喝。

陶玉一瞬不瞬地看着李白，过了很久，笑了起来。

"不要贼喊捉贼了，李队，明明是你和古洴关系好，所以故意让他帮你隐瞒案子的进展。"说着，她举起了手机，"关于你们关系的新闻已经满网飞了，古洴，我倒是想问问你，与合作伙伴关系搞得这么好，故意拖延报道，这就是遵守职业道德了吗？"

古洴和李白的新闻迅速在网上蔓延，很快，"临鞍市公安局"与"风云网"的搭档组合便火热出炉。然而，这新闻让两个人连同两个企业都因此而陷入极为被动的境地。

受舆论影响，省厅下达了最新的指示，要求市局尽快定案，并暂停与"风云网”的合作，尽快对外召开发布会公布案件结果。而“风云网”的高层亦给新闻组施压，勒令处分无视工作进程、违背工作纪律、与合作方过于亲近的古汫，以儆效尤。

这意味着李白必须尽快给出张晓光的审讯结果，而古汫则被“放假”，且很有可能失去工作。

海边，古汫问李白。

“你会吗，给张晓光定罪？”

“在获知真相之前，不会。”李白注视着前方波澜壮阔的海面，斩钉截铁地道。

“你也将以证人的身份，继续参与案件的侦破。”他说，“不论是我还是你，都绝不能妥协。因为妥协，就意味着屈服，向背后推动这一切的人屈服。”

古汫望着李白，他俊朗的面容在浩瀚的海水与风起云涌的蓝天下竟有一种说不出的坚毅。他总是这样一往无前，从不犹豫和退缩，这才是真正的他。

“我不会妥协。”古汫说。

李白转回头看了古汫一眼，唇边温暖的笑意驱逐了坚毅的紧绷。

他和他望向那一望无际的大海，倒映着蓝天与阳光的大海，好像发光一般，每一个闪动的波光，都那么耀眼。

古汫从不担心李白的抗压能力，他可以想象得出吴局会如何跟李白拍桌子，如何大发雷霆，也可以想象得出李白用怎样的方式还击，然后继续我行我素。

毕竟，他不是那种会被人牵着鼻子走的软柿子。而他们接下来要做的，就是找出隐藏在角落里静观这一切的狄俄尼索斯。

这个所谓的“审判者”到底藏在哪里？

他跟张晓光，又到底是什么关系呢？

古汫一边苦苦思索着这些问题，一边慢慢地往家的方向走。

经历了如此混乱的诸多事情，李白竟还有拉着他去大吃特吃的心情。

事实上，在市局附近，早已经有记者在蹲守偷拍，但李白却毫不在乎，

"反正你已经被停职，还有什么好在乎"是李白的理论，古洴竟也会觉得颇有道理，因而也满不在乎地与李白一起乘出租车前往餐厅，结结实实地吃上一顿美食。

将保护客人隐私做到极致的私房餐厅，很老到地将那些记者隔绝在门外，让两个人得以安静地用餐。不得不说，美食确实是令人振作的法宝，尽享了美味的古洴只觉神清气爽，抗压能力立刻往上涨。

为了保护古洴不被打扰，李白和古洴分别从餐厅的南北两个小门离开。由于踩着单车，古洴反而不那么引人注意，很轻松地到达了小区。

时间已是深夜，古洴把单车停在小区外，顺着林荫路一直向前走。临鞍市的老式街区由于有着百年历史，连路边的树木也都跟着成了重点保护对象，因无人破坏而日益繁茂。微风轻拂，枝叶发出沙沙的声响，树影摇曳，伴着路灯下古洴的影子，一路向前。

忽然，古洴察觉到身后有一阵脚步声，若即若离，一直跟着自己。他加快脚步，那脚步声也快了几分，他慢下来，那脚步声亦减慢了几分。古洴意识到有人在跟踪自己。

古洴有过一次被袭击的经历，顿时警惕起来，原本想要走向家门的他忽然转身，欲走向人多的地方。可就在这时，一条手臂伸过来，猛地横在古洴身前，将他拉至身边的树丛中。

"放开我！"古洴正欲高喊，嘴巴却被捂住了。

"哥，是我。"

这声音……是安东尼？

古洴一震，感觉到古洴情绪变化的安东尼松开了手。

"你在搞什么鬼？"古洴转身，却被安东尼的样子吓了一跳。

安东尼的脸上挂着瘀青，身上有多处划伤，手臂上甚至有一处很深的刀伤。他摇摇欲坠，幸而古洴将他扶住才没有跌倒。

"你怎么了？谁把你伤成这样？"古洴惊声问。

安东尼看着古洴，笑了，"前一秒你不是还赶我出家门，现在却这么关心我？"

古洪的脸一红，旋即恼火道："别给我转移话题，说，到底是怎么回事？谁把你打伤了？"

不待安东尼回话，他又一把揽住安东尼，道："走，先回家再说。"

"不，我不能跟你回家。"安东尼摇了摇头，"我不想把你也拉进漩涡里，我就在这里等你，你帮我买点药包扎一下吧。"

"胡闹！"古洪厉声呵斥，"受了伤还想往外跑？万一再遇上坏人怎么办？赶紧跟我回家！"

言罢，他不由分说地扶起安东尼就往家里走。

安东尼没有挣扎，但古洪可以察觉到，他一路都在警惕地张望，仿佛在提防着什么人似的。

"你到底在外面闯了什么祸？为什么会有人把你打成这样？"古洪问，"你不会是抢了人家的女朋友吧？"

安东尼"噗"的一声笑了出来。

"哥，你还真是……可爱又单纯。"他这一笑牵动了伤口，疼得他轻叫出声。

"你赶紧回美国，不要在这惹是生非！"安东尼的纨绔子弟模样令古洪又气又忧，偏偏安东尼自己完全没有觉悟，甚至伸手揉了揉古洪的头发。

"在这个污浊的尘世，还能似你这般纯净地活着，真是可贵。"安东尼由衷地叹息，"哥，你就这样保持住，千万不要变啊！"

"少转移话题！你这几天乖乖在家里养伤，少出去鬼混，伤好了就赶紧回美国。"古洪一把拍开安东尼的爪子，一边似老母亲般喋喋不休，一边将安东尼带回了家。

回到家，古洪才发现，安东尼的伤不止表面上看到的那样简单。他身上还有多处瘀青，黑色的T恤更是因为染上血迹而变得黏稠。古洪要带他去医院，但安东尼说什么也不肯去，古洪深觉不对，多次问及他受伤的真正原因，安东尼却只是避重就轻，还求他千万不要告诉于桐。古洪无奈，也只得不再过问。

即使是受伤，安东尼也不愿躺在床上，望着在沙发上睡着的安东尼，古洪

242

拿起手机，犹豫着要不要把这件事情告诉于桐。

那个标注着"于桐"二字的电话号码就显示在手机屏幕上，只要轻轻一点，便可将电话拨打过去。

古洴的手指轻轻地在上面游走，刚下定决心拨出，却又立刻被他挂断。

他不知道对于桐说什么。说让她关心关心安东尼吗？可她整整十八年不曾关注过自己。说让她回忆十八年前那场校车事故的经过？可之前，他拨打过无数次于桐的电话，她却一次都没有接。

反正也不会接自己的电话，又何必纠结呢？

古洴的唇边泛起苦笑，终是将电话放了下来。他先是在床上躺了一会儿，然后起身吃了安睡药物。也许是因为家里有人陪伴的关系，今天的困意来得比平时要早。不到一会儿，古洴便迷迷糊糊地进入了梦乡。他并不知道，在他睡着之后，安东尼便坐起了身。

他先是拿起古洴放在桌上的安睡药看了看，脸上，浮现出一抹邪魅的笑意。

"回忆起从前，就那么让你痛苦吗，古洴？"

说着，他放下药物，行至床边。黑暗里的安东尼面色更显苍白，雕刻般的嘴唇亦有着冰冷的弧度。他就这样居高临下地看着古洴，用微蓝色冰封般的双眼。许久，安东尼缓缓地举起手，扼住了古洴的咽喉。

睡梦里的古洴好像仍被噩梦纠缠，他的眉头紧皱，嘴唇还在微微地颤抖着，眼角更有泪光微闪。由于药物的作用，他并没有感受到安东尼的举动，而安东尼的手，亦在碰触到古洴咽喉的刹那停了下来。

"好吧。"安东尼的唇向上扬了起来，"都说近朱者赤，经常和你这种心软的人混迹在一起，连我也变得心软了。"

他的手，从古洴的脖颈滑到他的脸庞，最终停在脸颊上。

"再见了……哥。"

再见。

再也不见。

古洴醒过来的时候，安东尼已经不见了。

不仅是安东尼，就连他的行李以及他的小提琴，全都不见了。

他走了。

没有道别，没有留言，甚至连他存在过的痕迹都一夜之间消失得干干净净。

小小的屋子又恢复了从前的样子，安静而孤独，好像那个叫安东尼的少年从来不曾来过，好像古洴也从来没有见过他同父异母的弟弟。

"咚！咚！"

阁楼上突然传来一阵异响，让沉浸在空寂里的古洴回过神来。他迟疑了一下，然后起身，走向楼梯。

就在他的脚刚刚踏上一层台阶之际，床头柜上的手机突然响了起来。

古洴看了看楼上，又看了看手机，最后还是决定先接电话。

电话是姚军打过来的，古洴刚刚接通，还没来得及说话，便听到电话那端传来姊姊带着哭腔的声音："古洴，出事了！"

第二章

第六起命案

古峰失踪了。

据古洴的婶婶说,古峰从前一天晚上下班直到第二天晚上,都没有与家人联络。婶婶拨打他的手机,听到的始终都是"您拨打的电话已关机"的提示。第二天一早,婶婶打电话到《临鞍日报》报社,报社却告诉婶婶,古峰没来上班。

微信不回,手机关机,也没有上班,人到底能去哪呢?

"这几天他每天都在医院,我担心他累坏,所以让他回去休息一下,谁知人就这么没了消息!"

见到赶来医院的古洴,婶婶紧紧地拉住古洴的手,一直悬着心的她在看到古洴的刹那整个人都垮了下来,眼泪亦是簌簌地流个不停。

"婶婶,你别着急,说不定叔叔是临时有采访任务。"古洴安慰着婶婶,但显然不起作用。

"你不明白,小洴,你不明白!"婶婶语无伦次地道,"老古这次一定凶多吉少,就算那个人放过他,他们也不会放过他的!不会的!"

"那个人?"古洴怔住了,"那个人是谁,婶婶?他们又是谁?"

婶婶不说话,只是一个劲地摇头,哽咽着,连气息都不均匀。

古铃到目前为止还在昏迷中,婶婶在医院照顾了好几天,古洴唯恐她情绪太过激动，急忙安慰她，将婶婶扶到椅子上休息。

就在这时，他的手机响了起来。

"古洴，你在哪里？"打来电话的人是李白。他的语气是从来没有过的深沉，以至于古洴产生了一股莫名其妙的恐惧，有那么一瞬间，他甚至有挂断电话的冲动。

"出什么事了？"古洴克制着如潮水般的不安，颤声问。

他还没有说，他便已经猜到了。就是这样的默契，让李白也感受到了古洴不安的情绪，他静默了一秒，仅仅是一秒，对于古洴来说，却像一个世纪那样漫长。

"你在哪里，这件事情，我当面跟你讲。"

"现在就说！"古洴的拳已经紧紧地攥在了一起，他突然开始急切地想要知道那悬而未决的事情到底是什么。

是的，现在，立刻，马上就要知道，一秒都不能等！

"你的叔叔……"李白缓声道，"你的叔叔古峰他……被害了。"

"啪"的一声，是古洴手机掉落的声音，他恍然间错以为掉落的是自己的心脏。

亲人之间的情感都是互通的，婶婶看到古洴的样子，立刻感觉到了不对劲，她拉住古洴，紧张地问："怎么了，小洴？发生了什么？"

古洴张了张嘴，发出的却只是一连串不规则的单音节。婶婶仿佛明白了什么，她弯身捡起手机，贴在了耳畔。

电话那端的李白已经听到了手机落地的声响，因为担心，不断地呼唤着古洴。

"古洴！古洴！我知道你很难接受这个消息，但你必须坚强！我现在过来接你，现场留下的信息很复杂，作为被害人家属，你必须跟我去现场。"

婶婶将李白所言尽收耳底，她浑身颤抖着，拿着手机的手微微颤抖。

"小洴是被害家属？"婶婶的声音，因为忐忑而变了调，亦因为抱有一丝盲目的期望，语气诡异地问，"那被害的人是谁？"

李白听出了婶婶的声音，他沉默了半晌，还是决定将实情告诉婶婶。

"是古峰，古叔叔。"

李白话音落下的刹那，婶婶眼前一黑，晕了过去。

"婶婶！"古洴立刻扶住婶婶，才不至她跌倒在地。

"医生，医生！"古洴大声地呼唤着医生，感觉到从未有过的慌乱。

母亲离开的时候，他还有父亲。父亲离开的时候，他还有叔叔。

可是现在叔叔被害了，堂姐也因被撞而昏迷不醒，自己的身边还有谁？

还有谁？

一切都在旋转，所有的声音都成了混音，古洴紧紧地抱着婶婶，直到医生来还不肯松手。一切都混乱不堪，古洴感觉自己已然破碎成一片又一片的琉璃，落了满地。意识渐渐地模糊，就连体温也开始逐渐离开了他。

"古洴！"

忽然响在耳畔的声音是谁？

"李白……"古洴喃喃地唤着他的名字，一遍又一遍，"李白，这是什么？这是什么，啊？这一切……都是假的，对不对？对不对？"

李白沉默着，他皱着眉头，凝望着古洴的眼神既关切，又心疼。

"一定都是假的，对不对！"古洴发出绝望而又悲愤的咆哮，李白则探手将他拥入到怀中。

"假的！假的！"古洴咆哮着，挣扎着，却怎么也挣不脱李白的钳制，他张口，狠狠地咬住了李白的手臂。

李白闷哼一声，却没有阻止，就这样任凭古洴在他的手臂上咬下深深的创口，直到鲜血渗出。

腥甜的黏稠感钻入古洴的嘴巴，才唤醒了他的意识。当他看到李白手臂上的伤口时，顿时感到愧疚。

"对不起……"

"不要对不起，如果能用这样的方式分担你的痛苦，那也是我唯一能为你做的事情。"李白望着古洴道。

古洴点点头，紧接着，又摇了摇头，这混乱的动作恰如他混乱的心情，难以表达。

医护人员早就已经将婶婶送进了急诊室，古洴和李白赶到急诊室之后，大宾也匆匆赶了过来。

“古洴，你还好吧？”满头大汗的大宾关切地问。

古洴疑惑道：“你怎么来了？”

“是李队让我来的，他说他要和你去确认现场，让我帮忙照应一下。”大宾擦了擦汗，对古洴道，“你去吧，这里有我呢。”

现场。

这个词刺得古洴的心狠狠地疼了一下。这一刻，他真的很想逃避，逃避所有的一切。

然而，所有的人都在逃，只有他不能。他既然被留在了这里，就只能驻守在这里，去承担他应该承担的一切。

“走吧。”古洴站起身来，对李白道。

李白深深地看着古洴，他知晓他正在承受的悲恸，也为他所经历的苦难而惋惜，但他们都明白，这所有的一切都需要有人来承担。

第六起命案的现场，是一家宾馆。

一家很小的宾馆，小到让古洴不敢相信会是叔叔能够下榻的地方。而更让他不敢相信的，是古峰身边躺着的那个人。

那个女人。

或许古洴早就猜到女记者王慧是古峰的情人，但亲眼看到两个人在一起的场景，一时间他难以接受。

“古叔叔由于失血过多已经离世，但王慧因为窒息而呈现出假死状态，因而捡回了一条命。”李白在警车上讲解了给古洴看的被害现场照片，看到他变得苍白的脸，李白安慰地拍了拍古洴的肩膀，道，“王慧已经被送至医院抢救，古叔叔的遗体，暂时还在现场。”

古洴微微地点了点头。

叔叔走了，王慧还活着。

古洴知道，对于警方而言，王慧和叔叔只要有一个人活着，就能够提供重要的线索。但对于古洴而言，他还是希望活着的人是自己的叔叔。

人都自私的，古洴也不例外。

他靠在座位上，沉默地着看路边的树木一棵棵向后跑去。每跑过一棵树，他都会离叔叔更近一点。

不，是叔叔的遗体……

位于近郊十五公里的街边半地下室家庭酒店，一晚上价格在一百零五元左右，房间里有一半的窗户在地面，一半窗户在地下。由于光照不充足的缘故，房间里充斥着一股霉味，就连墙角都有着发黑的霉斑。卫生间的马桶盖因为损坏而被卸了下去，从下水道返上来的味道与霉味混合在一起，令人作呕。

不过现在弥漫在整个房间的已经不是这两种混合在一起的气味，而是血腥之气。

看到古洴来了，市局的干警们纷纷停下手上的工作，默默地望着古洴。他们充满了同情的目光，跟现场的混乱同样令古洴难以面对。他站在门口，忽然间失去了走进房间的勇气。

他望向李白，李白亦向他点了点头，两个人，就这样一前一后地走进了房间。

古洴看到了躺在床上的叔叔古峰。

古峰的上身是赤裸的，只围了一条浴巾，他的眼睛睁得很大，惊恐地望向天花板，双手紧紧地抓着床单。正如其他被害者一样，古峰的脖颈上也缠着铁丝，鲜血染红了床单，染红了他颈下的枕头。

“不是说……不再继续了吗？”古洴望着古峰，喃喃地道，“不是说你不会再去做错的事吗？为什么还要到这种地方，做这样的事……”

古洴说不下去了，眼泪，从他的眼中簌簌地滑落。

婚内出轨这种事情，从来就不是一个人的错。而婚外情这种事情，也并非那么罕见。

难以接受的只是古洴而已。

"这是我们在现场找到的古叔叔的手机，里面有一段视频，或许你应该看看。"李白把一部放在取证袋里的手机递给了古洴，滑亮屏幕，古洴与叔叔一家人的合影刺得古洴心中剧痛。

那是古洴初中时候，与古峰一家前往夏威夷度假时拍的照片，照片上古峰揽着古洴和古铃的肩膀笑得灿烂，婶婶站在旁边，头上戴满了鲜花，那正是古洴和古铃替她戴上去的。不过十年光阴，古家却起了这么大的变化，着实令人难以接受。

古洴用颤抖的手指解开锁屏，一则视频便出现在他的面前。

那是古峰生前录制的视频，就在这个酒店的房间，他坐在床边，对着手机屏幕满面凝重地说出了他生前最后的话语。

"我……对不起我的家庭，对不起社会，也对不起……那些在红阳校车事故里死去的孩子们……"说到这里的时候，古峰明显地顿了顿，他的脸上浮现出了痛苦的神情。

"最对不起的是梁超，是我害了他。十八年前，是我把张晓光安排到了另外的采访组，让王慧继续跟进报道红阳幼儿园校车的事故。然后利用舆论，让大众把所有的注意力都集中到了梁超的身上，如此一来，便不再会有人关注红阳幼儿园本身的违规行为。以至于梁超不堪重负，跳楼自杀……我利用职务之便谋取了巨大的利益，为了不让真相为大众知晓，十八年以来选择了隐瞒……"

视频到这里就结束了，古峰那满是愧疚与痛苦的脸就这样定格成了永远。

古洴的手，紧紧地攥着手机，眼泪，就在他的眼眶里打转。

李白无声地将手机收回，递给了刘子涛。

刘子涛深深地看了古洴一眼，将手机放回了取证箱。很快，技术部门将对此进行技术分析，而那时，关于古峰被害的一切将会有更权威的解释。

但此时的古洴已经没有精力去考虑以后了。

"我想，我们现在要做的，是跟张晓光谈一谈。"李白面色冷峻地说道。

古洴点了点头。

没错，现在要做的，是跟张晓光谈一谈。如果他把所有的罪责都揽到他自己身上，那古峰被害，又是谁的手笔？

"大刘，姚军，你们继续取证。古洴，跟我来。"

将现场证据收集完整，李白布置完任务，便走向警车。

"你可以吗？"乘上警车的时候，姚军有些不忍地问古洴，"要不……你回去休息一下？"

"他可以。"

不待古洴回答，李白便斩钉截铁地答道。古洴面色苍白地点了点头，他的目光，一直望向窗外，看上去神情有些涣散。但不得不承认，李白的判断是正确的。如果这个时候不给古洴一点事情做的话，说不定他会自我消沉，甚至自我封闭。

与独自一人相比，让他待在大家身边更安全。

姚军明白了李白的意图，也点了点头，发动了车子。

令大家意外的是，被提审的张晓光在闻听古峰被害时，竟哈哈大笑起来。

"欠的始终都要还。"他咧开几乎被胡须覆盖的嘴巴，大笑道，"古峰一世精明，以为自己可以全身而退，太天真了！"

"你说的话，是什么意思？"李白紧皱着眉头，冷声问，"古峰要从哪里退出去？"

"游戏。"张晓光用别有深意的神情看着李白道，"这场利益与权力的角逐游戏，一旦开始，就不会有人全身而退，那便船翻了，人死了。"

说罢，他再次歇斯底里地笑了起来。

"啪"的一声，是李白一掌拍在桌子上的声响，震耳欲聋，惊得张晓光浑身一震。李白猛然站起，怒视着张晓光，喝道："把话说明白！到底怎么回事？"

"呵……"张晓光笑着，将身子靠在椅子上，"一伙玩弄权术的人凑在一起，为了保全自身的利益，不得不舍弃那些无用的棋子，用他们去填补一个因错误而塌下去的黑洞。没想到这黑洞越来越大，那些棋子和无辜的人完全不够用，最后就只能舍弃共同犯下罪过的同伴。就像扑克牌中，最先舍弃的肯定都是平民，其次是仆人……玩到最后，为了保全王（Joker），所有的王（King）和王后（Queen）都可以舍弃。"

"那么，这个王到底是谁？"李白一瞬不瞬地盯着张晓光，"那个在背后操纵着所有黑幕的人，到底是谁？"

张晓光脸上的笑容渐渐地收敛，他看了看坐在李白身边面色苍白的古洴，然后直视着李白，像是一只在考量对手的野兽一般。

"你，真的想知道？"他突然问。

李白没有回应，他坚定的目光就是回答。

张晓光笑了，他向李白伸出了手，"给我笔。"

李白的眉头微微一皱，继而从记录本上撕下一张纸，放在张晓光面前，又将手里的圆珠笔递了过去。

张晓光接过圆珠笔，他扫了一眼面前的那张白纸，用笔在纸上写了一个"一"，然后看向李白。

审讯室的气氛异常紧张，所有的人都全神贯注地看着那张纸上的"一"，李白也不例外。

所有的答案，都在这张纸上，当然，这也是狄俄尼索斯的最后一个目标。

这凝重的气氛显然令张晓光感觉到惬意，他咧开嘴，笑了。

野兽般的直觉令李白的汗毛瞬间立起，他猛地抬头看向张晓光。

就在刹那间，张晓光挥舞圆珠笔狠狠刺向自己脖颈的动脉处。

"住手！"李白厉喝着扑上前，终究还是迟了。

喷涌而出的鲜血溅在李白的身上、脸上，而张晓光则笑着，栽倒在地。他笑着，像是在凝望这场权力游戏的幽灵，等待着最后的结局。

救护车到了，但张晓光因为失血过多身亡。

李白愤怒不已，将办公桌上所有的东西都掷到了地上。

这是生平第一次，李白被犯罪嫌疑人算计，主动递给了犯罪嫌疑人自杀的工具。

因为他的失误，吴局给他记了过。更让案件雪上加霜的是医院传来的消息，王慧因抢救无效死亡。

“该死！”

李白重重一拳击在了桌面上。

一切，又重新归零了。

李白已经足足有十几天没有完整的睡眠了，他的眼睛已然被红血丝布满，很久没有出现的戾气重新出现在他的身上。不仅是李白，整个刑侦一队的气氛都是压抑的，每个人的脸上都带着“沾火就着”的神色。

这无异于是刑侦一队几十年以来遇到的最为棘手的案件，由于案情太过曲折，已经成了全市头号案件。诸多媒体的关注也把整个案件推到了风口浪尖，原本定于一周后召开的发布会只有延期这一个选择，尽管这会引起媒体更多不实的猜测。

“发布会，照常举行。”会议室内，李白忽然说道。

所有人都意外地看向了他，而李白则沉吟道：“我们要在会上宣布王慧重度昏迷，随时有可能醒来。”

大家先是静默了几秒，紧接着意识到李白这么做的含义。

“你是想引狄俄尼索斯上钩？”古汫问。

“对。”李白点头，“他把所有的犯罪活动都计划得这样完美，一定不会允许有这种纰漏。所以，我赌他一定会来。”

“没错，这是目前为止最好的办法了。”刘子涛最先高举双手赞成，“如果他发现杀害的人没有死，一定会先把这个计划执行完整，再去进行下一次犯罪。”

“不错。”李白再次点头，又转向姚军，“姚军，说说。”

姚军点头，将收集的所有证据铺陈开来。

在家庭酒店进行登记的人是王慧，而古峰是作为访客来到家庭酒店的。

"从监控上我们可以看到，王慧登记入住的时间是 17 号，也就是今天的凌晨 5 点 03 分。"姚军指着被投影到幕布上的监控录像，"注意这里的时间。王慧是一个人来的，开好房间后她很快就走了。"

监控录像显示，王慧穿着一件红色 T 恤，戴着太阳镜和棒球帽。看得出，她在刻意回避着摄像头的位置。开好房间后，她径自进入房间，监控显示三分钟后，她走出了房间。

"王慧再次回来的时候，拖了一个很大的行李箱，进入房间之后，她再没有出来。"姚军继续说，"注意，从王慧离开到她回来，中间间隔了一个小时左右。紧接着，上午 8 点 30 分，古峰来到这家宾馆，进入房间后，就再也没有离开。"

古洴可以很清楚地看到古峰走进了宾馆，他没有进行任何登记，直接走到了王慧的房间门口，他没有敲门，门便开了。古峰走进去，便没再出现。

自始至终，房间里没有第三个人进入或离开的迹象，那么，狄俄尼索斯到底是怎么进入房间的呢？

他又是怎么离开的呢？

从王慧的尸检报告和脖颈上的伤口来看，她先是被人用乙醚迷晕，然后用铁丝勒至昏迷。在王慧的手臂和腿部等部位，均有擦伤及挫伤，技术部门还在她的指甲里发现了部分纤维成分。

古峰则是被人用钝器砸中后脑，再用铁丝勒住脖颈身亡。在他的身上没有挣扎的伤痕，除了他被勒住脖颈后在床垫上留下因痛苦挣扎的痕迹，再没有任何疑点。就好像是他自己放弃了挣扎，或者……他对此早有预料一般。

"我们在现场发现了王慧的箱子，其内部的纤维成分与王慧指甲里的一致。我们由此可以断定，王慧是被塞在行李箱，一路拖至此处的。"姚军说。

"你的意思是，从一开始，开房的人就不是王慧？"古洴惊道。

"没错。"李白点头，"不是王慧，而是狄俄尼索斯。"

狄俄尼索斯。

古洴在听到这个名字的时候，心脏狠狠地缩了一下。

"怎么可能？"古洴脱口而出。

"怎么不可能？"姚军调整电脑，放大了监控录像的其中一个画面，"注意看这里，这家伙和宾馆老板的身高对比。这么高的女人很少见吧？"

画面上"王慧"和宾馆老板面对面地站在一起，虽然身姿婀娜的"王慧"看不出什么破绽，但很明显地可以看出两个人的身高差了十几厘米。

"我问了那个老板的身高，他的个子是一米七三，这就证明'王慧'的身高至少一米八五。"姚军说着，切换到下一个画面，"而且你看，这个王慧穿的还是平底鞋。"

姚军说得没错，从"王慧"走向房间的画面可以看到，她脚上穿的是一双运动鞋。

古洴的脸色顿时苍白了。他定定地看着画面里的那个人，难以相信这个在临鞍市犯下了滔天罪恶的连环杀人案的凶手，竟然是这个纤瘦似女人的家伙。

"据宾馆的老板说，因为他极少见到这么高的女人，还特意问了'王慧'是不是模特。但'王慧'只是笑笑，没有回答。从进门到开房间，他没有跟老板说过一句话。"

"不说话，就不会暴露声音，这个狄俄尼索斯真是狡猾。"姚军愤然道。

"为什么？"古洴喃喃地问，"为什么在这？"

"什么？"包括李白在内的民警们都颇为不解地看向古洴，而他依旧死死盯着幕布上的画面，喃喃道，"为什么会选在这里？为什么不像之前一样选择没有监控的地方？还有……他为什么要笑？"

笑？

李白一怔，立刻命令姚军把画面放大。当画面放大到只露出狄俄尼索斯上半身大小的时候，李白从模糊的画面上清清楚楚地看到狄俄尼索斯嘴角上扬露出了微笑。

"他是在对着摄像头笑。"李白的手，紧紧地攥在了一处，"他在向我们挑衅。"

"不光如此。"古洴摇了摇头，"狄俄尼索斯的作案手法一向隐秘，从来没有给我们留下任何可以摸清他行踪的线索。但这一次，他故意现身，一定别有寓意。"

李白怔了怔，继而调出了所有监控画面里关于狄俄尼索斯的截取图像。

"他走路的姿势。"李白眉头紧锁道，"有隐性高低肩，头会习惯性倾向左侧，应该跟他的生活或者职业习惯有关。所有的犯罪行为都进行得天衣无缝，没有留下一丝痕迹，这证明他头脑清晰、思维敏捷，必定受过高等教育……甚至很有可能接受过专业训练。"

"专业训练？"古�有些意外，"你说的专业训练是什么？"

"军事训练，或者其他。"李白思忖着，说道，"能够从一个半封闭的房间里上演人间蒸发的戏码，必定不是普通人能够做到的。"

李白说得没错，这几起案件的现场，都像是密室杀人，犯罪嫌疑人不可思议的消失。他到底是如何逃脱的？又到底去了哪里？难道真如李白所说，他是受过专业训练的"杀手"？

"李队！"

技术部的一名干警敲门走进会议室，将一份报告和一个证物袋递给了李白。

"我们在你们在现场收集的泥土里发现了血迹，与被害人古峰一致。"

什么！

所有人眼睛一亮，李白迅速拿起证物袋，看向上面的标志数字。

"是窗外的泥土。"李白道，"狄俄尼索斯是从窗户逃出去的。"

宾馆的窗户有一半在地面，一半在地下，窗外的半遮挡式阳台又异常狭窄，能够从这么狭窄的地方钻到外面，足见狄俄尼索斯的计划是何等的周密。

"另外，在现场发现的头发里，有一根检测出尼龙化纤成分。"技术部的人说，"所以也就是说，那根头发是假发。"

假发？

众人正在错愕间，刘子涛的电话打了进来。

"李队，我们在现场遇到了一位目击证人。她说她亲眼看到一个戴着墨镜的小伙子从阳台跳出来，她当时还纳闷，问他怎么回事，小伙子告诉她说，宾馆的门锁坏了，老板正在修，他着急上班，先走了。"

"立刻请证人描述犯罪嫌疑人特征，继续调查，调查宾馆周边的所有街道、店面、目击者及监控，上天遁地，都要把这个家伙给我揪出来。"

李白紧攥着报告，眼中烈焰焚烧。

据目击证人所说，她亲眼看着那个小伙子从阳台里跳出来，然后一路走向了玉林大道的方向。警方顺着目击证人所指的方向，在玉林大道和新月街交口处的一家超市门前，找到了一个监控。监控录像显示确实有一个身材高挑的年轻男子走过，但他戴着渔夫帽，穿着帽衫，帽衫的帽子也遮住了大半个脸，加上墨镜和口罩，基本看不清相貌。

但从时间上推断，这个人是狄俄尼索斯的可能性很大。

在下一个路段，此人上了一辆出租车。出租车在华山路的银座大厦停靠，他走进了大厦。

警方马不停蹄地前往银座大厦，调出所有的监控录像，此人进入了三楼的卫生间，然后便再也没有出来过。

"怎么会没有出来呢？"姚军纳闷道。

"商场的卫生间出口有监控吗？"李白问。

"没有。"姚军摇头，"只在走廊有。"

"也就是说，"李白沉吟，"这里只能看到出入的男女，而无法确认他们从哪边的卫生间出来？"

姚军先是一怔，继而快速地将时间调整到犯罪嫌疑人进入卫生间的时刻，果然，十五分钟以后，一个形似王慧的女人翩然走了出来。

"果然是他！"

根据沿途的监控来看，可以一直追溯着他进入距离银主座不远的人民医院，在这里，他又换了一次装。自人民医院出来以后，他便进入了居民区，不见了踪影。

整个过程，持续了七个小时。

"我们找到了犯罪嫌疑人乘坐的出租车，但没有在车上找到有价值的线索。"刘子涛道，"犯罪嫌疑人用的是现金，而司机称，对方的手上戴着乳胶手套，很贴肤的那种。当时他看到还觉得奇怪，不过，他每天开车载的客人什么样都有，也就没在意。"

现金，乳胶手套，没有留下指纹。

兜兜转转了一圈，依旧一无所获。

"他在炫技。"李白断言，"他觉得自己的计划完美无缺，而且基本上已经把他的'审判名单'上所有的名字都划掉了。现在，他的名单里只剩下幕后的王了。"

"不，还有一个。"古洴说，"王慧。"

王慧的死讯被隐瞒了下来，在新闻发布会上，李白宣布了王慧重度昏迷，随时都有可能醒来的消息。

一时之间，类似"知名记者并非狄俄尼索斯案真凶""狄俄尼索斯案最新进展"之类的报道几乎占据了所有媒体的首要位置。其中，一则标题为"号称'天衣无缝的凶手'狄俄尼索斯判断失误，为警方留下重要线索"的新闻报道刊登在"风云网"的头条，该文章如炸弹一般，被所有公众号竞相转载，成为朋友圈的热门文章。

文章行文多是对于狄俄尼索斯犯罪事实的抨击，以及对其作案手法的分析、作案心态的谴责，其中更是以"犯罪嫌疑人犯下足以暴露其行踪的错误"来影射警方已经掌握足够的证据。甚至刊登出一张狄俄尼索斯装扮成王慧模样逃离现场的照片，并附上"疑似犯罪嫌疑人有女装癖"的配文。

自"狄俄尼索斯连环杀人案"伊始，媒体便对于此案讳莫如深，只有几个网站上的无聊人士对此扒来扒去。现在这般大肆宣传破案信息，非警方授意而不能为之。市民们均因此更加关注此案，更有甚者，发动了"寻找异装癖凶手"的行动。

"李队，别说，这扮相还挺适合你。"

当干警们按照李白的布置围绕在"王慧"的病房周围，姚军指着躺在病床上的李白哈哈大笑。

扮成王慧的李白，头上戴着假发，脸上还扑着粉，冷眼一看，还真有几分像个女人。

“滚。”李白长腿一探，踢在了刘子涛的屁股上。事实上，他已经这样假扮王慧三天了。每天无所事事地躺在床上，闲得他每一根骨头都在发痒。幸好有古汫每天陪着他，否则他的犄角都会闷出来。

“我不明白，为什么我们不用女警假扮王慧？”姚军揉着屁股道，“对方这么久还没出现，不会是看穿了吧？”

“不可能。”李白断然道，“老子连上洗手间都是在病房里，单从外面，他绝没可能知道病房里的情况。”

“可是……万一他进来之后看出不是王慧怎么办？”

“有这道隔离帘，他的注意力必定会被分散。更何况，本队长也不会给他认人的时间。”李白说着，挠了挠被假发勒得很痒的头皮，却不想动作过大，把假发碰得掉了下来。

“嚯，你可得淑女一点啊，老大！”刘子涛说着，捡起假发，帮李白戴上。李白戴好假发，不再乱动，老实地躺在病床上。

“我们这么做，无异于向狄俄尼索斯宣战，假如他不来，那所有的安排就都成空了。”姚军担忧道。

“那家伙现在已经把这次连环杀人案看成了一件艺术品，他绝不会允许这件艺术品出现任何瑕疵。”李白拿出一根巧克力棒叼在嘴里，转头却发现坐在身侧的古汫正用一种怪异的神情望着自己。

“喂，仓鼠，你在干什么？”

“没什么。”他说，“只是你的话，让我觉得有点耳熟。”

“很多犯罪电影里都有同样的台词吧。”姚军一边说着，一边把对讲耳麦递给了古汫。

古汫接过耳麦。

他不能确定自己是否在电影里听过这样的台词，但印象里，似乎好像有人说过同样的话。

艺术，另外一种艺术……说这句话的人……到底是谁呢？

“所有人都严格监控出入医院的人，一旦有具备犯罪嫌疑人特征的人，立刻报告。”李白戴上耳麦，对所有人命令道。

“是！”

耳麦里传来干警们的齐声应和，姚军和刘子涛也按照李白的命令退至门外。

病房里，只剩下李白和古汫。

“不要有那么大的压力，破案是警察的事。”

原本他是不同意让古汫留下来的，但古汫的态度十分坚决。

“如果说狄俄尼索斯的连环杀人案是一个漩涡，那么我就是处在这个漩涡中心的人。我不能离开。”古汫对李白说，“我不能任由狄俄尼索斯肆意伤害我的家人，我要亲眼看着他被绳之以法。”

李白极少能在古汫脸上看到这种毅然决然的神态，印象里，除了提及理想，便是眼下了。

李白知道他态度坚决，也没再勉强，只是让他务必答应自己不要轻举妄动。他们在等待中过了三天，李白和众干警早就对等待习以为常，古汫却一天比一天沉默。

古汫心事重重地戴上耳麦，不知道沉浸在怎样的心事中。

李白知道他身上发生了太多变故，便也没有打断他的沉思。就在这时，古汫的手机响了。

手机屏幕上显示着“于桐”两个字，古汫原本想要按下接听键的手出现了片刻迟疑。

“接吧。”

李白感受到古汫异样的情绪，便猜出了电话是谁打来的。

古汫望向李白，在他安抚的目光中，接通了电话。

“小汫？”于桐一向充满活力的声音里充满了急切，还不待古汫回应，她便心急地说道，“你这几天有没有跟安东尼联络啊？他不接我电话，连信息也不回了！”

依旧是安东尼吗……

明明没有一丝期待，古汫却还是莫名感觉到心寒。

"叔叔去世了。"古洴缓声道，"他是被杀害的，连同王慧、范游和刘思，就连堂姐古铃也被撞伤，住进了医院。"

"啪"的一声，仿佛是手机掉落在地的声音。但很快，于桐便重新拾起手机，她颤抖着问："这是什么时候的事？"

"最近。"古洴说，"我一直打你电话，但你就是不肯接。"

"我以为……我以为你只是追问当年的红阳幼儿园校车事故，但没想到……"于桐的声音愈来愈尖锐，她像是失去了判断力，间隔了足有一分钟，才似幡然回神般惊恐道，"听我说，小洴。现在带着你的护照，乘今天最早的飞机到美国来！跟安东尼一起回来，一起回来……"

她喃喃地说着，忽又突然想起什么似的，"机票，我给你们订机票，快去收拾东西！"

"你冷静一点！"

为了让于桐冷静下来，古洴不由得提高了音量。

"这到底是怎么回事？关于当年红阳幼儿园校车的事故，你到底隐藏了什么？又为了什么跑到美国去连家都不敢回？告诉我！"

安静。

整个世界都安静了下来，电话里，除了于桐沉重的呼吸声，再没有别的。

"听着，小洴。"过了很久，于桐才悲伤地叹了口气，"我是你的母亲，如果可以选择，我绝不会离开你和古桥远赴美国。小洴，你听妈妈的话，不要再留在国内，现在就走，好不好？"

古洴从来没有听到过于桐用这种语气对自己说话，这种语气只存在于他的梦里，柔声哄着哭闹小孩的母亲的声音……此时此刻，它是那么让古洴心碎。

"告诉我真相。"古洴说，"如果说当年的事情是为了保全幕后那个人的利益，那么请告诉我那个人是谁？"

"我不能说！"于桐像忽然变了一个人似的，用她尖锐的声音大叫道。

"我现在就给你们订机票，你快点联络安东尼，今天晚上你们就走！"说罢，于桐便挂断了电话。

古洴望着手机屏幕，过了很久，终是悲伤地闭上了眼睛。

"她还是一意孤行，不肯说出一切。叔叔的死，范游的死，刘思的死，堂姐的重伤，对她而言，一点都不重要……"

说着，古洴弯下身，将头埋在了自己的掌心之中。

"害怕承担责任是每个人的本能。"李白望着古洴，"事情发生的时候，大多数的人都会败给自己的本能。所以英雄不是人人都能当的，更不是人人都能成为有担当的人。"

因为害怕，所以一次又一次地逃跑，宁愿把那些无辜的人置于危险之中也在所不惜吗？

"如果是这样……我宁愿她不是我的母亲。"古洴痛苦道。

"我们都不能选择自己的家庭。"李白轻轻地拍了拍古洴的背，"正如我出生在那样一个家庭，许多人都说我是含着金汤匙出生的，生来便拥有大笔资产。但只有我知道，家族这个如同'帝国大厦'一般的事业并不是我想要的。可就算如此，我也仍然无法摆脱它。古洴，我们都一样，所以要在自己能力允许的范围内，尽情地做自己想要做的事情，不让家庭来影响你，你明白吗？"

古洴低着头，保持着身体前倾的姿势，点了点头。

"时间差不多，我们把隔离帘拉上吧。"李白建议道。

古洴站起身，伸手将隔离帘拉上。

两个人就这样一个坐在隔离帘外，一个坐在隔离帘内，沉默着。

片刻之后，古洴忽然张口，轻轻地说了一声："谢谢。"

"为什么谢我？"李白笑问。

"因为你一直在。"古洴也淡淡地笑了，"在我绝望的时候，在我伤心的时候，在我痛苦的时候。不用担心你会离开，也不用担心只有我一个人……"

他自顾自地说着，李白也没有任何回应。

"李白？"古洴呼唤了一声。

李白没有任何回应，古洴的心猛地沉了下去。今天有医生进来慰问过，狄俄尼索斯该不会趁着那个机会对李白下手了吧？

古洴霍然起身，一把拉开隔离帘冲了过去。

李白躺在病床上，头侧向一边，宛若晕厥。

"李白！"

古洴惊叫着扑过去，李白却猛地睁开眼睛，咧开嘴笑道："试试你的反应，还挺快的。"

"浑蛋！"古洴怒气冲冲，起来就要走，身后传来李白的声音。

"不用担心。"李白用带着笑意的声音道，"不会让你这只小仓鼠一个人的。"

不会留你一个人在这世间孤独的。

绝对，不会。

不知不觉睡着的古洴睁开眼睛时，发现自己四周笼罩着一片漆黑。

他一惊，正欲起身，却被李白按住了肩膀。

"嘘。"躺在病床上的李白示意古洴不要声张，古洴眨了眨眼睛，待视线完全适应了黑暗，方才看到李白正警惕地望向门口。

"怎么了？"古洴轻声问。

"停电。"李白简短地回答，古洴感觉到他全身的神经都在紧绷着。

"刚刚？"古洴印象里，刚才他一不小心睡着了。他不知道自己睡了多久，也不知道停电这种情况到底是从什么时候开始的。

"对。"李白点了下头，"三分钟之前。"

三分钟？

古洴拿出手机滑亮屏幕，屏幕上显示的时间是晚上 8 点 45 分。

李白的手，轻轻地覆在了古洴的手机上，示意他关闭光亮。古洴依言而行，心里的弦却紧绷了起来。

医院突然停电，这原本就是一件不可思议的事情。按常理来说，每个医院都有备用电源，以预防这种突然停电的现象。但像这样长达三分钟的停电，必定有所原因。

看来狄俄尼索斯要动手了。

门外响起了一阵敲门声。李白和古洴的神色均是一凛，片刻之后，李白的手放入怀中，他挥手示意古洴离开。

古洴点了下头，他的一颗心都提到了嗓子眼，明明有心理准备，但起身时的僵硬和跳个不停的心跳声都让古洴感觉自己犹如一个生锈的人偶。

砰砰砰！

敲门声响得更加剧烈，李白怀中的手枪已然露出了一半，门外却响起了姚军的声音。

"李队，是我！"

"你！"李白忍住怒气，古洴在一旁由于太过紧张，倏地松了口气。

"去开门吧。"李白放回手枪，对古洴道。

"好。"古洴点了点头，站起身走到门口，打开了门。

令他奇怪的是，姚军并不在门口。

人呢？

古洴上前一步迈出门来，正欲张望，忽然一样东西自身后绕到身前，捂住他的口鼻。只觉一阵辛香之气钻入鼻孔，古洴连挣扎的机会都没有，便径自晕厥了过去。

"古洴！"

察觉到异样的李白立刻翻身跳起，冲到了门口。他扶起倒在地上的古洴，见他呼吸均匀，料定只是晕过去，才松了口气。

凭着敏锐的直觉，李白猛地抬起头，果然在走廊的不远处，静立着一个人。

纤长的身姿，遮住了脸的棒球帽和口罩，他的双手插在帽衫的口袋里，似乎在等着李白。

狄俄尼索斯！

李白举起枪便瞄准了他。

那人转身便闪进了安全出口。李白拔腿就追，那人却已经从安全出口跑上楼梯，然后顺着楼梯一路向上，来到了天台。

李白匆匆跑上天台，但见周围一片漆黑。不仅是市医院，整片街区都陷入了黑暗之中。

区域性停电？

李白的眉，紧皱了起来。那人就站在这一望无尽的黑暗之中，他背对着李白，直到李白缓步走近，他才转过身来。

这是第一次，李白与他面对面地相见。尽管他戴着口罩，李白仍能从他的脸上察觉到讥讽的笑意。

李白将手枪收起，冲过去挥出一拳，那人的头轻轻一侧，便躲开了。李白再次出拳，那人的身体向后一仰，趁李白没有收回手之际，突然击向李白的腹部。李白只觉肋下一阵剧痛，低头，便见那人手上拿着一把匕首，匕首没入他的腹部至少有一寸之多。

李白怒喝一声，扬手扭住那人的手腕用力一转。只听得"咯吱"声响，那人闷哼着倒退数步。腹部的疼痛几乎令李白晕厥，但犯罪嫌疑人近在咫尺，他无论如何也不能倒下。他强忍住疼痛，拔出了手枪。

就在这个时候，方才一片漆黑的夜忽然间灯火通明。寂静的天台顷刻间轰鸣声四起，中间夹杂的蜂鸣之音震得李白耳膜一阵刺痛。

就在李白因噪声而失神的刹那，那人已经站在天台的边缘。

他望着李白，缓缓地举起手。他的手里拿着一部手机。

李白的手机嗡嗡振动，李白看了看那人，又看了看手机。手机上显示的是一串陌生的号码，略加迟疑之后，李白接起了电话。

"嗨。"

沙哑而低沉的声音，根本不似一般人能拥有的，李白立刻听出，这是经过变声器转化的声音。这个家伙故意选在来电之后打李白的电话，明显是为了让天台上设备的轰鸣声掩盖他原本的声音。

李白没有说话，而是死死地盯着对方。

那人发出一阵低沉的笑声，继续道："你们发表在网上的新闻我看过了，写得很有意思。这么说，你们已经知道我是谁了？"

"你觉得呢？"

李白当然不会亮出他的底牌，想来对方也很清楚这一点。他并没有在这个问题上纠缠，继续用他沙哑的声音说道："事实上，我是谁并不重要，重要的是藏在那些人背后的那个人是谁。难道你不好奇？"

"你想说什么？"

"顺着红阳幼儿园的投资资金来源去查，很快就会有答案。"

"李队！"

那人话音刚落，姚军就带人赶了过来，看到站在天台边缘的狄俄尼索斯，姚军立刻举起枪来。

狄俄尼索斯扬手，便将一样东西丢了过来，姚军下意识地举枪射击。

"住手！"李白的阻止并没有来得及，那样东西在子弹的击打下轰然破碎，而狄俄尼索斯亦直接从天台上跳了下去。

李白飞快地奔向天台边缘，才发现狄俄尼索斯利用了两幢楼之间并不算长的距离，以攀岩安全绳作为连接，径自从医院的高楼滑至对面居民区的小楼。

他站在对面的楼顶，向李白做了一个短暂的挥手，继而迅速地逃离。

"浑蛋，追！"

李白说着，转身便要去追，腹部的伤口却疼得令他禁不住呻吟出声。

"老大，你受伤了！"姚军惊道。

"追！"李白怒吼。姚军一咬牙，转身率人跑下了楼。

李白喘息着，扶着旁边设备房的墙面一步一步地挪向楼梯口，每走一步，都疼得几乎晕厥。他流了太多的血，以至于眼前一阵阵发黑。但现在的他，根本顾不上伤口，只是一心想要追下楼。

然而，世事总是不能够让他如愿，李白眼前的视线开始模糊，身体也渐渐地开始失去知觉。就在他思量着自己是否即将晕倒的时候，他看到楼梯口出现了一个熟悉的身影。

古洴。

"李白！"古洴惊叫着奔了过来。幸好他来了，否则李白一定会扑倒在地上。李白跌入古洴的怀里，喘息着，望向他。

"别怕。"李白喃喃地说着，艰难地伸出手，然而，他的力气已然流失，伸到一半的手，最终还是垂了下来。

"不……不要，不要！"古洴发出悲怆的呐喊。

古洴起身，拼尽全身的力气背起李白，冲向楼梯。

"医生！"他狂暴地大吼，"医生！救人！"

仓鼠快放我下来。

李白这样想着，却最终因为没有力气张口，只能眼睁睁地看着古洴背着自己在医院里飞奔。

明明比自己矮，又比自己瘦的小家伙，哪里来的力气把自己背起来？

李白闭上了眼睛。

他听到了他的心跳，比他所有听过的心跳声都更加有力量。

窗外传来的阵阵鸟鸣唤醒了李白，他睁开眼睛，便见伏在病床边沉睡的古洴。

阳光从外面照射进来，照得他柔软的发丝微微地发着亮，长长的睫毛好似蝴蝶的翅膀轻轻覆盖在白皙的脸庞之上。

李白的唇角上扬出温柔的弧度。

蝴蝶的翅膀轻轻颤了颤，古洴睁开了眼睛。

见李白醒来，古洴顿时高兴地给了李白一个熊抱。可惜这一抱直接牵动了李白腹部的伤口，疼得他轻哼出声。

"对不起！对不起！"古洴惊叫着，急忙直起身子。

"不怪你。"

"明明疼还说不疼！"古洴笑了。

李白也笑出了声。古洴坐直了身体，生怕碰到李白。

病房门口传来一阵敲门声，李白的父亲李子强和母亲温雅走了进来。

"李叔叔好，阿姨好。"古洴急忙站起。

李子强点了点头，温雅则拉起了古洴的手，道："我们都听说了，当时要不是你背着小白跑到急诊室，以当时的情况，小白就危险了。"

"阿姨客气了。"古洴不好意思地笑了笑。李子强颇为动容地拍了拍古洴的肩膀，转头便对着李白破口大骂。

古洴万万没有想到，彬彬有礼的李子强骂起儿子来是这么铿锵有力，这么惊天动地，这么字字珠玑……

因为暴风雨来得太猛烈，温雅只得把古洴拉出了病房。但即使是在病房外的走廊上，他依然听得见李子强的咆哮声。

李子强骂李白的内容，大抵是家里有那么多的事情要打理，李白却非要去做这么危险的事情，简直是脑子里养了鲨鱼。万一有个三长两短，他们老两口岂不是要白发人送黑发人？

尽管古洴非常理解李子强的心情，但听到养鲨鱼这个梗的时候也忍俊不禁。温雅又好气又好笑，嗔道："这个人，说什么乱七八糟的。让他劝劝儿子，说什么养鲨鱼呢。"

古洴不好说什么，只是笑而不语。

其实古洴并没有替挨骂的李白担心，他担心的是李子强能不能承受得住李白这个专门擅长点燃火药的属性。果然，不出两分钟，李子强便怒气冲冲地走出病房。

"哎，怎么说得好好的，又走了呢？"

温雅一脸莫名，李子强却黑着脸，指着病房道："你的好儿子，全被你惯坏了！宁死也不管家里的生意！"

说罢，他又转向古洴道："劝你离那个刺头远点，免得他明天被杀人犯抹了脖子，你还要为他掉眼泪！"

"那叫犯罪嫌疑人。"

李白的声音，不紧不慢地从病房里传了出来，李子强暴跳如雷，立马转身走向电梯。

"小白，你少说两句！"温雅奔进病房，嗔怪地说了一句，又扳住他的脸将他看了又看，"好些了没？怎么受了伤也不告诉我们，自己一个人在这里遭罪！"

看着腹部被缠得像个粽子似的李白，温雅的眼泪掉了下来。

"别哭了妈，我这不是好好的嘛。"李白很不愿意被母亲当成小孩子看待，尴尬道，"这有古洴就行了，你先回去吧，妈。"

"这么快就赶我走？"温雅先是生气地瞪了李白一眼，继而转头对古洴道，"他总以为他长大了，不愿意让我们照顾。我不理他，就辛苦你了，小古。"

"放心吧，阿姨。我会照顾好他的。"古洴笑着点头，温雅这才放心地离开。

"你父母，都是很好的人。"温雅离开后，古洴对李白道，"你不要总是拒绝他们的亲近，尤其是你父亲，看得出他很想跟你修复关系，你就别再揪着从前的事情不放了。"

李白沉默了片刻，"好，我答应你，向前看。"

古洴笑着点了点头。

病房的门再次被敲响，姚军和刘子涛一同走了进来。

"李队，你好点了吗？"姚军一进门便大着嗓门问。

"我没事，现场侦查得怎么样？"李白扬了扬下巴，示意刘子涛把报告给自己。刘子涛依言上前，把报告递了上来。

"我们现在就发现了这个。"姚军也把一个证物袋交给了李白。

"隐形眼镜？"李白望着透明袋子里那个小小的薄膜状东西，疑惑道。

"确切地说，是美瞳。"姚军纠正道。

"狄俄尼索斯……戴美瞳？"古洴有些诧异。

前几天，他才刚刚在一队刑警们的授意下，为了激怒狄俄尼索斯而称他为有"异装癖"的犯罪嫌疑人，而这个美瞳的发现，无疑是这个论断的铁证。

"这个狄俄尼索斯，真的有异装癖？"

原本一脸严肃的三名干警，都因为古洴的话而险些笑出声。李白举起美瞳，仔细地看了看，"很有意思。"

"有意思？"古洴莫名其妙道。

"对。"李白点头，"我虽然对美瞳不了解，但大多数人戴美瞳是为了美化眼睛，或是改变瞳孔的颜色，这也是美瞳之所以得名于此的原因。但是这个美瞳，它是黑色的。"

黑色？

古洴怔住了。

"极少有人会戴这种黑色的美瞳，因为亚洲人的眼睛普遍都是黑色或棕色，年轻人佩戴美瞳，也大多会选择蓝色等标新立异的颜色。如果是为了美化和改变瞳孔的颜色，那么……这个狄俄尼索斯的眼睛很有可能不是黑色的。"

不是黑色？

这完全超乎了古洴的意料，姚军继续说："医院出现停电现象，是因为几个不法分子对电力设备进行了破坏，企图盗窃设备进行变卖。因为有群众发现得及时，已经依法将其逮捕，并以最快的速度修复了电缆。"

李白冷笑道："怎么会那么巧？"

"这些人都是惯犯，听说他们是通过一个二手买卖软件兜售盗来的电缆，两天前，有人出高价收购一批电缆，其所约定的时间和交货地点，恰恰与狄俄尼索斯来到医院的时间相近。可以认定，与他们联络的那个人，就是狄俄尼索斯。"

刘子涛说着，指了指报告上的一张数据表，"我们查了记录，通过软件与那几人进行交易的 ID 所注册的号码，正是当晚打给队长的电话号码，而它的主人，是范游。"

范游？

李白的神色为之一凛，"手机的数据信息恢复了吗？"

"恢复了。"姚军挠了挠脑袋，不好意思地道，"幸好能恢复，要不然我可是大罪人了。"

想来，要不是姚军那一枪，范游的手机还好好的。不过，幸而这一枪没有造成灾难性的毁坏，大家伙也都松了一口气。

"数据恢复之后我们掌握了一些足以令人震惊的信息。"刘子涛继续道，"范游生前曾有一次视频通话，是跟刘华的。"

"刘华？"李白怔了怔，范游竟然认识赵圃林的情人？

"没错，从一开始，刘华就对我们说了谎。"姚军点头，"范游认识刘华，而且不是普通的认识，他是刘华继母的儿子，可以算得上是刘华的异姓哥哥。"

什么？

不止李白，就连古洴也怔在了原地。

"很意外吧？我们当时知道这件事情之后，也都很意外。经过调查得知，范游的父亲和刘华的亲生母亲结婚五年以后，就去世了。范游感念继母对自己的照顾，又看她们母女辛苦，所以上班以后一直供刘华上学，还经常去看老太太。因此，刘华对她这个哥哥也是非常敬重。"

异姓哥哥……

古洴不知怎么想起了安东尼。

自从安东尼不声不响地离开之后，就再也没有联络过古洴。那天之后，于桐给古洴发来当天前往美国的航班机票信息，古洴觉得有些可笑，她竟然还能准确无误地记得自己的身份信息。

古洴没有给于桐任何回复，连同她打来的电话，也全部都按掉了。

一连打来十余次电话的于桐，终于意识到自己无法说服古洴，放弃了继续拨打电话，古洴亦因此没有再联络安东尼。

明明是一家人的他们，彼此之间相隔的，已然不仅仅是一个太平洋。

"迅速约谈刘华！"李白说着，竟从病床上跳了下来。这么一动，牵扯到身上的伤口，疼得他顿时跌回病床。

"您快歇着吧，我们早就约见了刘华。"姚军说，"刘华承认了她与范游的关系，而且……"

"而且什么？"李白的目光顿时锐利如剑，看向姚军。

"而且，她也承认了，在红阳幼儿园校车事故之后，范游确实是通过她联络上了赵圃林，从而向赵圃林贿赂了一大笔钱财，希望他能在对红阳幼儿园的

第四卷　无罪之国

273

处分中发挥作用。"

"发挥作用？"李白冷冷一笑，"看起来，范游才是将两个恶因端口连接起来的那条线。"

"没错。"姚军点头。

"那么，给范游的那二十万，到底是赵圃林给的，还是刘华？"古洪问。

"是赵圃林。"刘子涛道，"我们就这个问题也问了范游的妻子。她承认在范游认识刘华和赵圃林这件事情上，她说了谎。但是，是因为几天前，范游忽然对她说，如果有人问起他跟赵圃林和刘华的关系，一定要说不知道。她当时还很意外，追问了两句，范游却大发雷霆。她料想到这件事跟十八年前的红阳幼儿园校车事故有关，所以也没再开口。"

"赵圃林遇害前几天收拾行李要离开，范游也态度异常，还让妻子隐瞒自己认识赵圃林的事情……那么这么说，他们两个都已经意识到要有事情发生了？"李白疑惑道。

"应该是，范游的妻子还说，她曾看到范游收拾行李，随口问了一句，范游说接了个活儿，过几天要跑趟外地。"

赵圃林和范游，全都做好了离开临鞍市的准备。

这背后到底是发生了什么，让他们突然有这样的行为？

李白眉头紧皱，忽又问道："范游的手机上，没有别的来电或信息吗？"

"有很多，我们正在逐一进行排查。"

逐一排查，确实需要时间。如果两个人同时变得这样惊恐，就意味着必定是发生了特别的情况，或是……有特别的人同时联络了他们两个人。

"对比范游和赵圃林的手机通话记录，看看他们有没有共同的联络电话。"李白说着，挣扎着站起身来。古洪见状，急忙扶住了他的手臂。

"李队，你要去哪？"姚军和刘子涛都吓了一跳，想要上前扶住李白，却被李白拂开了。

"你们忙你们的去，我要去办一件重要的事。"

重要的事？刘子涛和姚军面面相觑，李白却面色凝重地走向了门口。

"你伤成这样，要去哪？"古洴想要劝他回到病床，但当他看到李白一脸的凝重，便没再阻拦。

"我要去见一个人。"李白的眉头紧皱，低声对古洴道，"也许，他能帮我们找到答案，关于幕后的王的答案。"

幕后的王？

古洴的心中一凛。

他忽然想起张晓光所说，在所有这些被害人的背后，藏着始终指挥着一切的王。这些人，他们是十八年前施以伤害的人，如今却在十八年后成了被害人。三十二个孩子的性命，八十五个孩子的命运，全因他们十八年前的所作所为而改写。而那个一直稳稳地坐在幕后的王，他到底是谁？又是否曾因这所有的一切而心存愧疚呢？

第五章

所谓的真相，能接受吗？

"我们这是要干什么？"

两人站在多达一百层的摩天大厦楼下，古洴诧异地问李白。

这是临鞍市非常有名的财富大楼，以理财和投资为主，提供法律顾问服务，服务的对象多是以城市精英及富豪为主。用临鞍市老百姓的话说，整个临鞍市富豪们的钱，大多在此处流通。名门望族的官司，也多出于此。

今天，李白把古洴带到这里，到底想要做什么呢？

李白没有回答古洴，腹部伤口的疼痛，让他的脸色十分苍白。他紧紧地抿着嘴唇，示意古洴扶着他走进大厦。

李白用修长的手指在门口的指纹验证机上点了一下，透明的玻璃门立刻打开，两人刚迈进大厦，便立刻有数名工作人员迎了上来，向李白问好。

"需要通知董事长吗？"其中一位管理层模样的人，恭敬地问李白。

"不必。"李白漠然道，"我去九十九层。"

那人的脸上顿时流露出了然神色，在前面引领李白走向走廊尽头的一处电梯，并规矩地站在电梯门外，静候电梯门关闭。

古洴再一次瞄了李白一眼。

有钱人总有着不为人知晓的世界和秘密。李白不说，他也不打算追问。

不过，李白脸上的神色是那样的凝重，仿佛在压抑着什么，又有几分忐忑与不安。

为什么他会突然想起来这里？是发现了什么，还是……

"古洴。"凝望着电梯门的李白，忽然张了口，"如果我也感觉到害怕，怎么办？"

"害怕？"古洴从来不敢想象，这两个字会从李白的口中说出来。从来都一往无前的他，从来都充满勇气绝不犹疑的他，竟然也会感到害怕吗？

"如果我一直都生活在一个谎言里，一个泡沫里，怎么办？"李白转头望向古洴，"如果那个泡沫，只要我一伸手就能将它捅破，然后失去一切，那又该怎么办？"

那双黑如曜石、灿若骄阳般的眼眸此刻竟是那样的痛苦纠结，古洴的心都随之微痛了起来。

"我一向做不好选择题。"古洴望着李白，"但是，无论你怎样选择，我都会陪着你。"

"好。"他微笑着点头。

电梯到了九十九层，门打开的刹那，李白脸上的神色已然恢复到了从前的模样。

坚定，狂傲，一往无前。

迎接李白和古洴的，是一个大约五十岁身材微微发福的男人，他的头发梳得一丝不苟，金丝边的眼镜和脸上精英式的微笑是典型的金融人士标配。看到李白，他殷勤地上前握手。

李白示意古洴在外面等自己，继而与男人一同走进了办公室。

古洴点了点头，坐在门口的真皮沙发上等着李白。

对于即将发生的事情，古洴并没有任何的不安。尽管他可以感觉到不论是李白还是自己，都将面临非常巨大的转变。这转变，也许从狄俄尼索斯连环杀人案开始，也许更早的时候就注定了。

曾经在许多个人生的岔路口的时候，古洴都会彷徨和迷茫，可是现在，他竟如此坚定。

李白走出那间办公室的时候，时间大约过了二十分钟。他的手里拿着一个档案袋，这档案袋仿佛有千斤之重，压得他脚步微跄。

"李白？"古洴站起身来，面前的李白牙关紧咬，双拳紧攥，太阳穴上亦青筋暴起。他像是一只愤怒的野兽，却寻不到出口，只能克制着即将爆发的怒火，每一步都走在痛苦之上。

看到古洴，一直支撑着李白的怒火瞬间熄灭，已然体力透支的他轰然倒了下来。

"李白！"古洴惊叫着，抱住了李白。

"破了。"李白借古洴的身体支撑着自己，声音沙哑地道，"那个泡沫破了。"

他用力地攥住古洴的手，紧紧地，攥到古洴的手发出咯吱声响，攥到痛楚传至他的心扉。古洴什么都没有说，只是任由李白这样紧紧地攥着他，古洴知道，李白心里的痛，远比表现出来的更多。

子强教育集团董事长的私人专用飞机停在城南的专用机场上。坐在飞机里的李子强将手里的护照放到旁边的桌上，然后拿起一份文件看了起来。

他看了差不多十几页，飞机却一点起飞的动静都没有，李子强看看手表。时间指向了6点12分，比预计的时间晚了十分钟。

这是怎么回事？

李子强正欲拿起手机，突然飞机一阵震动，一队荷枪实弹的警察走了上来。为首的那个，竟然是他的儿子李白。

"小白，你搞什么鬼？"李子强莫名其妙。

"李子强，你涉嫌贿赂教育局副局长、指使制造虚假新闻、造成社会舆论恐慌，并蓄意隐瞒十八年前红阳幼儿园校车事故真相。现在，你需要配合警方工作，跟我走一趟。"

说着，李白举起了手铐。

李子强看着自己的儿子，竟笑了出来。

"今天是愚人节吗？这么大阵仗，为了跟老爸开玩笑，把局里的同事都惊动了？"

李白没有笑，那些干警也没有笑。

李白将他从财富大厦拿回的档案袋掷到了李子强面前的桌子上，冷冷地说道："十八年前，红阳幼儿园的投资管理方是汇通管理集团公司，而这个公司，恰恰也是百治通勤公司的管理方。除此之外，汇通管理集团公司还投资了包括红阳幼儿园在内的三十多家幼儿园，在投资期间，他们只注重资金回报，却不顾安全隐患，造成类似红阳幼儿园校车因超载而引发的事故频频发生。在红阳幼儿园校车事故之后，这家公司快刀斩乱麻一般切断了所有投资链，为了不被追责，先后注册、注销了三次，最后改名为子强教育集团。而所有贿赂报社以及教育局的行为，都是你的授意，不是吗？"

李子强没有说话，他只是默默地注视着自己的儿子，听他继续说下去。

"甚至连张晓光儿子的车祸，也是你授意的吧？"

李子强深深地吸了口气，疲惫道："小白，你不懂，当一个人的事业正值腾飞伊始，恰如一个人爬山爬到半山腰，眼看就要到达巅峰之时，是可以用尽任何手段来保证自己不会跌落的。我不能让家族事业的大厦毁于一旦！"

"你说的事业，是建立在那些无辜孩子们的骸骨之上的吗？"李白烈火一般的眼眸燃烧着怒火，他一字一句地道，"如果是这样，那么这个大厦早就该毁了。"

说罢，他动作迅速地将手铐铐在了李子强的手腕上。

他没有迟疑，也没有犹豫，更不会后退。一如古洰所了解的他。

古洰知道李白一定会这么做的，从第一次见到他就知道。

是的，他是击碎骄阳的利刃，更是划破黑暗的利剑。

门被敲响的时候，古洰正在煮面，看到站在门口的李白，古洰并不意外。

李白沉默着走进房间，在桌边的椅子上坐了下来。他闻到厨房里传来的阵阵香气，于是笑着抬起头来，对古洰道："从今天开始，再也不能请你吃大餐了。"

古洴也笑了，"那你可以尝尝我的手艺，完全不输那些大厨。"

说着，他转身走进厨房，端出了一碗西红柿鸡蛋面，摆在李白面前。

"尝尝。"古洴将筷子递给了他。

李白毫不客气地接过筷子，尝了一口面，紧接着，他捧起碗狼吞虎咽地吃了起来。

古洴只是看着他笑，笑得眼中竟泛起一丝泪光。

李白，这个如狼一般的男人，即便在最痛苦的时候，也只会默默地舔好伤口，不会在忧伤里沉沦。

这样的坚强，还真是要命。

咚！咚！

阁楼上又传来了一阵异常声响，古洴和李白都纷纷仰起头看向了天花板。

"说起让人精神振作这件事，这声音好像比我做的西红柿鸡蛋面还厉害。"古洴笑着对李白道。

李白也笑了，他站起身来，走向楼梯。

"既然吃了你的面，就帮你做点事。我去看看。"说着，他踏上楼梯，一步步走了上去。

这时，敲门声忽然响了，古洴微微一怔。

他已经有很长一段时间没有网购了，也没有点过外卖，这个时间响起敲门声，只能有一种可能——安东尼回来了。

不知道为什么，这个念头一经浮现，古洴的心情竟好了几分。他微笑着走向门口，伸手打开门。

就在古洴看到门外所站之人的刹那，他脸上的笑容如同被寒冰冻结般，凝固在脸上。

"小洴……"

那个人就站在古洴的面前，脸上带着欣喜的笑容，眼角眉梢，难以抑制的慈爱溢于言表。

慈爱得让古湃觉得有些不真实。

"终于见到你了！"

那个人抱住了古湃。

她比记忆中的样子苍老了很多，却也更加动人。她是那种安然老去的女人，因而可以看得出没有在自己的脸上动过任何地方，反而给了她明朗的魅力。她紧紧地抱着古湃，身上散发出很好闻的味道，与从小到大的课文、小说、诗歌里描写的母亲一般无二，毫无新意。就连她的体温，也是温暖的，古湃一时间也不觉得讨厌。

这样突然的现身，蜻蜓点水般的一个拥抱，古湃十八年的怨恨就这样烟消云散。

原谅，竟然是这么轻而易举的事情吗？

"安东尼呢？"

那个人说着，松开古湃走进了房间。

于桐，那个十八年前毫无愧疚地离开了古湃，十八年后又毫无愧疚地出现在他面前的女人，竟神态自若地打量起古湃的小屋。不过很显然，她被古湃房间里的拥挤震撼住了。

"你的房子这么小？你和安东尼怎么能睡得下？"

古湃张了张嘴巴，他本来想说"我并没有请你进来"或者"请你出去"这样的话，但脱口而出的却是："我们都是瘦子，自然挤得下。"

"瘦子？"于桐大笑，她烫成大卷的头发因笑得开怀而律动，"安东尼至少有一百八十斤呢！"

一百八十斤？

古湃怔住了，安东尼那种纤细的身材，至少得再来两个他才能达到那样的斤数吧？

于桐见古湃怔神，她举起手机，向古湃展示她的屏保，"这个小胖子能塞得下你的床才怪呢！"

屏保上揽着她肩膀的少年臃肿肥胖，脸上的潮红和几乎陷在肥肉里的眼睛仿佛在诉说着他对高热量食物的偏爱。他的五官跟于桐有几分相像，棱角的嘴唇简直与她如出一辙。

"这是谁？"古洴问。

"这是安东尼啊，怎么，你不是一直跟他在一起吗？"于桐的眼睛瞪得大大的。

古洴一把夺过手机拿到眼前。

安东尼？

这怎么可能会是安东尼？

就算胖瘦和身材可以改变，可容貌和国籍是绝对不会变的。

"安……安东尼是中国人？"古洴的声音在颤抖。

"当然，我和安东尼的父亲都是中国人。"于桐越说，越觉得诧异，就在这个时候，阁楼上传来了李白的声音。

"古洴！"

每当李白的声音透着凌厉的时候，通常都发生了极为紧急的事情。古洴二话不说，转身便跑向了楼梯。

"到这来，古洴！"

李白在一堆纸箱和杂物后面喊道，古洴绕过这些纸箱，来到房东存放在阁楼上的老式衣柜前。

衣柜的门，是敞开的。

由于阁楼的窗户已经被"安东尼"用木板钉了起来，借助木板缝隙透出的微薄光线，古洴清楚地看到衣柜里有一个人……

那个人身材肥硕，身上被粗重的绳子系得结实，绳子已经深深地嵌进他多肉的脖子和手腕，使得他的双臂血肉模糊。而他的腿亦由于长时间被绳子勒住而失血，从露在外面的脚踝来看，颜色已经发黑了。恐怕再晚一些发现的话，他的腿部就很有可能因坏死而不得不截肢。

他已经奄奄一息，头部受伤所流下的鲜血和汗水混合在一起，让他看上去狼狈不堪。看到李白和古洴，他激动地挣扎了几下，想要说话，却因嘴巴被胶带封住而无法发出声音。

"安东尼！"

于桐的尖叫声从古洴的身后传来，她飞扑过来，一把抱住了这个衣柜里的人。

古洴慢慢地后退着，直到撞到身后的木箱才幡然醒悟。

原来这段时间在阁楼上的声响不是年久失修的窗户，而是这个真正的安东尼。

"古洴。"李白低低的呼唤声在古洴的耳畔响起。

古洴用惶然的目光看向李白，喃喃地道："他不是安东尼，那……他是谁？"

那个把真正的安东尼绑在阁楼上的柜子里，然后假扮他，与自己朝夕相处了许久，纤长貌美的少年，他到底是谁？

"救护车，快叫救护车啊！"已然濒临崩溃的于桐，发出了歇斯底里的尖叫。

救护车很快便到了，医护人员将安东尼抬上了车，于桐顾不上与古洴多言，慌乱地上了车，当她坐在救护车里用求助的目光看向古洴的时候，却怔住了。

回应她的，是古洴冰冷而疏离的目光。

于桐的神情里闪过一抹错愕，显然在她的意料之外，古洴是应该上车的，但古洴没有，他就这样默默地站在车门外，注视着车门关闭。

他和她，终究还是隔着一道门。

"我想，我们需要谈一谈。"李白待救护车开走之后，对古洴道，"我刚才在你的屋子里发现了一些东西，我想，你也有必要看一看。"

在阁楼的柜子旁边，放着一个黑色的整理箱，整理箱里放置着一卷攀岩安全绳、一袋已经被开封的乳胶手套、一双带着泥土及鲜血的鞋子，和几双沾着鲜血的手套。

"我想，我们都能猜得到他是谁了。"李白看着这些东西，对古洴说。

古洴望着这些东西，他几乎不敢相信自己的眼睛，而更不敢让他相信的是，此时的他内心竟希望这不是真的。

在古洴的一生中，有过几次不切实际的奢望。希望母亲没有离开自己是一个，希望父亲不要死去是一个，希望叔叔不要被害是一个，希望"安东尼"不是凶手也是一个。

但每一次的结果，都让他更加明白什么是现实。

乳胶手套和鞋子上的鲜血经过化验，与六个被害人的 DNA 一致。鞋底的泥土、草屑等物与范游家小区的草坪及王强、申玉被害现场的泥土一致。即便如此，在那些"安东尼"留下的证物之上，却没有发现安东尼的指纹，古洴的家里也没有。

一个人到底会谨慎到什么地步，才会在生活了这么久的家里找不到一个指纹？这样的事，让所有人更加相信，这个"安东尼"就是狄俄尼索斯。

"我想，是时候再次发布案件的最新进展了。"李白望向古洴，"你可以吗？"

他是了解古洴的，就算他不说，但李白看得出来，古洴心里已经把"安东尼"看成了自己的弟弟。就算古洴对母亲有着深深的怨恨，但他仍旧用他的善意和温暖给予着这个"同母异父"的弟弟力所能及的照顾和亲情。

只是命运再一次嘲讽了他的善意。

李白要古洴发布的是"安东尼"的通缉公告，警方做出了悬赏通缉"狄俄尼索斯案犯罪嫌疑人"的决定，并且附上了"安东尼"的侧写画像。

再没有什么比一个有着高颜值的杀人凶手更令民众关注的了，"风云网"独家首发的临鞍市公安局官方声明在发布的半个小时之内，点击量已然过亿。一时之间，关于狄俄尼索斯真正身份的猜测成了临鞍市民的最热讨论话题，甚至一些年轻人称他为"貌如天使，心如恶魔的杀人犯"。信息发布后，市局的电话就开始响个不停。许多声称见过"安东尼"的人，提供了五花八门的信息。警方不遗余力地挨个核实，基本上都并无价值。

第三天，警方接到了一位目击者的举报，声称本月 17 号他在青山墓园看到过犯罪嫌疑人。

"狄俄尼索斯去墓地干什么？"姚军诧异地问。

不只是他，几乎所有的人都对这个消息感到疑惑，很难相信这是一条有价值的信息。但对方把"安东尼"的特征说得极为详细，却又让大家不得不信。于是当天，李白与古洪，连同姚军和刘子涛四个人驱车赶往郊外十公里的青山墓园。

在 17 号的监控录像上，大家果然看到在上午 10 点 18 分的时候，穿着黑色半截袖和牛仔裤的"安东尼"来到了墓地。在监控上，可以很清楚地看到他把一束花放在了某个墓碑前，然后静静地站了好久，方才离开。

"他在扫墓。"李白的眉，立刻皱紧了。

他与众人来到"安东尼"所扫的墓前，当看清那墓碑上所雕刻的姓名时，所有的一切，都浮出水面。

那是梁超的墓。

梁超，1973 年生，年轻的时候曾在美国务工，做过货车司机，娶了当地一名女子为妻，并育有一子，取名梁子安。六年后，梁超的妻子患病，为给妻子治病，梁超花光了所有的积蓄，并欠下了大笔外债。但妻子还是去世了，迫于生活的压力，梁超携子回到国内。司机出身的他在百治公司做通勤司机，并同时身兼多职。红阳幼儿园校车事件发生之后，媒体刻意制造舆论，将矛头指向梁超，称其疲劳作业、超载逆行，视孩子们的生命和职业道德于不顾。而事实上，那日的超载和逆行，都是在幼儿园的逼迫下进行的。

早已对生活感觉到绝望的梁超不堪重负，从医院的天台上跳了下去。他并不知道，当天他的儿子因为担心他跟着他跑到了楼上。年仅五岁的梁子安就这样亲眼看着自己的父亲从天台上一跃而下，在一片血泊之中永远地失去了生命。

第六章

最后的奏鸣曲

梁超是孤儿，去世后，梁子安被美国的亲戚收养，取名斯图尔特。

"怪不得我看他有几分眼熟，原来我在梁超的档案上看过他的照片。"李白窝火不已，"该死，当时他的年纪太小，竟然让我忽略了。"

自诩警界精英、侦破天才的李白对自己的失误恨之入骨。

"如果是我，也无法把他和这张照片联系起来。"

回到市局，古洴看着李白手里那张梁子安的照片时，也无法将这个有着圆圆脸庞、绯红脸颊、貌如小天使的可爱小男孩与消瘦、面色苍白的"安东尼"联系在一起。

梁子安在美国亲戚的抚养下学会了三门语言，并在音乐方面非常有天赋。然而，在十七岁这一年，他做出了让所有人大吃一惊的决定——服兵役。四年后，他服役结束，便离开了美国。

服兵役？如果不是看到梁子安的档案，古洴几乎不敢相信这样的履历是属于梁子安这个既瘦弱又优雅的人的。更何况，他的娃娃脸让他看上去更像是一个少年，而不是坚毅的军人。

"也许有些人的长相，天生就可以用来骗人吧。"李白道。

也许。

古洴在心里默默地说。

"嗡……"

古洴的手机响了，他的心里忽然升腾起一种莫名的感觉，以至于拿出手机的动作都快如闪电。

没错，发来视频邀请的人，正是"安东尼"，不，应该是梁子安。

"嗨。"

他还是那个样子，苍白而消瘦，那双冰蓝的眼睛在童年时期曾让他像个天使，也曾让古洴相信他的善良无害。但事实上，它们早就见证了死亡，被黑暗所沾染，不再纯净。

"我应该叫你什么？梁子安？还是斯图尔特？"古洴望着视频里的梁子安。

梁子安笑了。

"我更喜欢你叫我安东尼。"他的笑容，亦如初见时纯净，"我想，你在看到那个胖子之后，一定更希望我是真正的安东尼。"

古洴紧紧地抿着唇，他差一点又被他所蒙蔽，恍然间错以为所有的一切都是一场梦境，一个玩笑。

但古洴很清楚，这不是梦，更不是玩笑。

"梁子安，你现在在哪里？"李白冷峻的声音让梁子安脸上的笑意更浓了。

"我当然不会告诉你我在哪。"梁子安笑，"怎么样，李队，做我的手下败将，感觉如何？"

"你在美国服过兵役。"李白道，"我以为这能令你把热血洒在正义的地方。"

"正义的地方……"梁子安脸上的笑容倏地消失不见，这是第一次，古洴看到他阴冷而孤绝的表情。

"自从我五岁那年，亲眼看着我的父亲被逼迫着从天台上跳下去的时候，我的血就已经冷了，永远也不会再热了。"

说着，他望向古洴，"知道吗？自从知道那个女人也在美国的时候，我就一直在暗中观察她，我知道她是怎么靠搭讪认识那个有钱肥佬的，知道她在哪年哪月结婚的，知道她在哪天哪家医院生了孩子。我每天放学都要去他们家附近看着他们的举动，一天又一天，一年又一年，后来，我惊觉自己已经心理失控，而她居然跟她新组成的家庭过得那么幸福？为什么像她这样的恶魔总是可以轻易地获得幸福？古洴，你知道吗？"

古洴没有说话，因为这个答案，他无从知晓。

"从那天起，我就越来越控制不住我自己，控制不住我想要杀了她的怒意。不只是她，还有害死我父亲的所有人！我知道以我的力量是做不到这一切的，于是我选择了服兵役……"说到这，梁子安神经质地笑了，"等我退役想要动手的时候，忽然在某一天的夜里，看到那个肥小子酒后驾车，撞倒了一个华人女孩。"

"你的意思是说，安东尼是酒驾肇事以后，潜逃回国的吗？"古洴惊骇地问。

"不然呢？"安东尼哈哈大笑，"你真的以为他是来探望你的吗？而且，告诉你一个更残忍的事实，那个女人在安东尼五岁的时候，就已经把他带回过国内，为他申请了户口。你知道这意味着什么？"

"这个安东尼，他拥有双重国籍。"李白盯着梁子安的屏幕，眯起眼睛仔细地分析着他身后的景物，表面却不动声色。梁子安的背后是蓝天和屋顶，这证明他处于一所建筑物的天台之上。而对面的建筑，似乎看上去有些眼熟……

李白一边暗暗地思索，一边稳住梁子安，"以你的性格，一定通知了被撞女孩的家属，让他们回国对安东尼进行追责。"

"不愧是李队，没错！"安东尼哈哈大笑了起来，"有了红阳幼儿园校车事故的前车之鉴，那个女人以为钻了法律的空子，申请双重国籍可以让她像猫一样拥有九条命。可惜，作茧自缚。"

李白沉默着抬起头看向古洴，从李白的眼神里，古洴意识到他已经知道了梁子安的落脚之地。于是他把手机举近自己，如此一来，梁子安便只能看到古洴自己，而看不到已然转身离去的李白。

"拖住他。"这是李白用唇形告诉古洴的，古洴用眼神回应了李白。

"怎么样？被亲生母亲嫌弃的感觉，如何？"梁子安的脸上带着讥讽的笑意，问古洴，"还有，每天与杀人凶手共处一室的滋味如何？"

"你以为仇恨可以使人很容易忘记一个人，是吗？"古洴凝望着梁子安，淡淡地问。

梁子安脸上的笑容凝固了。

"我以为，恨至少可以让你甘于孤独。"

许久之后，梁子安缓缓地说道："如果你没把我当成亲生弟弟，或许，你就不会在我欺骗你以后，觉得痛苦。如果你恨我，就不会在我走了以后觉得孤独。"

古洴沉默了。

这只狡猾的小狐狸，就算他不是十八岁，可二十一岁的年纪也比他小太多。这样的年纪，背负了那么多的罪恶，他自己大概也很痛苦吧？

"你要去哪里？"古洴问。

梁子安笑了，他没有直接回答古洴的问题，而是反问道："你知道吗？有很多次，我都想把你也一起解决掉。有几次我甚至已经准备动手了。"

"那为什么没动手？"

"因为那个女人根本就不在乎你。杀了你，也不会让她感觉到半点痛苦。"梁子安哈哈大笑，他扭曲的表情已经不再是他，而是另一个人。

另一个叫作狄俄尼索斯的复仇神祇。

"在我的计划里，只有两个人是我没能动手的，一个是你，一个是张晓光。"梁子安继续道，"我在找到他想要动手的时候，才知道他并不是最终把舆论导向我爸的那个人。真正该死的人不是他，但他主动要跟我一起实施复仇计划……"

"你也没杀李子强。"古洴问，"为什么？"

"因为……你。"梁子安深深地吸了口气，他冰蓝的眸里再次融入了阳光般的暖意，那个罪恶的狄俄尼索斯，又变回了俊美的少年。

"因为不想在你幸福的路上有任何的阻碍，本着不让你痛苦的心情，也不想让李白痛苦。李白，他跟所有人都不同，他跟那些企图想要把你拉进烂泥里的任何一个人都不同。在这个世界上，只有他能够让你站在阳光下，永远这样温暖地笑着。"

他的眼睛里有星辰大海，他的笑容，即便带血却也纯净。

古洴的眼睛，蒙上了一层泪光。

"我送你最后一个礼物。"说着，梁子安把手机放在了高处的平台上，古洴这才看到他所站的地方，正是天台的边缘。

"安东尼，站到安全的地方去！"

当这个名字脱口而出的刹那，梁子安笑了。

他笑得既温暖又幸福。

"作为在你生命里路过的痕迹，让我为你奏响最后的奏鸣曲吧。"梁子安说着，把小提琴搭在了肩膀上。

阳光下，他的手指灵活起舞，优美却激进的音符随之流淌。安东尼的优雅、狡猾、激情都展现在这愈来愈快、愈来愈激情的旋律之中。

他忘情地演奏着，为他唯一的观众。

李白和姚军赶到的时候，看到的正是这副诡奇的画面。

震惊了整个临鞍市的"狄俄尼索斯案"犯罪嫌疑人正站在天台的边缘，演奏着一曲癫狂却绝美的奏鸣曲。最后一个音符停止，梁子安微笑着对古洴说道："《g小调小提琴奏鸣曲》也被称为《魔鬼的颤音奏鸣曲》。据说，十八世纪意大利最杰出的小提琴演奏家、作曲家塔尔蒂尼在睡梦中遇见了魔鬼，魔鬼传授给他奇怪的演奏方法，醒来后，他便写出了这首小提琴历史上的顶峰之作。哥，如果可以选择，我愿意当你的弟弟，吃你煮的面，心安理得地享受你的照顾。可惜……这一世我的手已经沾满了鲜血，没有资格再继续活在这世上。永别了哥，下一世再见。"

"别做傻事！"古洴的声音，被梁子安关闭画面而切断。

"李队，你来得真快。"梁子安看到了李白，他的唇角微扬，露出凄凉的笑意。

"不要再继续错下去了。"李白慢慢走过来，由衷地对梁子安道，"自首吧，起码可以用平和的心境与古洴见最后一面。"

梁子安摇了摇头，苦笑，"双手沾满鲜血的恶魔，只能在黑暗里与罪恶一同腐朽。"

说罢，他张开双臂，从天台上跳了下去。

"梁子安！"

李白冲到了天台边缘，但一切都迟了。

最终狄俄尼索斯在犯下罪孽之后，回到属于他的天国，传说中没有罪的国度。

番

外

跨年夜

又是跨年夜了啊……

古洴停下脚步，望向窗外飘起的雪花。

窗外是纷飞着白雪的暗夜，室内是欢快而悠扬的音乐声和明亮的灯光。光明与黑暗之间，是窗子上映出的古洴温和而又宁静的面容。

传说在新年前夜看到雪的人，会获得整整一年的好运气。因为雪是天上的神明在为人间撒下纯净的希望与快乐，要是和感情很要好的人一同赏雪的话，那么他们就会获得神明的祝福。

可惜，每一年的跨年夜，古洴都是一个人度过。

"喻……"

古洴口袋里的手机响起来，他接起手机，那是婶婶打过来的。

"小洴，今天回家吃饭吧。"

婶婶欢快的语气里，带了一丝丝期待，甚至是小心翼翼的讨好。

"我做了你最爱吃的菜，你表姐给你买了件新衣服，还有你叔叔，他不知道从哪里拿了瓶好酒，非要你陪他尝尝。"婶婶的语气里带着微微的暖意，和室内暖意融融的气氛相映生辉，古洴甚至可以想象得出，叔叔古峰在说这番话的时候，是多么的得意且孩子气。

他笑了，"谢谢婶婶。不过，我今天要打工，所以没有办法回去。"

"又要打工啊？"婶婶立刻心疼起来，"你又主动申请跨年夜打工了？唉，小洴，你……"

"不用担心，婶婶，我这样挺好的。"古洴知道婶婶要说什么，便笑着打断了她，"不过，跨年夜的客人很多，老板付三倍的薪水，而且还有红包和福利可以拿……"

他一边说，一边往前台的方向走了过去。

前台的麦克在古洴的示意下，立刻扯开嗓门嚷道："行了，古洴，别打电话了，赶紧招待客人，这么多人呢！"

"来了来了！"古洴立刻应着，和婶婶说了声"我先挂了婶婶"，便挂断了电话。

"怎么，还是不肯来吗？"古峰紧张地看着妻子李玉琴，问。

李玉琴摇了摇头，古峰的脸上露出了失望的神情，叹了口气。

"你们两个，也别这么惆怅了。"坐在沙发上的古铃把一枚车厘子丢进嘴巴，不以为然地道，"搞不好人家小洴正在和朋友一起嗨，哪有工夫和你们这两个老家伙跨年。"

古峰说："女朋友？"

古铃耸肩，"我怎么知道。"

她的话还没说完，肩膀就挨了李玉琴一下，"不知道还乱说！"

"什么嘛，反正他迟早都会有女朋友的。小洴这么优秀，幸福找上门，是迟早的事吧。"

李玉琴脸上的嗔责，化为了柔软，她举目望向窗外，轻轻地叹息。

那孩子……小小年纪就背负了那么多，可一定要幸福啊……

雪还在下。

古洴和李玉琴通过电话以后，终于松了一口气。

站在前台的麦克无奈地摇头，"你这个小子，一到过年过节就主动要求加班不回家……我们都羡慕你家在本地，有家可回，你倒好……"

麦克是大学毕业以后从北方来临鞍市打工的应届毕业生，为人爽朗仗义，古洴笑了笑，从他的手里接过了菜牌。

"这里交给我，你先走吧。"

"行，下雪天，路不好走，你差不多就回家吧，反正也没客人。"

大家一起共事久了，麦克也不再客气，交代了古洴几句，便离开了咖啡厅。

跨年夜，大家往往会选择聚在一起热热闹闹地吃喝，看看跨年晚会，谁会泡在冷冷清清的咖啡厅里跨年？

古洴看了看墙上的挂表，在指针指到 11 点 45 分的时候，关掉了店里那盏写着"Open"的灯。

下雪天，比想象中更暖一些。古洴围着围巾，走在雪夜里。

路灯下飞舞的雪，像精灵般的舞者，旋转着，闪耀着美丽的光线。路上的行人稀少，偶尔有几个年轻人结队走过，嘻嘻哈哈的说笑声，像他们足下的脚印一样洒了一地。

古洴望着他们远去，唇边绽放了温暖的笑意。

传说在新年前夜看到雪的人，会获得整整一年的好运气。

古洴一个人，就独占了这祝福……

打工的咖啡厅离家不远，古洴很快便到家了。

灯火灿烂的夜里，每一扇窗的后面都是满脸笑容的团圆景象。

可古洴的家，却是空空荡荡，一片漆黑。

他伸手打开灯，明亮的灯光，照亮了眼前熟悉的一切。

曾经为幸福的古洴一家人遮风挡雨的这间屋子，如今像古洴一样，只能靠回忆来回味那种曾经的幸福。

他曾经，也是幸福的。

不过，人总是会习惯所有的一切，孤独也是。

他走进厨房，为自己煮了两碗西红柿鸡蛋面，然后端出来放在餐桌上。一碗，放在自己对面，一碗，放在自己的面前。

热气腾腾的面，袅袅升起的是饱满醇厚的面香。

古洴在桌边坐了下来。

这时，外面传来了新年的钟声，一下，接着一下。烟花骤然升起，点亮了整个夜空。

"爸，新年快乐。"

古洴对着空荡荡的屋子，轻声地说。

又是一年跨年夜……

古洴望着窗外，今年的跨年夜，霓虹璀璨、灯光绚丽，看起来，比往年都要热闹。只可惜，没有下雪。

"喂，仓鼠，你在做什么呢？赶紧过来，老大要抓狂了！"姚军的声音响

番外

了起来。

"啊，来了，来了！"古洴如梦方醒，立刻转身奔向李白的办公室。

办公室里，已经是一片狼藉。

一个喝醉了的妹子正原地跳脚地大喊大叫，李白桌子上的资料全都被她拂到了地上，这还不算完，妹子意犹未尽地朝着李白的杯子里连吐了好几口口水。

一直按捺着脾气的李白终于炸了，他二话不说，迈开长腿就往前走。

"冷静！"姚军一把抱住了李白，连声劝阻，"冷静啊，老大！她只是一个市民，市民！"

"市民？跨年夜谎报凶杀案，说自己是临鞍市黑社会大姐大，连杀两条人命，结果呢？大闹公安局，还朝刑警队队长的杯子里吐口水？"

杯子是普通的杯子，但珍贵在是古洴送给他的，平时李白都舍不得用，只是用手心捧着，眉开眼笑地欣赏。可是这个报假警的人，居然这么糟蹋它！

那个妹子大概是被李白的咆哮吓到了，蹲在地上，抱住双膝，"哇"的一声大哭了起来。

古洴瞧着这混乱的一幕，无奈地摇了摇头。

自从狄俄尼索斯的案件报道大获成功之后，新闻网和市公安局便尝到了警民合作的甜头，连续制作了许多专题，反响均是不错。眼下这个"警局里的跨年夜"主题报道，就是其中的一个。作为已经被广大市民认可的"国民搭档"，古洴和李白照例协同搭档。这便也成了李白难得好心情的加班。如果没有失恋的姚军和为了蹭空调的大宾在这里蹭吃蹭喝的话，估计李白会更高兴。

当然，也不包括眼前这位自称是"背负着两条人命的临鞍市黑社会大姐大"的醉酒女孩。

警局刚接到报警电话的时候，真的可以说是全员紧张。毕竟跨年夜发生凶杀案，是不容轻视之事。谁想到大家赶到那里，看到的是一个喝得醉醺醺的女孩。

"刺头"李白的脑袋上顿时冒出许多"硬刺"，随时准备扎人。

"叫小周过来，赶紧把她带走！所里关一宿，醒醒酒！"

"毕竟今天是跨年夜，还是让她回家吧……"

古洴说着，走到女孩身边，问道："今天是跨年夜，你想一个人孤独地过完这一天吗？"

女孩的身子微微震了震，依旧把头埋在臂弯之间，没有说话。

没有说话，却也没有再闹。

李白看着古洴，这只仓鼠总是有安定人心的能力，很是神奇。他索性抱住双臂，看古洴到底有什么方法让这位"大姐大"清醒。

古洴看了看表，"现在距离 12 点还有十五分钟。想要见的那个人，应该会在十五分钟之内赶过来。不过，如果他不在乎你的话，就不一定了。"

女孩猛地抬起了头，"他敢！"

不知道从哪里赶来的男孩，十分钟就到达了市局。原来，不过是小情侣两个人吵了架，女孩伤心失望又无助，便独自喝了闷酒，没想到就变成了"临鞍市黑社会大姐大"……

接下来的事情，就交接给值班民警小周了。事情圆满解决，只是李白怒意未消，满脸都是暴戾之气。

"如果是因为杯子的话，其实……我还有礼物想要送你。"古洴说着，从背包里拿出了一样东西，放在李白的办公桌上。

"之前送你的其实很便宜……你知道，我那个时候还没有转正，有点穷……所以……"说到这里，他小脸一红，"我一直有点介意这件事情，所以就选了一个好一点的杯子，当新年礼物吧……"

事实上，古洴介意，是因为看到李白一直很宝贝那个杯子，所以有点难为情。他常安慰自己说，等自己有钱了，再送他一个好一点的，这一等，就是半年。

今年的绩效奖金丰厚，古洴算算，除了自己的各项开销和屯粮经费，已经可以送李白一个好一点的杯子了。偏巧，今天那个杯子就被人吐了口水。

"不过，我其实应该送你再好一点的东西……"见李白只是目光烁烁地看着自己，古洴还以为他是看不上这个新年礼物，一时有点尴尬。

"如果你不喜欢的话……"

"很喜欢。"

李白打断了古洴，他用骨节分明的修长的手捧住了杯子，笑得像是地主家的傻儿子似的。

"我也有东西要送你。"说着，他从桌子里也拿出了一样东西。

也是杯子。

"余生多多指教。"李白说。

古洴微微一怔，继而笑了。

"下雪了！"

"真的，下雪了！"

办公室外，响起了姚军和大宾的惊呼，古洴和李白同时看向了窗外。

宁静的夜，纷纷扬扬，飘舞着洁白空灵的雪花，灯光下闪耀着水钻般的光辉。

传说在新年前夜看到雪的人，会获得整整一年的好运气。因为雪是天上的神明在为人间撒下纯净的希望与快乐，要是和感情很要好的人一同赏雪的话，那么他们就会获得神明的祝福……

古洴想，看起来，今年没有办法独占神明的祝福了……

十二点的钟声，缓缓响起，新的一年来到了。

"新年快乐。"李白说。

"新年快乐。"

找到幸福

"喂，李白，李白！你在想什么？"

古洴一连叫了李白好几声，才把他从失神中唤醒。

这家融合菜餐厅的装潢别致优雅，从上到下都对古洴散发着"你吃不起"的气场。

若不是托了李白的福，估计古洴这辈子都没可能坐在这里，倒也不是他花不起，而是舍不得。

这家餐厅的菜色确实与众不同，餐厅将杭帮菜与当地口味相结合，用应季的花朵和蔬菜制作出菜品。为了保证食材的新鲜程度，所以每个月，甚至是每个星期的菜谱都是不一样的。正因如此，才引得许多年轻人来这里打卡、消费，如果不是李白手里那张储值五位数的充值卡，估计古洴和李白，至少要等上个把小时才行。

古洴吃得满心欢喜，李白却连一筷子都没有动，他黑亮的眼睛望着窗外，不知道在想些什么。古洴呼唤了他半天，也没有回应，无奈之下，古洴只好探出身子，伸手在他的眼前晃了晃。

"什么？"李白终于回过神来。

"菜要凉了。"古洴用下巴指了指桌子上的菜，色香味俱全的饭菜，李白却一口都没有尝，这实在是对食物的极其不尊重。

李白从喉咙深处发出了一声"哦"，与其说是回应，倒不如说是因为疲惫而发出的呻吟，更加适合。

"是为了喜帖的事？"古洴问。

今天早上，他路过李白的办公室，便看到李白拿着一个喜帖久久地盯着，脸色极为阴沉。自从看过那个喜帖之后，李白就开始变得失神，尽管为了能让古洴吃上一口这家餐厅的美食，急匆匆地赶到这，但他的表情，还是很让人担心。

"女友结婚了，新郎不是你？"古洴问。

“说什么呢。”李白脸一黑，“寄喜帖的是我高中时期的同学，男的。”

古汫张了张嘴，却没有说话。李白这种有钱人，绝不是出不起份子钱，能让他失神的话……证明这个同学和他的关系恐怕不一般。

“如果不想去的话，就不去吧。”他说。

李白微微一怔，冰封的眸中，闪过了一抹跳跃的阳光。

他抿了抿棱角分明的唇，拿起公筷，给古汫夹了一块排骨，“吃饭吧，凉了不好吃。”

古汫笑着，点了点头。

“李白，你的脑子里是不是进了屎？你以为我们是真的愿意跟你做朋友？要不是你爸拿着钱到我们家，求着我们跟你好，谁愿意忍受你的暴脾气！”

“李白，你清醒点吧！要不是仗着你那个有钱的老子，你以为我们愿意搭理你！”

明明已经忘了高中时期最痛苦的回忆，此时，为什么会突然想起？他曾经视为最要好的朋友，竟然是因为父亲给了他们钱，才跟自己走得那么近……

也就是那一天，李白才猛然发现，原来自己一直藏在父亲为他搭建起的象牙塔里，像过家家一样过着虚假的人生。而这种人生，早就应该被踢烂扯破，全部推翻。

推翻那样的人生，需要勇气，也需要代价。

李白的代价是从此不再拥有任何朋友，也从来没有走近任何人。

除了古汫。

看着流连在各道菜肴里，满脸都是欢喜之色的古汫，李白忍不住露出了温暖的笑意。

这只仓鼠总是有让人心生暖意的本事，估计他能量的来源也全都是食物吧……

这样想着，李白便再次给古汫夹了一块鱼。

两个人吃了饭，正要走出餐厅迎面突然走过来了三个人。

“哎？李白！”

为首的那个，一脸欣喜地叫出了李白的名字。李白的脸色，微微地沉了一沉。

“真的是你！”那人揽过李白，用力在他的肩膀上拍了拍，“你小子行啊，警界精英！我都在电视上看到你好几回了！”

这个人的年纪和李白差不多，戴着眼镜，一副斯文模样。而另一个站在他旁边的人，则是个穿着运动服、一脸笑意的高个子男人。站在两个人身后的，是一个身材微胖、穿着蓝色衬衫的男人，笑得腼腆羞涩，像是一个笑眯眯的不倒翁。

"这位就是你的朋友吧？那个大名鼎鼎的记者，古洴？"

自从关于狄俄尼索斯案件的报道发布后，李白和古洴就成了市局宣传部对外推崇的官方搭档。有时候走在街上都会被人认出来，还会被人请求合影。

听闻他们提及古洴，李白的脸色越发不好了。

"你们好，我是古洴。"古洴主动伸出了手。

"你好！我是李白高中时候最好的朋友，高明。这个'四眼'叫苏宇，这是刘楠。我们当年在一中，可是被喻为'四才子'呢！"那位穿着运动服的男人率先握住了古洴的手，然后依次向他介绍起另外两个人，"能遇到你们真是太高兴了，这周末我婚礼，你和李白可一定要来啊！"

对方俨然已经把话说了出来，古洴看了看眉头紧皱的李白，心里想着，这次无论如何他们也推不掉了。李白却冷冷地说："看情况，如果局里没有紧急的事情……"

"能有什么紧急的事情啊。"苏宇用力地勒了勒李白的脖子，"你们这对国民搭档，已经彻底调动起临鞍市警民合作的热潮了，现在整个临鞍市的治安都好得不得了，哪有什么紧急的事。"

"那可不一定……"

"李白。"高明打断李白，他郑重地看着李白，一字一句地说道，"我一辈子，就结一次婚，人生大事，我希望你能来。"

李白怔住了，他的剑眉微微地蹙了又蹙，最终，他点点头。

"太好了！"高明给了李白一下，兴奋万分，"周末见！"

李白没有说话，高明、苏宇和刘楠便相互招呼着走到一个餐桌边，坐了下来。

古洴看着脸色铁青的李白，这个如同骄阳与烈火般的警察，可从来没有像现在这样，周身被冰冷与孤绝所笼罩，看上去是那么的彷徨与恼火。

他轻轻地拍了拍李白的肩膀。

"没什么的，我陪你一起。"

李白紧绷的脸色，微微地放松一些。

高明的婚礼，就在湖景酒店举行。

坐落在临鞍市近郊的湖景酒店，是近几年比较火的酒店。它以并不昂贵的费用和简洁而不失浪漫的风格，成为年轻人比较青睐的结婚之地。

李白和古洴来到酒店房间的时候才赫然发现，自己穿的衣服竟然是伴郎服！

李白恍然大悟，原来古洴这次送他的西装是早有预谋的。

"喂，仓鼠，你……"

李白不愧是警界精英，刚刚张口，便意识到了什么。

"你早就和他们联合好了对不对！"

他就知道，人生不会有那么巧的事情，偏偏在收到高明的喜帖之后，就遇到了他们三个。

"喂，小白，干什么这么激动？"高明一把揽住了李白的脖子，"是我们拜托小洴的。"

"滚开，别叫我小白！"李白勃然大怒，用力扭住高明的手臂，便将他推到了墙边，周围的人全都发出了一声惊叫。

"李白，今天可是我结婚的日子！"高明的脸怼着墙壁道。

"关老子屁事！"李白松开高明，扯下胸花，一把拉起古洴，便往外走。

"喂！李白，你真以为我们拿了你爸的钱吗？你这个浑蛋！"高明气坏了，他冲过去，一脚便向李白踢了过去。

李白何许人也？他办过的案，抓住的犯罪嫌疑人恐怕比高明这辈子遇到的坏人都多，当即回身扳住高明的腿，用力一扭，高明直接摔在了地上。

"浑蛋！"高明气坏了，跳起来就要往上冲，幸而苏宇和刘楠拉住了他。

李白懒得多言，转身扣住古洴的手腕就走。

"李白，我觉得，你应该听听他们怎么说。"古洴仰起头来，望着李白，"你是警察，犯罪嫌疑人就算有再大的嫌疑，也要听听他的辩白吧？"

李白的眸光沉了一沉，"古洴……"

"我知道。"古洴举起手做投降状，"我不该欺骗你，可是，他们给我看了当年他们把钱退给你爸时的录像，那不是假的。刘楠不胖的时候还挺帅的……"

古洴的这句话，倒是让李白眼中微愠的神色，微微地滞了。

"你要不要看看？"古洴说着，拿出手机递给李白。

手机上是一段老旧的录像，录像里的刘楠确实比现在更帅，高明和苏宇的变化倒并没有太大，只是少了许多青春的痕迹。

苏宇和高明，以及刘楠，三个人都把一张银行卡还给了李白的父亲。

"叔叔，我们和小白在一起，不是为了钱。"

"叔叔，你放心，我们会好好和他做朋友的。"

"我们会看着他，直到他找到幸福为止，放心吧叔叔。"

他们当年，竟然是这么说的？

李白转头，看向高明，"那你们当年……"

"你还不准我们生气了？你成绩比我们好，体育比我们好，就连我喜欢的女生也喜欢你！我还不能骂你几句解解气？谁能想到你掉头就走，拽得要死，连理都不理我们的！"

"可是你们之后又……"

"我们之后倒是想说，你给过机会吗？高考之后，你考上了公安大学，我们三个人去看过你多少次？你见我们吗？"

"后来你去了临鞍市警局，我们也去找过你，也打过电话给你，你有哪次肯见我们，肯接电话？要不是小洴，我们恐怕这辈子都只能在电视上见到你！"

高明和苏宇越说越气，倒是刘楠，只是苦笑着摆手，让他们冷静。

"话说……婚礼是不是要开始了？"古洴小心翼翼地提醒。

几个吵成一团的人，这才意识到，今天本来是一个重大的日子。

门外响起了一阵阵敲门声，新娘已经派人来催了。

"有什么话之后再说，先把婚结了。"李白说着，一把揪住高明就往门外走。

"喂！我是新郎，不是你的犯罪嫌疑人！"高明气得脸都红了。

古洴看着他们，忍不住笑了起来。他打开手机，刚才被李白按下暂停键的录像，再一次播放起来。

"叔叔，我们和小白在一起，不是为了钱。"

"叔叔，你放心，我们会好好和他做朋友的。"

"我们会看着他，直到他找到幸福为止，放心吧叔叔。"

我们会看着他，直到他幸福……

编后记

本书版权由北京金影科技有限公司（火星女频）授权，由北京宏泰恒信文化传播有限公司出品，由中国言实出版社出版。

在此真挚地感谢在《超感官知觉》出版过程中参与策划、创作的贡献者。北京宏泰恒信文化传播有限公司参加本书选题策划、封面设计、插图的工作人员有：连慧、李艳、卷帙设计工作室、黑猫、MiFa、王子太多了。

2022 年 2 月